# 福翩翩

迟子建

作家出版社

# 目录

福翩翩 ················· 001

泥霞池 ················· 050

零作坊 ················· 111

洋铁铺叮当响 ············ 187

# 福翩翩

天还睡着呢，柴旺家的就醒了。她怕惊醒柴旺，便抱起被子底下的棉袄棉裤，下了炕，摸到鞋，提着它们到西屋穿戴去了。昨夜炉子断火早，屋子冷飕飕的，柴旺家的光脚走在水泥地上，就有踏着霜的感觉。她鼻腔发紧发痒，知道是喷嚏在里面鼓噪，便用棉袄掩住口鼻，三步并作两步地快走，忍到腿迈进了西屋的门槛，才把喷嚏打到棉絮里。

柴旺睡着，他有理由睡得沉，昨晚他吃了两样好饭呢。

第一样好饭是端到桌子上的一锅肉片酸菜粉丝汤。后院的王西林家宰猪，柴旺家的打开钱匣，手指在一堆花花绿绿的钱间抖来抖去的，想到狱中的儿子时就合上了钱匣，可一想到柴旺消瘦寡黄的脸时，又忍不住掀起钱匣的盖儿。最后她还是摸出十块钱，买回一窄条五花三层肉，连着皮切成均匀的长条，加上花椒大料、蒜瓣葱段，用白水清煮。她没有炝锅，一是为了省点豆油，二是觉得肉里存着肥油，慢火煎熬后，油星自然会抽身而出，一颗颗泛起，汪在汤面上。当油星越聚越多，汤面有了星空的气象时，柴旺家的从缸里捞出一棵酸菜，切成丝，投进锅里。美艳的肉条和暗淡的酸菜在炉火的煽动下，开始了不间歇的亲吻。肉香味飘了出来，汤汁也逐渐缩紧了，这时再把一绺白胡子似的粉丝撒进去，看着它由僵硬变得柔软，通体透明，像一缕缕光把汤照亮时，就可以把汤锅从火炉上撤下来了。

柴旺每天出去找活儿干，总是天黑了才回。好像一个靠力气吃饭的男人，若是在天光明亮时归家，就是无能和懈怠的表现。不管柴旺这一天揽没揽到活儿，挣没挣到钱，只要看见丈夫踏进家门，柴旺家的心里就会泛起一股怜惜之情，赶紧把温热的洗脸水端来，让他洗去一天的风尘；再把饭菜摆上桌，让可口的饭食除去他身上的寒气或暑气。当然，隔三岔五地，他们也会相拥着，在暗夜中合唱一折"鸳鸯戏水"的戏，然后心满意足地睡去。柴旺向老婆求欢的时候，通常会说，我想吃"那一口"了。

昨晚，柴旺蹬着三轮车回来，看到老婆端上桌的那锅肉片酸菜粉丝汤，就像被阴雨笼罩了多日的人突然看见太阳一样，脸上露出了久违的笑容。他们守在锅前，一碗连着一碗地畅快地吃。汤锅见底儿了，柴旺身上的另一种力气也滋长起来了，他在老婆洗刷碗筷的时候，说，我要吃"那一口"。柴旺家的嗔怪道，我就知道，给你吃了"这一口"，你就会想着"那一口"！柴旺嘿嘿笑了，说，还不是你把我的那根馋虫勾引出来了？

柴旺家的在灶房洗碗的时候，看着炉火将熄，没有再往里面添柴。一则为了省点柴火，二则吃"那一口"的时候，屋子凉些才好，这样两个人会更紧地搂抱着，不舍得分开。果然，柴旺吃第二样好饭的时候，把柴旺家的紧紧箍在身下，说不出的缠绵和热火。

柴旺家的调理男人的手段除了这两样好饭，还有一着，就是称谓上对男人的依附。她原本叫王莲花，可自从嫁给柴旺后，就让人们唤她"柴旺家的"。她那伶牙俐齿的姐姐王莲蓉曾挤对她，说，你也真没出息，嫁了个男人，把名字也给嫁丢了！王莲花笑着对姐姐说，女人嘛，进了谁家的门，就是谁的人了。随着男人的名字叫，他会觉着得到了一个宝，要好好爱惜着。他会拼了力气让这个家过得好的！王莲蓉一撇嘴说，什么宝，再好的女人，不管进了谁家的门，头三年是宝，接下的三年是草，余下的日子就是糟糠了！王莲花不在意姐姐的讥讽，照样有滋有味地当她的柴旺家的。这二十年过下来，虽然生活有那么多的不如意，但柴旺还是柴旺，她也仍然是幸福的柴旺家的。倒是姐姐，那个近五十岁了还要强迫丈夫唤她昵称"蓉蓉"的王莲蓉，虽然衣食无忧，但感情上却很落寞，男人四十多岁时就萎靡了，近些年她等于是守着空房。

柴旺家的穿戴好，来到户外。北风吹着，黎明前的星星虽然稀少了，但留在空中的每一颗都异常明亮。柴旺家的喜欢把星星联想成一簇簇火花，她想自己要是能摘下几朵多好啊，把它们放在炉膛里，永恒地燃烧着，发出光和热，省却了她为柴火操心。

邻居刘老师家的狗听见动静，知道是柴旺家的出来了，便温柔地猞叫了几声。柴旺家的隔着板障子冲那院说，空竹，我去北山搂树皮去了，你可得帮我看着点院儿啊。狗"唔唔"哼着，似是答应。柴旺家的从仓棚拎出两条麻袋，叠好，夹在自行车后座上，又把一个铁挠子插在车把的篮筐里，推着自行车出了家门。

腊月天，刀子天。腊月风，似鞭子。风把屋顶的雪搅扰得四处飞扬，让人以为下雪了。坑洼不平的巷子里一个行人也没有，柴旺家的深一脚浅一脚地走着，自行车则跟着高一脚低一脚地"哐啷——哐啷——"地叫着。上了水泥马路后，柴旺家的跨上自行车，可她行进得很艰难，一是迎着风走，阻力大；二是天太冷了，车链冻僵了，蹬起来滞重。柴旺家的索性跳下车，推着走，反正天还没大亮呢，回去做早饭来得及，再说步行身上还暖和。

柴旺家住在城西。这座县城不大，只五万多人口。城区主要分四部分：主城区、次城区、城东和城西。主城区是清一色的楼房，政府的主要机构和两个大的购物中心均设置在那里；次城区也是楼群，不同的是衙门少，商铺多。商铺多的地方人气旺，所以这一部分是城里最热闹的地方。城东呢，是楼房和平房交织处，县里的重点高中建在那里，虽然有些零乱，但还是充满了生气。只有城西，是一片连着一片的平房，这一带原来有两家大厂子，一个是机修厂，一个是造纸厂，如今造纸厂黄了，机修厂也因经营不善，缩减了规模、裁减了人员，所以住在这一带的工人多半都下岗了。一个散发着清贫之气的地方，商业自然不会兴，这里只有几家小的杂货铺和连幌子都不需挂的小饭铺。

柴旺家住在城西，已经有三十几年了。他年轻时在机修厂当车工时，就和母亲住在这里。母亲过世后，他又从这里把王莲花迎娶进门，生下了儿子柴高。王莲花喜欢柴旺的忠厚，更喜欢他那一身的力气。她爱上柴旺，是因为一块石头。那一年秋天家里多腌了一缸酸菜，缺一块压酸菜的石头，王莲花就骑着自行车，去城西的乌吉河寻石。机修厂就在乌吉河畔，每到夏日的正午，吃过饭的工人们喜欢到河边洗澡、晒太阳、打扑克。秋天时，他们爱玩"打水耗子"的游戏。几个人围成一圈，抓阄选中一人当水耗子，把他圈在中央，给他三分钟时间，如果他能突出重围，每个人要敬给他一支烟，如果他失败了，就把他扔进河里，让冰冷的河水鞭挞他。那天王莲花来到河边，正好看到一群小伙子在玩"打水耗子"。被困在中央的正是柴旺。天已经凉了，可他光着脊梁，他发达的胸肌让她感觉那是一架动力十足的机器，发出强劲的轰鸣声。柴旺虽然中等个，但他弹跳好，没用上一分钟，便纵身一跃，像匹奔马一样，从圈里轻盈地跳了出来。人们给他敬烟的时候，王莲花从他们身边经过。王莲花把自行车放在河滩上，去水里寻石头。她看上了一块菱形的青石。它离河边也就一米多远，在浅水中。王莲花卷起裤管，下了河。从岸上看水中的实物，往往容易看走了眼。远看它不大不小，可真正挨近它时，才发现它很厚重。是水上的波纹充当了美容师的角色，为它瘦了身。王莲花试探地搬了几次，它只是微微动了动，算是跟她点过头了。王莲花那年二十二，一身的力气，她犯了倔劲，心想我就相中你了，一定要把你弄回家。她使出全身力气，终于勉强搬了起来。她咬着牙，哆嗦着走了两步，那块石头还是从她怀中挣脱了，"扑通——"一声回到水里，溅起一片灿烂的水花。岸上的小伙子都笑了。柴旺也笑了，不过他不像其他人只是看笑话，他下了河，帮王莲花把石头搬上岸。那块对王莲花来说不堪重负的石头，在柴旺怀里就像一个乖巧的婴儿，服服帖帖的。他很轻松就把它放在了王莲花自行车的后座上。怕那石头在路途中遇到坎坷会被颠簸下来，柴旺又顺手捋了几把草，两三分钟便拧成一根草绳，把石头捆牢了。王莲花推着自行车离开河滩的时候，对柴旺说，我叫王莲花，你要是有难洗的衣服，我帮你洗！柴旺笑了，说，我有一件帆布工作服，一直没有洗透亮过。王莲花说，那明天中午我带着肥皂来，你把衣裳给我拿来！

第二天，柴旺果然拿来了那件衣服，王莲花用清澈的河水给它洗透亮了。他们相爱了。他们结婚时，王莲花把那块石头作为陪嫁，带到了柴旺家。她把这块青石当作了宝贝。春天收拾酸菜缸的时候，她会让柴旺把湿漉漉的它从酸水中捞出，用清水一遍遍地冲刷，使它身上不存一丝污垢，摆在窗根下，做她的石凳。夏天时，但凡缝缝补补、洗洗涮涮的活计，她都喜欢坐在上面来做。到了秋天，她会把青石再彻底地冲洗一次，然后小心翼翼地把它放回酸菜缸里。所以青石一年中起码会洗上两回澡。二十年下来，柴旺家的脸上多了皱纹，而青石也被磨得失去了棱角。

柴旺家的婚后第二年生下了柴高。柴旺得了儿子后，非常娇惯他。他在厂子里利用废料，趁人不在的时候，在车床上给柴高做玩具。能滑行的铁轮小车、扬着胳膊的铁人、嘴巴可以一张一合的铁公鸡，都出自柴旺手中。柴高特别淘气，六岁时就搬着梯子上房，说是家中的被子又笨又脏，要揭下一片又软又白的云彩当被子使。八岁时，他和一只山羊顶架，被羊角戳翻了鼻孔，所以他的鼻子越长越歪。他不喜欢上学，三天两头逃学，柴旺家的不止一次用笤帚教训他。柴旺一听到儿子的哭声，就会十万火急地奔过去，抢下老婆手中的笤帚，说是小孩子骨头嫩，万一伤了筋骨，力气小了，男人的本钱也就没了。柴旺家的说，惯子如杀子，棍棒出孝子，就他这么着，将来一准是个惹是生非的主儿！果然，前年柴高就读技工学校的时候，也就是他过完十八周岁生日的第三天，他帮铁路客运段的一个受了冤屈的朋友打架，把人给打残废了，成了罪人。柴高被关进监牢，判了三年有期徒刑。柴旺东挪西借地筹钱赔偿被柴高伤害的人。直到此时，他才愧疚地对老婆说，子不教，父之过啊。柴旺家的知道柴旺幼年丧父，欠父爱，所以才对柴高溺爱过头。她抹着眼泪说，现在教也不晚啊，他出了狱才二十一嘛。

柴旺七年前下岗时，像其他人一样买断了工龄，一次性得了三万多块钱。这些钱到手后，今后的生老病死就与单位无关了。看着那三万多块钱，他落泪了。万一将来家人有个病有个灾的，这些钱很快就会化为乌有。他想绝不能单单守着这点钱过日子，他要靠力气挣钱。他先是蹬三轮车，一年下来，赚了两千多块钱。接着，他找了份美差，在烟草公司的家属区烧锅炉。虽然这工作是季节性的，但收入可观，一个冬天可净赚三千块。而且，他还省了不少烧柴钱。与他一起烧锅炉的，是一个绰号"黑头"的人。黑头原来在县委小车班给领导开车，因为一次交通事故，丢了工作。黑头喜欢上夜班，他说自己落魄后，老婆跟他不亲热了，他不愿意晚上待在家中。而柴旺天黑后爱在老婆身上吃"那一口"，乐得上白班。柴旺通常是早上六点来接班，这时天色还昏暗着。他发现黑头在回家时，常常用帆布口袋在自行车后座上驮着煤，心想这不是偷吗？不过柴旺没有张嘴说什么。直到有一天黑头喝多了酒，指着柴旺的鼻子骂，你他妈的是缺心眼呢，还是想告发我？你怎么就不知道往家里驮点煤呢！柴旺说，这是公家的东西，万一让人看见，当贼给抓起来，哪多哪少啊！黑头"呸——"地将一口唾沫吐在柴旺身上，说，靠山吃山，靠水吃水。我给领导开过车，什么事瞒得过我的眼睛？现在是大官大贪、小官小贪，哪个领导不是靠公家的职位给自己的七大姑八大姨办事？我们倒回家的这点煤，就是人家手中被剪掉的那一点点指甲,什么都不算!你就没占过公家的一点东西?柴旺嗫嚅着说,我也占过,早年我在机修厂时,用单位的废料给儿子车过玩具。黑头一撇嘴说,那还值得一提?从那以后,柴旺像黑头一样,三天两头地趁黑往家里偷上一袋煤,开始时战战兢兢的,柴旺家的也跟着提心吊胆的,但几次之后,他就驾顺手了,尤其一想自己在别人的眼里如同草芥,拿起来就更理直气壮了。这样,他既赚了钱,又为火炉这张贪吃的大嘴准备了充足的吃食。然而好景不长,柴旺当了三年锅炉工后,县里集中供暖的工程上马了,这样就要把那些小锅炉房取缔了。工人们在春季时就开始了挖沟改线,到了夏季,初期工程完工时,县长被检察机关抓了起来。他利用职务之便,不仅在提干上大肆收敛钱财,还在工程的招投标中做手脚,收取巨额回扣,其中就包括集中供暖工程的改造。此事一出,全城哗然,涉案的在建工程一律停工,这样,各个锅炉房在夏末时紧急调运煤,进行设备的检修,柴旺和黑头又回到了老地方。为了庆祝这失而复得的活儿,他们买了二斤猪头肉、一袋花生米和两瓶高粱烧酒,痛快地吃喝了一场。可是到了第二年春天,工程又上马了,说是尽管县长犯了法,但他做的事情是有益老百姓的,集中供暖不仅节约能源,而且能减轻煤烟对环境的污染,这样,柴旺和黑头彻底回家了。他们散伙前去酒馆喝了顿酒,两个人从黄昏一直喝到夜半,舌头都喝硬了。出了酒馆,黑头指着星星说,老子、要、要变成、一股、黑烟、飘、飘上去、熏、熏死你!柴旺也指着星星发牢骚,说,你、你们、天天往地上、撒、撒尿,这、这光、就不污染、我们啦?黑头摇晃着说,污染!柴旺也摇晃着说,污染!两个人就在这痛快淋漓的"污染"的叫喊声中相互拉了一下手,告别了。黑头很快离开这里，投奔南京的舅舅，去一家东北餐馆当厨子去了。柴旺呢，他又蹬起了三轮车，每日早出晚归地上街找活儿做。他的三轮车既拉人，也载货。好的时候一天能赚三四十，到了冬天的淡季，一天也就收入个十块八块的，空手而归的时候也是常有的。

柴旺家的在冬天走路的时候爱想柴旺，一想，身上就暖了。北风仿佛也就不是北风了，让她觉得舔着脸颊的是小猫那温热的舌头。儿子犯了事后，家中的四万多积蓄就像飞进了火中的一团棉花，顷刻间化为乌有。他们又借了两万多块钱，总算把事给平了。带着饥荒过日子的滋味实在不好受，他们不敢再添置新衣裳，不敢吃肉吃鱼，不敢买水果。夏天时，柴旺家的自己种蔬菜，把黄瓜和西红柿当水果来吃。到了冬天，他们的水果就是储藏在窖中的青萝卜。烹调用的酱油和醋一律是散装的，花椒和大料也都是最便宜的。就连她每月必用的卫生巾，也改为卫生纸了，这种纸论斤卖，便宜。为了偶尔能沾点荤腥，柴旺家的有时到鱼市上，在宰活鱼的现场，拾捡人家遗弃的鱼的内脏，回来后把鱼肚和鱼肠洗净，做鱼汤面。冬天的时候，为了省下买煤钱，柴旺家的每隔两三天就出去拉烧柴。她去山上捡枝丫，也去河套的柳树丛中把那些枯树伐了，锯成段，用爬犁拉回来。去年，她发现了一个弄烧柴的好去处，就是北山的贮木场。它虽然离家远，有十几里路，但那里的烧柴不需她费心思寻觅，到了就可以装。贮木场储存的都是从深山中运下来的原木，它们大都是落叶松，通常是二十多厘米直径，比海碗大、比脸盆小的。这些成材的树经风雨多年，身上披挂的树皮也就厚实。原木被运来后，在装卸的过程中，那棕红的树皮会像秋风中的玫瑰花瓣一样，大批大批地脱落，好像原木想美美睡上一个长觉，睡前要把衣裳脱个干净。这树皮是天然的烧柴，一般是不允许人拾捡的，贮木场会把它们当作造纸的原料卖掉。看场的是个叫王店的老头，六十多了，身体结实得很，他自称一天要吃一摞烧饼。柴旺家的溜进贮木场捡树皮的时候，他呵斥过几次，后来柴旺家的把家中的遭遇说给他听，王店对她就睁一只眼闭一只眼了。不过他让柴旺家的不要白天来，让人看见的话，他会被撵回家。再说开了这个口子，别人如此效仿，也来捡树皮，这贮木场不就成了人家的柴垛了吗？柴旺家的对王店保证，她会起大早来捡树皮，天亮时就回去了，不会被人发现。就是有人看见的话也不要紧，她把树皮装在麻袋里，扎紧口，没人猜到那里面是烧柴。王店看这女人可怜，平素就把那些块大肉厚的树皮提前备好了，单独堆在一处，她来了，只需装袋就是了。有时他也给她搭个手，帮她撑着麻袋口，让她装袋时顺畅些，或是在她往自行车上捆麻袋时，帮她扶着车子。柴旺家的很感激，把自己的一件毛衣拆了，将线并成两股，织了四双厚厚实实的毛袜子，一双给了柴旺，一双寄给了狱中的儿子，另两双则送给王店了。王店接过袜子后把它们夹在指间甩了甩，就像打快板似的，用说书人的口吻问她，敢问尊姓大名啊？柴旺家的说，我叫柴旺家的。王店说，我是问你自己的名字哩。柴旺家的直起腰，想自己的本名时，头脑竟有些恍惚，她不好意思地说，我叫什么莲花的，一时还糊涂了。王店说，你这个女人我可是头回见，嫁了男人，连自己姓什么都忘了！

柴旺家的推着车子走了半小时左右，发现星星又少了许多，看来黎明之船要驶来了，这些暗礁似的星星知道阻挡不了这条金光闪闪的大船，识时务地隐去了。北风不那么猛了，柴旺家的就骑上车子。先前步行已走了三分之一的路，上了车子后，路就像进了口中的面条似的，消逝得更快了。城里的路有人清扫，车马又多，所以路上的雪是存不住的。出了城呢，由于车少人稀，无人清理，路被雪捂得严严实实的，自行车的轮子发出"吱吱——"的碾雪声。雪路两侧是平坦的庄稼地，由于冬季无人涉足，那雪平平展展的。雪地上偶有的疤痕，都是麻雀的足迹。好像麻雀看它太像一床棉被了，成心要蹬出几朵棉絮，让它破破相似的。

北山已近在眼前了，天也泛出隐隐的白色了。柴旺家的到了贮木场后，发现王店已经候着她了。堆着原木的贮木场上每隔二十多米支着个简易电线杆，上面吊着盏奶白色的灯，贮木场泛着青白的光。柴旺家的看见王店手里提着一只僵死的兔子。

柴旺家的，你怎么好几天不来了？王店说，我还以为你闹病了呢。

柴旺家的摘下手套，捋了捋濡在刘海上的霜雪，说，这不是快过年了吗，我给家刷了刷墙。去年苍蝇多，拍了一墙的蝇屎，过年得干干净净啊。

王店问，年忙得差不离了吧？

柴旺家的说，咱过年不像有钱人家，凡事都得弄个齐全。咱割上二斤肉，包上一顿萝卜馅饺子当年夜饭，再买上挂鞭炮放放，就算过年了！

你也不添置件新衣裳？王店说，我前天上城里去了一趟，自由市场卖的花布衫，才四十块，绿地红花，才俊呢。

我都半大老婆子了，穿新的谁看？

你家柴旺看哪。王店说,再说你也不显老,眉眼也好看。

柴旺家的笑了,说,柴旺吃饺子不爱吃皮,看人也不看皮,我就是穿着金缕玉衣,他不搭眼,等于白穿!

王店嘟囔一句,他爱吃馅啊——

这"馅啊"二字让柴旺家的想起了昨夜的缠绵,她羞涩地笑了。王店大约也意识到自己讲了可笑的话,跟着笑了。他晃着兔子对柴旺家的说,拿回去过个年吧,是我在北山套的。

柴旺家的一迭声地说,这可不行,你让我白捡树皮,已经感激不尽了!这兔子您自己留着吃吧。

王店说,我套了两只,有哩。你拿去吧。

柴旺家的便不好拒绝了。她在接过兔子的时候,心想这种野味咱可不舍得吃,让柴旺悄悄卖到饭店去,得来的钱一半自己留着,一半给老人买点吃食。

王店早已把树皮堆在一处了,这样柴旺家的带来的铁挠子就派不上用场了。她很快装满了两麻袋树皮,把它们搭在车上。自行车的后轮被这一左一右两个麻袋夹击着,就好像丢了一只轮子似的。王店把兔子放进篮筐,柴旺家的道着谢,踏上了回家的路。

天好像刚刚打过一个喷嚏,看上去神清气爽,透出活泼的亮色了。星星全然不见了,雪路也亮了。柴旺家的心情很好,她想趁着腊月天多捡点树皮回来,这样,正月就可以睡上几个懒觉了。城外的路弯弯曲曲、凹凸不平,柴旺家的握着车把,小心看着路。口中呼出的热气与冷空气聚合后,很快又给她的刘海和睫毛濡上了白霜。霜越积越厚,不久便把眼帘遮盖住了,她看不清路了,不得不停下来。她边清理霜边对它说,你个短命的,投胎到我眼毛上亏不亏啊，你要落脚就到树枝上去，起码还能活半冬呢。兴许是跟霜说了俏皮话的缘故，她再次骑上车后，觉得身上力气足了。她拼命蹬着车子，很快就进了城。城西的平房上已有炊烟升起了。

太阳还没出来，柴旺家的已经干完了一件活儿，她很愉快。她推着车子走进院门的时候，听见邻居刘老师家的狗"唔唔"叫着，知道它这是和自己打招呼呢。她说，空竹，我回来了，谢谢你帮我看门啊，过年时我赏你个肉包子吃。

柴旺家的把树皮倒在院墙下，将空麻袋放进仓棚，拍打掉身上沾着的木屑，提着兔子进了门。柴旺刚起炕，正睡眼惺忪穿棉裤呢。他见老婆提着只毛茸茸的兔子进来，惊问道，你这是从哪里弄来的？

贮木场的王店大哥套的，说是送给咱过年吃。柴旺家的说。

你又去北山搂树皮去了？柴旺心疼地说，看看脸都冻红了，外面冷吧？

二九了，能不冷吗？柴旺家的说，你今天出门时把这兔子带上吧，找个饭店卖了。

柴旺说，这是野生动物，明目张胆地卖，让人抓着会罚款的。

柴旺家的说，这么说王店大哥套兔子也是犯法的了？

柴旺系上裤腰带，跳下炕，说，那是了！

柴旺家的"啧啧"地说，真难为了王店大哥！

柴旺说，你把毛衣拆了，给王店织毛袜子，现在又一口一个"王店大哥"地叫，以后我可不能让你去贮木场了！

毛袜子你不也有份儿吗！柴旺家的笑了，说，我不是早告诉你了吗，他都六十多了，人家是可怜咱！

柴旺穿上鞋，跺了跺脚，说，六十的人就不能吃"那一口"了？

柴旺家的朝男人的屁股上踢了一脚，说，我看你在外面学坏了！

柴旺被踢出一个屁来，这个屁像爆竹一样炸响，把他们夫妇逗笑了。柴旺说，今年兔子少，一只少说也能卖一百块。卖了钱，你给王店买上两瓶酒，再买上几斤核桃和红枣，过年了，算是咱的心意！

我也是这么想的哩。柴旺家的愉快地说。

太阳说出来就出来了，柴旺家的去灶房烧火的时候，发现玻璃窗已泛出橘黄的光晕，是晨曦扑在上面了。柴旺在她身后说，进了腊月后，卖春联的生意特别好。他发现那些春联都是印刷的，红纸上的字不是烫金就是烫银，春联的内容也大同小异，不新鲜。他有一个点子，要是自己写了春联出去卖，全城可是独一份，肯定赚钱！这生意不需大投入，买些红纸、墨汁就行。柴旺家的说，就你那两把刷子，写的字跟蟑螂爬似的，再说你又不会编词，别做这个梦了！柴旺说，我是没那水平，我可以和人合伙呀！刘老师家的春联不是年年都是自己写的吗，他那字敦实、受看，我买纸墨，他写，然后我拿出去卖，得到的钱对半分，省得他一天到晚在家闷着！

柴旺家的说，看来你也没白在外面混，还懂些生意经了！

柴旺家的邻居是七年前由城东搬过来的：一对教师夫妻，带着一对双胞胎孩子。他们夫妇一个姓，男的叫刘家稳，女的叫刘英。他们的那双女儿，一个叫刘和和，一个叫刘顺顺。刘家稳原来是语文老师，一场车祸，使他失去双腿，要想出门，只能借助轮椅，他也因此病退了。他的妻子刘英是英语老师，高挑个，白皮肤，瓜子脸，月牙嘴，细眉细眼的，从不高声大气说话，因为她是城西一带模样姣好、挣着工资而又能说一口流利洋文的女人，所以人人都知道她。他们原来住着教师楼，由于刘家稳残疾了，家中收入减少，他们就卖了楼房，买了城西便宜的平房。那套房子是小三间，和和与顺顺姐妹一间，刘家稳和刘英一间，另一间是灶房。他们家门前像其他人家一样也有个小院子，不过他们不种菜，只种花。月季、百合、矢车菊、灯笼花、菊花、爬山虎、地瓜花、葵花，只要是刘英能弄到的花种，她都种。夏季时，她家花圃的香气弥漫在小巷中，使他们家门前的巷子成了城西巷子中最华丽的一道流苏，蝴蝶爱往他家飞，鸟儿也爱往那儿落。刚来时，和和与顺顺才十二三岁，与柴高年龄相仿，他们同级不同校。和和与顺顺不常出门，她们放了学，要么做家务，要么温习功课，不像柴高，整日里疯玩。夏天时，她们喜欢坐在花圃中读课文或是背诵英语单词，柴高听见后，总要站在这院大声挖苦：哎，这是什么鸟儿在叫啊！那院的声音就会逐渐地弱下去。有时在门口碰见了两姐妹，由于她们模样一样，穿着又完全一样，柴高根本分不清谁是谁。他就会冲她们嚷，你们就不知道穿衣裳岔开色儿，好让我知道谁是姐谁是妹！两姐妹就会掩着嘴笑。有一回，柴高居然长叹一口气在院子中对柴旺说，我要是有一天娶了刘老师家的一个闺女，非得闹出睡岔了人的事不可！她们一模一样，我知道晚上拉到炕上的是哪一个啊。这话刚巧被在那院花圃中晒太阳的刘家稳听到了，他笑了起来，说，毛头小孩，说话口气倒大！刘家与柴家的交往，就是从这儿开始的。刘家稳不能动，碰到该男人做的活儿时，他就会在那院招呼一声，求助柴旺，帮他修个门呀，镶个玻璃呀，掏掏火墙的灰呀，或是搬酸菜缸等等。为了报答柴家,刘家夫妇主动要求给柴高补课。柴高去了刘家后,听上两道题就会打瞌睡。他一打盹,调皮的顺顺就会握着一只团扇,把他当蝴蝶来拍。柴高惊醒过来,看见顺顺的笑脸,就恼怒不起来了。兴许是柴高的话起了作用,刘家姐妹开始嚷着要穿不同颜色的衣裳了,分配的结果是姐姐和和穿红的,妹妹顺顺穿绿的。柴高从此就能分清她们了,他也依此叫她们为"红和和""绿顺顺"。和和比顺顺文静,功课也比顺顺好。所以升了高中以后,虽然她们都在重点高中,但和和在快班,顺顺在慢班。柴高呢,他只考上个普通高中。柴高喜欢顺顺,他给她做过柳笛,编过花环,采过野果。有一次顺顺忧心忡忡地告诉他,说是班上的一个男生给她写了求爱信,约会她到乌吉河,如果她不去,他就在岸上留下一封遗书,投河,让全城的人都知道他是为刘顺顺死的!柴高说,这小子胆子可真肥呀,敢威胁你!柴高陪着顺顺去了乌吉河,那个男生果然等在那里。他没有料到顺顺会带个男生来。柴高可是有备而来,他全副武装。柴高见到那个男生,不动手不动口,而是"刺啦——"一声拉下夹克衫的拉链,不仅那男生被吓得后退了一步,顺顺也闪开了。柴高等于打开了一个兵器库,他赤着上身,用麻绳在自己胸脯上纵横交织地结了一张网,上面吊着型号不一的菜刀、锤子、老虎钳、锛子和斧头。总之,凡是能用来做凶器的,他悉数披挂着。柴高掀着衣襟,使它们像老鹰的翅膀一样张开着,他咧着嘴,一步步地向那男生逼近,那男生只得一步步后退,直到退到河水中,"哇——"的一声哭了,柴高这才作罢。从此以后,那男生果然不敢骚扰顺顺了,而顺顺也因此怕上了柴高,觉得他太野蛮了,所以再碰见柴高时,她就躲躲闪闪的。柴高很生气,他指着她说，绿顺顺，你个没良心的！高中毕业后，和和与顺顺分别考上了大学，红和和在北京，绿顺顺在省城。柴高落第后则上了职业技术学校。他大约意识到绿顺顺已经变成了一只翠鸟，远远飞走了，所以见了顺顺垂头丧气的。顺顺对他说，你再复习一年吧，让我爸我妈帮你补习，明年再考，要不然，你一辈子就窝憋在这里了！柴高装作满不在乎地说，我可不费那个脑筋了，我也没上大学那个命！我在职业技校学门手艺混饭吃得了！我看你爱花，想学园艺，将来给你当花匠；又想你爱吃，想学厨艺，可我最怕油烟了！要不就学美容理发吧，将来给你烫个飞机头！柴高说的时候，似是玩世不恭的样子，可他的心却抽搐着。顺顺听着听着，突然"哇——"的一声哭了，她指着柴高说，我的头发这么顺，你凭什么要给它烫成弯弯曲曲的？想让我的脑袋吊着一条条蛇啊！她哭着跑了。柴高在她身后喊着，绿顺顺，绿顺顺，我这是跟你开玩笑呢。

和和与顺顺上了大学后，刘家的生活就更拮据了。她们的学费和生活费占据了家中大半的开支。刘家稳在家时间久了，也无聊，这两年他的脾气越来越暴躁，心脏也不好了，每天要吃药。隔着墙，有时柴旺会听到他们夫妻的吵架声。要是这声音出现在清晨，柴旺家的会对柴旺说，他们昨晚这是没睡好，人睡不好火气旺。而若是晚上传来了吵架声，柴旺则会对柴旺家的说，是不是他要吃"那一口"，他媳妇不让啊？柴旺家的说，他的腿都截了，怎么吃"那一口"呢？柴旺说，你懂什么，他的腿截了，那个东西好着，该吃还得吃！柴旺家的说不过他，就去挠柴旺的胳肢窝，把他痒得胳膊抽搐着，她就会发出快意的笑声。

为了节省点路费，也为了假期打工能赚点钱，缓解父母的经济压力，顺顺去年过年没回家。和和回来了，她还穿着上高中时穿的红布衫，过了初三就返校了，要回去给人做家教。柴高出了事后，顺顺给家里打电话，要柴高监狱的地址。刘家稳把这事说给柴旺，柴旺一摇头说，顺顺理睬这个混蛋做什么？让他自己在监狱里好好反省吧，这个不成器的东西！刘家稳说，顺顺给他写封信，鼓励鼓励他，对他的改造有好处。柴旺想了想，就把地址给他了。柴旺知道儿子喜欢顺顺，因为喜欢她，连带着连绿色都爱了。他买汗衫、裤子和球鞋，一定要绿色的。吃菜，也喜欢夹绿色的菜叶往嘴里填。除了吃和穿，他把住的地方也"绿化"了，他屋子的墙围子原来是黄漆的，他非说那是屎的颜色，看了让人恶心，闹着让柴旺买了桶绿漆，厚厚地刷了一层，把颜色给改了。小孩子的这点把戏，怎么能逃得过大人的眼睛呢。柴旺知道儿子配不上顺顺，就像麻雀不能和孔雀相配一样，这是他不想把儿子的地址给顺顺的根本原因。

  刘家稳平素在家也干点力所能及的活儿，比如擦桌子扫地、烧炉子、做点简单的饭菜等。到了腊月忙年的时候，他会把笤帚绑在木棍上，举着它挨个屋子扫尘。常人一天可以干完的活儿，他摇着轮椅要做三四天。他还喜欢糊上一盏红灯笼，除夕时吊在院子的一棵山丁子树下。柴旺最佩服的，是他每年都要自己写春联，贴在门上。柴旺每回看了，都要回家羡慕地跟老婆说，还是有文化好啊，你看人家写的那几笔字，看着比街上卖的那些字都好看，有筋有骨的！柴旺家的说，他贴这样的春联，是想让过往的人知道，他们家跟别人家不一样，是有水平的家。柴旺说，可惜我不太懂那字的意思。柴旺家的说，他家的狗都得叫着个和尚的名儿，那对联不更得玄啦！柴旺一想起"空竹"这个狗名，就笑了。

柴旺吃过早饭后，就到刘老师家去了。空竹听到门响，从窝里爬出来，撒着欢儿跑过来，叼柴旺的裤脚，很亲昵的样子。刘英已经上班了，刘家稳戴着老花镜，披着棉袄，坐在窗前读书。见柴旺进来，他放下书，叫了一声"柴哥"，问他这一段生意好不好。柴旺说，好什么，一天挣个块儿八角的，也就够买两块豆腐吃的。柴旺见玻璃窗上飞满了霜花，屋子冷飕飕的，就说，这么冷，怎么不多烧点？刘家稳苦笑了一声，说，这不是为了省点煤吗。煤一年比一年贵，按暖和了烧，等于烧我的骨头，心疼啊。刘英一上班，我就给炉子断火，傍下晌的时候，我再点起火，这样她下班回来屋子就有热气了。柴旺说，哎，你对媳妇是真心疼啊。刘家稳凄凉地说，我一个废人，心疼她顶什么用？也没落得个好啊。柴旺想起了时常听到的他们的吵架声，怕刘家稳酸楚，就没敢接这个茬儿。

刘家稳张罗着给柴旺泡茶，柴旺连说"不必不必"，说完他自己都笑了。他平素会说"不用了"，没想到踏进了能识文断字的人家的门，也跟着文绉绉了。他在自嘲中跟刘家稳说明来意。刘家稳的眼神本来是黯淡的，柴旺的话，就像一炉火把他点燃了，他的眼睛跳跃着活泼的光影了。他一迭声地对柴旺说，你想得对，现在的春联都是千篇一律的，不是"好年好景好前程，顺风顺水顺人意"，就是"四海财源通宝地，九州鸿运进福门"，俗得不能再俗，我要是写，肯定能写出新意！再说那印刷的字都是从电脑里出来的，一个模样，没个性，没风骨，这样老掉牙的春联贴在门上，跟贴了狗皮膏药似的，发出的都是浊味！刘家稳的这番话使柴旺联想到自家的春联，他年年都喜欢贴一副"一帆风顺年年好，万事如意步步高",难道这在刘家稳眼里也是"狗皮膏药"?柴旺有些不快,但他想一个久病的男人太压抑了,发发牢骚也是正常的,就不介意了。刘家稳说,我们说办就办,我这儿有一百块钱,你去买红纸,再买一盒"一得阁"的墨汁。柴旺问,毛笔呢?刘家稳说,毛笔我这儿有好几支,现成的,使顺手了。柴旺说,你只管出力,不用你出钱,下晌我就把红纸和墨汁买来。卖得的钱对半分,行不?刘家稳大喜过望地说,当然了,当然了!要是真能挣到钱,我就给刘英买一台颈椎治疗仪,她一天到晚埋头备课、批作业,颈椎都变了形了,说晕就晕,要是不及时治,将来像我一样瘫痪了,和和顺顺怎么办?柴旺说,那病真能让人瘫?有那么厉害吗?刘家稳就像个医生一样,把他所掌握的颈椎病的危害一五一十地讲给柴旺,听得柴旺直咋舌,连连说,老天,那可不能耽搁了,要赶紧治!那个东西得多少钱能买下来啊?刘家稳说,我打电话问过医药公司了,打了折还得七百六十块呢。柴旺又咋了一下舌,心想卖春联很难赚到这么多钱啊。他为难地说,做生意跟打鱼似的,不知道哪一网得了,哪一网又是空的。刘家稳倒是大度,他说,咱卖春联,也是图个喜庆、有趣,赚几分算几分,你别把钱的事挂在心上。柴旺便释然了,他问和和顺顺过年回来吗?刘家稳说,为了省钱,两姐妹约好了,以后每年只回来一个陪我们过年,说是反正她们长得一模一样,我们看了一个,等于看了另一个!去年和和回来,今年是顺顺了!柴旺叹息了一声,说,她们可真懂事啊,哪像我家那个不争气的?刘家稳劝慰道,浪子回头金不换,你也别把他一碗水看到底了。

事已说妥,柴旺赶紧回家告诉老婆。柴旺家的掀起钱匣的盖儿，说，买纸买墨得多少钱啊？柴旺走过去，帮她把钱匣盖儿落下，说，这不是有只兔子吗，我先把它卖了，用卖的钱买纸墨。柴旺家的笑了，说，咱今天运气不错，驮回两袋烧柴，得了只兔子，又有人帮咱写春联，这是好兆头！唉，我做梦都想早点把那些饥荒还清了！

柴旺说，等咱那不成器的东西出来，他得跟我上街吃辛苦去！为他拉下的饥荒，他得出力还，要不他怎么知道大人的不易呢！

柴旺家的说，是啊，饥荒是条狼，让这条狼跟着他，他也就不敢撒野了，得乖乖地过日子了！

柴旺把兔子用牛皮纸包裹了，夹在腋下，出了家门。路上碰见一些老熟人，见他没有蹬着三轮车，都说，柴旺，今儿自在啊。柴旺笑着答，啊，自在！

城西的小酒馆庙小，土豆白菜、粉丝花生、虾米豆腐都是角儿，要是以往柴旺路过这样的地方，就像看见了媳妇的笑脸一样，有种贴心贴肺的暖意。可是今天因为怀揣着一只可登"大雅之堂"的兔子，他也跟着抖起来了，经过它们的时候只是乜斜一眼。

城中心那些堂皇的酒楼和饭店一座连着一座地呈现了。这种店的营业高峰在正午和夜晚，所以很多店面的金属卷帘窗还落着，门前的幌子也没有挂出来。柴旺推了三家门，都吃了闭门羹。后来总算敲开了一家，店主正在刷牙，满嘴溢着白色的牙膏沫。柴旺把那只兔子小心地放在地上，将牛皮纸展开，像隆重推出一位白雪公主似的，对店主说，看看这兔子，又肥又美，一只起码能做个三盘五盘的！别处都卖二百，我这一大早出来急着用钱，一百五卖你，成不？店主使劲刷着牙，连连摇着头。柴旺没有泄气，他继续夸赞这只兔子，店主便把牙刷插在嘴中，咬着，俯身提起兔子，掂量了几下，又在兔子的胸前摸了几把。这让柴旺很不舒服，心想他这是掏女人的胸掏顺手了。店主把兔子放在地上时，咕哝了一句"寡瘦"，然后竖起一只巴掌，让五指揸开。柴旺说，五十太少了，这可不行！就把兔子包裹起来，打算去另一家店碰运气。可店主执意要做这桩生意，他摆了一下手，示意柴旺不要走，然后跑进灶房，飞快地刷完牙返回，对柴旺说，这样吧，六十！柴旺说，六十那是半只兔子的价！店主说，那就七十，不能再加了！柴旺说，低于一百我是不会卖的！店主说，那你就快卷着它走。柴旺其实心里已经认可了这个价钱，但他想能多卖一点是一点，谁承想把生意逼进了死胡同。他很沮丧，却只能做出无所谓的样子，夹起兔子走人。谁想到才转身，店主叹了一口气叫住他，说，这是我今早的第一桩生意，图个开门红，给你八十块，撂下它吧！柴旺在心中叫了一声"阿弥陀佛"，连忙转回身，颤抖着手把兔子交给店主。店主从裤兜里摸出一沓钱，数出八十块，甩给柴旺。柴旺就像接到了福音书一样，喜滋滋地连声道谢。回到街上，他脚步轻快地去了百货商场，直奔文化用品柜台，买了红纸和墨汁，把墨汁揣在裤兜里，将那捆红纸当成一匹布，扛在肩头，打着口哨回家了。

刘家稳那里早已誊好了两页共二十几副的春联。他搬出了《乐府诗集》和《幼学琼林》，将"枝中水上春并归，长杨扫地桃花飞"一类歌咏春天的诗句摘抄下来，同时，又把"阴阳和而后雨泽降，夫妇和而后家道成"这类富有家庭伦理意味的句子也挑拣出来。除了这些，他还自己拟写了几副，如"天灯送暖月月明，春风吹雪日日春"。当然，也有借鉴古诗稍加修改的，"才见春光生卯吉，已闻清乐动云韶"，就是把"阡陌"用乌吉河的名字给替换了。

柴旺把纸墨放到刘老师家后，赶紧回家把余下的四十多元钱交给老婆。柴旺家的没想到丈夫这么快就卖掉了兔子，她赞美了一句"你能啊"，柴旺挺了挺腰杆，说，有你，我能"不能"吗！柴旺家的笑着打趣，我跟了你，你"不能"也得能啊！

柴旺满心愉悦地返回刘老师家时，他正在生火。他说这煤今天是省不下了，写字时手脚要暖和，不然字不舒展。柴旺附和着说，就是就是，冻着手写字，那字还不得硬邦邦的像窝窝头！

火渐渐燃烧起来，屋子里有了热气了。柴旺给刘家稳打下手，裁纸、摆砚台、涮洗毛笔。裁纸是个巧活，要顺着茬儿裁，不然会留下毛毛糙糙的刀痕。春联多是七言九言一句，所以裁出的纸尺幅不同，有长有短。但横幅的长度却是固定的，都是四言。半小时的工夫，柴旺就裁出了三四十副。刘家稳在正式写之前，先在一张旧报纸上练了几个字，手不生了，才往红纸上写。当那一个个散发着墨香味的字或灵动或遒劲地跳到红纸上时，柴旺觉得那简直是一群最会唱歌的鸟儿落下来了，他啧啧赞叹着，瞧瞧这字，就是有股说不出来的俊劲儿啊！把刘老师给说笑了。他不无得意地说，他娶到刘英，靠的就是这笔好字。当年他和一个化学老师都追求她，他们同时给她写求爱信，刘英一看刘家稳的字一派大气、自成一体，是那种秀丽的洒脱，而化学老师的字一副蹙着眉的样子，紧紧巴巴、小里小气的，就毫不犹豫把她的心交给了刘家稳。柴旺无限羡慕地说，你们当老师的就是浪漫啊，让信去传情。我呢，一块石头就把她搞到屋里了！柴旺把在乌吉河帮助王莲花搬石头的事说给刘家稳，刘家稳听了，说，这石头可了不得，是你们的定情物，得当神灵供着！柴旺一龇牙说，一块石头有什么好稀罕的，现今在我家酸菜缸里待着呢。

刘家稳写好一副，柴旺就把它们由书桌拿到地上，一副一副摆好，待字迹干透了，才叠起来。不觉已是正午，玻璃窗上的霜花渐渐融化了，水珠漫溢着，窗子老泪纵横的，好像在回首沧桑往事。空竹一阵温柔地叫，这是迎来了熟人的信号，果然，门开处，是捧着一个瓷盆的柴旺家的。她没戴手套，手指冻得通红。她带来的是一盆炝锅的疙瘩汤。掀开盖儿，热气旋起来，香气也打着滚儿出来了。那盆面汤不稀不稠，不油不腻，咸淡适宜。面疙瘩调和均匀，如麦粒，面汤中有爽口的白菜丝和胡萝卜丝。刘家稳看了一眼就说，这疙瘩汤做得有水平，像一幅画！比刘英做的强多了！柴旺家的笑着说，我见天在屋里做饭，再笨也练出手艺了；刘英天天上班，家里家外地忙，能把饭做熟，就不简单了！

两个男人热火朝天喝面汤的时候，柴旺家的俯身看着那些春联，边看边对柴旺说，哎呀，这些字看上去个个像年轻力壮的小伙子，真精神啊！柴旺撇了一下嘴，说，我怎么看着个个像如花似玉的小媳妇呢！柴旺家的说，那你们这不是合伙贩卖小媳妇吗？三人都笑。柴旺家的又说，怎么全是对联，没写"福"字吗？我最爱看"福"字，也爱买"福"，集市上的"福"字卖得好呢。她这一提醒，柴旺才想到家家户户年年必贴的"福"字，连忙说，是啊是啊，光想着对联，把"福"字忘了！柴旺家的说，什么字都可落下，"福"字可不能没有！说着，就帮他们裁剪写"福"字的红纸。毕竟女人心细，而且柴旺家的又是个过日子的人，她除了用整张的纸裁剪外，还把柴旺裁春联剩下来的纸也利用起来，裁了无数个方方正正的小"福"字。刘家稳放下饭碗的时候，忍不住对柴旺说，你家的女人真是个好女人啊。柴旺笑笑，说，她也就这点活儿好！柴旺家的先是朝柴旺噘了一下嘴，然后意味深长地一笑，柴旺便明白她心里要说的话了。柴旺想到夜里的欢乐，不由得脸红了。

卖春联的人，大都聚集在几个大型商场和菜市场的门前空场。柴旺选择的是新世界百货的门前，那儿的广场大，进出的人多。快到小年了，忙年正在高潮上。卖花生瓜子和糖葫芦黏豆包的生意特别好。新世界广场前有六七个卖春联的，柴旺是新人，怕别人欺生，说他抢占地盘，便花了几块钱，买了几包瓜子，每个卖春联的摊主都递上一包，说着，麻烦你们了。这些做小本生意的人虽然爱斤斤计较，但只要被人恭维了，面子上说得过去，人也就变得和善了。认识他的人会说，卖这个就是个把月的活儿，比你蹬三轮车有赚头；不认识他的人则说，你就在这儿卖吧，能在这儿挣辛苦钱的，哪家会是富裕的？不易啊。于是柴旺的生意就在他们嗑瓜子的"咔咔"声中开始了。

柴旺像那些摊主一样，把春联一副副摊开，上面压上一些砖头——怕风大时将其掀飞。他的摊位靠近大路，很显眼。那些春联一出来，果然引起了路人的瞩目，他们大都惊叹着说，哎，这是真字啊！好像印刷体的字就不是字，而用墨汁浸润的字才有血有肉似的。然而看的人多，买的人少，大多的人都嫌春联的内容看不懂。比如"贤乃国家之宝，儒为席上之珍"，很多人把"儒"读成"需"，说，"需"是什么呀，能是席面上最好的东西，咱咋没吃过呢？其中一个卖春联的插话问，那个玩意儿是天上飞的、地上跑的，还是水里游的？柴旺对"儒"也是一知半解的，他随口说，这字人字旁，一准跟人有关，地上跑的吧。于是卖春联的人都笑。

整整一天，柴旺只卖了五副春联，大大小小的"福"字倒是卖了不少。到了收工时，卖了二十多块钱，去了成本，比理想中的要少，但他并不沮丧。当他回到城西时，天已黑透了，他先去了刘家稳家。刘英正在做饭，见了柴旺，亲切地叫了一声"柴哥"，把他迎进里屋。刘家稳见了柴旺焦急地问，怎么样？柴旺说，人家都喜欢那字，说是字好看，就是不懂字的意思，所以"福"字卖得多，对联少。刘家稳叹了一口气，说，没办法啊，这是一个粗鄙的时代，风雅的人少了！柴旺说，你那笔够粗的了，它们还嫌字细不是？刘家稳笑了，说，"粗鄙"和"粗笔"是两码事儿！柴旺说，我不懂那么多，我想人家得意啥，咱就给他写啥呗！多点"喜"字"福"字"财"字"宝"字，一准好卖！刘家稳负气地说，那我就写这样一副春联吧，上联是"多喜多福和和顺顺"，下联是"多财多宝团团圆圆"，横批是"美美满满"。柴旺跳了一下脚，说，这对联叫绝了，把你家"和和顺顺"的名字都弄到里面了，好得没边了，咱就写这样的，一准好卖！刘家稳又叹了一口气，说，如今真正的好东西没人认啊。柴旺说，你刚才说的这对联就是好东西，我都认，别人更得认了！你辛苦辛苦，今晚再写上一些这样的，明儿赚头就更大了。说着，将挣来的钱拿出一半，分给刘家稳，刘家稳一再推辞，柴旺急了，说，你要是不拿着，我就不去卖了！刘家稳这才抖着手接过来，激动地看着那钱，就像他当年接过和和顺顺的大学录取通知书时的表情一样。

柴旺惦记着春联，一夜没睡踏实。他从炕上爬起来后，穿上衣服，脸没洗牙没刷就去隔壁了。刘家稳一定是贪黑写字了，他的眼圈是青的，脸色灰黄。他正坐在炕上喝粥，那端着粥碗的手哆嗦着，看来是拿笔拿得久了，累伤了胳膊。以往柴旺看见的都是刘家稳坐在轮椅中的情景，他习惯用一块布罩着腿，冬天用的是一方绿毯子，夏天用的是一块米色的亚麻布。所以当柴旺猛然看见他的残腿时，心"咯噔"了一下，他分明是看见了两截干枯的树桩！虽然隔着棉裤，但他好像看见了断裂处的累累伤疤——那有如被雷电击中后留下的黢黑的印记。他心痛了。刘家稳显然没有料到柴旺这么早来，他慌张地放下粥碗，想扯过毯子盖住腿，但已经来不及了。柴旺赶紧抱起春联，往外走。刘英在他关门的一瞬说，柴哥辛苦了啊。柴旺连忙说，不辛苦，不辛苦！想到刘家稳说她颈椎有病，就忍不住回头张望了一眼，把目光放在她的脖子上，心想这么挺直、雪白的脖子，怎么会有毛病呢？直到出了人家的院子，才想到自己是看反了地方，颈椎在脖子的后面啊，不由得兀自笑了两声。

腊月的商场就像逢了初一和十五的寺庙一样，热闹得不得了。新世界商场的门一打开，便是顾客盈门。卖春联的生意也跟着好起来。刘家稳的工夫没有白费，新写的对联出手很快，一个上午，就卖了二十多副。但也有人发牢骚，说是手写的字寒碜，还说那红纸不带金边银边的，太素气了。柴旺从不跟这样的人计较，心想你喜欢就买，不喜欢就买别的啊。卖春联的间隙，柴旺喜欢看从里面出来的人买的东西，女人们提着的多是衣服呀、裤子呀什么的。一到过年，针织品的生意就红火了，有钱的人家里里外外都要换新的，而一般的人家也要将背心短裤、线衣线裤换个新。好像不穿点新的，就没过年似的。看到那些穿戴光鲜的女人，柴旺会想，什么时候也让自己的老婆穿上这样好的衣裳呀。这时他会在心里暗暗叹上一口气。男人提出的年货和女人可就大不一样了,多半是烟酒副食。柴旺看着,眼馋得不得了,心想将来儿子出狱了,他们还清了饥荒,一定要美美过上一个年。买上几瓶好酒,再买上熏的五香猪手、鸡翅、鱼干,吃个够。他还要给老婆买上一条毛料裤子、一件软缎棉袄、一双棉皮鞋,再配上一副皮手套,好好打扮打扮她。除了张望进出商场的人,柴旺也爱张望对面的两幢米色楼房。它们是去年盖起的新楼,与新世界商场隔着一条街。楼房里住的都是有钱人。据说这房子是地热的,地面像火炕一样,人们可以坐在地上喝茶看电视,柴旺羡慕得不得了。其他卖春联的人跟柴旺一样,也喜欢在生意的空闲抄着袖子张望那两幢楼。看来屋子里暖气太足,大多的人家都开着气窗,有的甚至把阳台的窗户也打开。柴旺想,要是这多余的热气能跑到自己家去多好啊,这样老婆就不用起大早去北山的贮木场拉树皮了。卖春联的人中有一个叫老皮的,他的手指间始终夹着香烟,抽一口要咳嗽一声,然后再吐上一口痰。吐痰是个肮脏事,所以去他的摊位买春联的人少。他闲站的时候多,眼珠子也就不停地转,东看看西看看,嘴也不闲着,不时发点感慨。有一刻,他觑见对面楼上的阳台出现了一个穿着水红色毛衣的女人,就大声说,快看,那娘儿们多俊啊。待大家顺着他手指的方向张望那个女人时,老皮忽然吧唧了一下嘴,说,那屋子是地热的,这女人的男人×她,都不用上床啊。说得过往的人都爆笑起来。

这天下来,柴旺赚了六十多块钱。晚上蹬着三轮车回家时,他还没忘了观察是否有顺路的活儿。在一家粮油店的门口,恰好碰见一个抄挲着手的女人,她的脚畔放着两袋面,她打了三辆出租车,都没乘上,正恼火着。她见着柴旺,吆喝了一声,蹬三轮的,三块钱，把我和这两袋面驮到自来水公司的家属楼，干不？柴旺说，干！就停下车，帮她把面放上去。怕那女人踢着春联，他将它们捆到车的横板上。这女人一坐上去就骂出租车司机，说是快过年了，出来的人多，他们活儿好，就牛气了。柴旺从她的絮叨中得知，一个司机的车里已经有个乘客，嫌她去的地方不顺路，没拉她；一个司机朝她多要两块钱，说是两袋面等于一个人了，她让那人赶快滚蛋；还有一个呢，说拉人可以，拉面不行，他的车的后备厢刚清理过，两袋面一进去，后备厢就得成烟道，被熏染脏了。女人在喧闹的市井声中大声骂着，你说那后备厢又不是大姑娘的那个东西，不能随便进，他这不是明着熊人吗！把柴旺听得嘿嘿笑起来，心想今晚回家可有话跟老婆学了，也让她开心开心。

把那发了一路牢骚的女人送到目的地后，天已完全黑了，白天时瞎了一天的街灯又复明了。毕竟在外面站了一天，又猛蹬了一通三轮车，柴旺的腿酸了，背上也汗津津的了。待他到了城西时，腿有些发木了，想快蹬却蹬不动。路过有来杂货店的时候，柴旺忽然看见刘英站在路边。他以为她来买个酱油或醋的，就说了声，买东西去啊？刘英叫了声"柴哥"，迎着他走过来，小声问，今天的春联有人买吗？柴旺说，比昨天强多了，没少挣，六十多块呢！刘英长嘘一口气，说，那我就放心了。昨晚他为了写通俗的春联，熬了一宿。我还寻思着要是没卖多少，我就把钱给你，你再给他，就说是卖得的钱，让他痛快痛快。你不知道，柴哥，我们搬到城西这么多年了，我还是头一回见他这么高兴，他累是累，可他知道吹口哨了，他得病后，这还是头一回吹口哨呢。还有，这两天他也不和我顶嘴了，要是以前，我说什么话，他都逆耳，要跟我发脾气。柴旺说，人一有事情做，心里高兴，脾气就顺了。可惜不是天天过年，要不我天天都帮他卖春联！刘英"咯咯"笑了，她笑起来的声音非常清脆、明媚，听得柴旺心里怪痒的。刘英拿出一百块钱塞给柴旺，说，这个你拿着，赶上哪天卖得不好，就从这里拿出个十块八块添上给他。柴旺推辞着，两个人的手不知不觉扭结在一起，虽然隔着厚厚的棉手套，可柴旺还是红了脸，心想这不等于拉别的女人的手了吗？

柴旺收下了那一百块钱，想着过几天变着法儿把它还回去就是了。他不愿意别人看见他和一个女人在大街上拉拉扯扯的。他真想告诉刘家稳，你老婆对你真是疼啊，你在她那里落下的都是好啊，可别瞎琢磨了！可他明白这个事情是个秘密，不能说的。以前他就对刘英印象不错，今晚的接触，使他觉得这个女人愈发可爱了，以至于推开自家门时，他的耳畔萦绕的还是刘英那少女般天真烂漫的笑声。

柴旺每天早出晚归，生意时好时坏。但柴旺反馈给刘家稳的，总是一个"好"字。柴旺家的连续去了几趟北山的贮木场，驮回的树皮堆成了个棕红色的小山。她用卖兔子得来的一部分钱，给王店买了两瓶二锅头、一块酱牛肉、三斤花生和一斤黑芝麻糖。当柴旺家的把这些东西送给王店时，他叹了一口气说，你这个女人啊，心太善了，谁给你点好处，你能惦记人家一辈子！柴旺家的说，人家给我一，我要是有，就会还十啊。可惜我家太穷了！

小年了。一大早，柴旺家的就起来烧香祭灶了。待柴旺起来，她已蒸好了一笼屉黏豆包。柴旺蘸着白糖，一口气吃了六个。柴旺家的怕他吃多了胃会反酸，就端过咸菜碗，让他吃几口调和调和。

柴旺家的说，今天过小年，不管卖多卖少，今晚可得早点回家啊。我包好饺子，等着你回来下。

柴旺用筷子挑着根咸菜，小口小口地咬着，说，吃过了饺子，你得让我吃"那一口"，我就早回。

柴旺家的笑着说，世上哪有那么多好吃的都留给你？你要是不早回，我自己先吃！

一个人怎么个吃法？柴旺嘿嘿笑着。

柴旺家的说，反正不是你这个吃法！说着，她夺下柴旺手中的筷子，嗔怪道，你怎么跟鸡似的鹐着吃？

柴旺像小孩子一样撒着娇说，这咸菜太齁，我就得这么吃啊。

赖皮缠！柴旺家的笑骂了他一句。

赖皮缠要出工了！柴旺在老婆的屁股上拧了一把，戴上棉帽子和棉手套，把春联放在三轮车上，摆他的摊儿去了。

兴许是过小年的缘故，新世界商场比往日更热闹了。买春联的人络绎不绝。有个卖春联的吆喝着，买春联了，买春联了，买上一副岁岁平安，买上两副月月发财，买上三副天天快乐！人都爱听个吉利话，所以到他那里买春联的就多。柴旺不甘落后，也学着吆喝，买春联了，买春联了，我的春联自己写，真心真意好运气！果然，来他的摊位的人也不少了。

中午的时候，柴旺像以往一样买了两个烧饼，站在寒风中吃下。吃完，他正拍打着落在胸前的饼渣呢，忽听一个熟悉的声音喊他：老柴！柴旺循着喊声望去，竟然是与他一同烧过锅炉的黑头！他穿着笔挺的裤子、一件棉皮夹克衫，没戴帽子，头发梳得又光又亮，脚上的皮鞋也是又黑又亮。他的皮肤显白了、润了，看上去年轻了好几岁,仿佛是脱胎换骨了。

柴旺想跟黑头握下手,但他伸出去后又缩回来了。黑头倒是大大方方地拍着柴旺的肩膀说,老柴,我在外面常能想起你来啊!咱们在一起的那几年,有滋味啊。

柴旺嗫嚅着说,看你这样子,一准是发了,不当厨子了吧?

黑头说,合该我时来运转!我当厨子时,有天一个电视剧组借用我们餐馆拍出戏,需要个配戏的厨子,我就上了,结果他们都说我演得好,说我天生是吃演员这口饭的人,我就扔下马勺,跟着他们跑龙套去了!

柴旺"哎呀"叫了一声,说,那以后我在电视上能瞅见你了?真是想不到!

黑头说,我在戏里都是小角色,你也不会注意到的。

柴旺说,小角色演多了,不就成了名角儿了吗?

黑头对柴旺说,他这次是回来离婚的。前些年老婆嫌他无能,一直跟他闹离婚,他拖着。现在他看开了,想离,老婆又不干了,说是跟他感情深,不能说了就了!黑头跟柴旺骂着老婆:妈的,以前她整天跟我抡风扫地的,没个好脸子,现在看我混出点人样了,就赖上我了!早晨给我煎荷包蛋,中午给我炖排骨,晚上给我端洗脚水,你说这种势利眼的女人谁还敢跟她过啊?黑头愤愤地说着,他怀中的手机响了,他掏手机的时候跟柴旺说,我要去买点烟酒串个亲戚,你忙你的啊,改日再聊。柴旺讪讪地笑着,说,得空儿去我那里坐啊。

看着黑头的背影,柴旺是又羡慕又难过,心想同是烧锅炉的,人家就能混出个人样,而自己一事无成,还得站在寒风中出苦力,实在是无能啊。这样一比较，就有点打不起精神，别人大声吆喝着招揽生意时，他也不跟着吆喝了；有人过来问他的春联怎么卖时，他阴沉着脸，爱理不睬的，好像卖与不卖与他无干。所以有那么一两个小时，他的表情是僵的。但柴旺毕竟是柴旺，他钻了一会儿牛角尖后，想起了老婆嘱咐他今儿早点回家吃饺子的话，马上又心平气和了。他想黑头表面上看是过好了，可他心里过得不好。而他柴旺呢，表面看着过得寒碜，可是心里却是光明的、温暖的！一个男人只有心里过得好了，那才是真的好啊。

柴旺又起劲地叫卖他的春联了。下午起风了，春联在风中猎猎抖动着，新世界广场的门前就好像腾起了无数簇火苗。三点多钟，天色便有些发灰了。商场的很多商贩都提前闭店，准备回家过小年了。从商场出来的人多，进去的少了。到了四点，太阳已经到了山脚，想必它也是在寒风中奔波了一天，看上去苍白、疲惫，恨不能一头栽倒的样子。商场已经关门了，做生意的人也都收摊回家了，可柴旺还守着他的生意。老皮临走的时候说，柴旺，天要黑了，人都回家过小年去了，你别在这儿耗着啦，哪他妈的有人买啊。柴旺说，再等个半小时左右的，兴许有过路人买呢。

商场跟住家到底是不一样，说热闹就热闹得没边际，说冷清就冷清得过了头，店门一闭，真的是门可罗雀了。柴旺把三轮车挪到路边，把春联一条条地搭在上面。这样能离过路人更近一些。街上行人车辆都不少，但没谁停下来买他的春联。柴旺想，买春联是个吉祥事，人们肯定喜欢阳光灿烂时买，那样会觉得一年都有光明。这样一想，也打算回家了，可恰在此时有一个老头凑上前来，要买三副春联，说是一副贴在大门上，一副贴在二门上，一副贴在仓棚中。柴旺暗喜，因为他让刘家稳特意写了几副与仓棚有关的春联。仓棚是盛粮食和鱼肉的地方，虽然不住人，但那些有阅历的老人，把它看得比住人的房子还亲，过年时爱给它贴上副对联。对联中少不了"鱼满仓""粮满囤"的字眼，横批则是千篇一律的"年年有余"。老人除了买春联，还买了两个大"福"字、六个小"福"字。柴旺收了钱，把它们卷在一起，递给老人，说，您老过年好福气啊。老人颤声回道，你也好福气啊。

就是这份生意，让柴旺打消了回家的念头。太阳落山了，天色越来越暗，柴旺觉得身上阵阵发凉，就原地转着圈，活动活动手脚。虽然他用砖头压着春联，但它们的边角还是被风吹得一抖一抖的，仿佛也害冷的样子。柴旺对着风说，刮吧，刮吧，过些日子春天来了，你们也就没命了！风好像真的听懂了他的话似的，突然间嗷嗷叫起来，打着旋儿刮起狂风。这阵风把柴旺刮得站不稳脚了，三轮车上的春联也被吹得唰唰唰地急响，只见两张"福"字被风抽了出来，翩翩飞起来。柴旺趔趄着，跳着脚去够"福"字。有一张被他抓了回来，另一张却被风裹挟着，飘摇着过了街，朝对面的米色小楼飞去了。柴旺眼巴巴地看着它忽高忽低地接近靠西的那幢楼。中间门洞的三楼的阳台敞开着，它在那儿微微沉吟了一下，然后一跳一跳地进了这户人家。柴旺心想，幸好是张"福"字，要是他卖烧纸和纸钱，这样的东西飘进去，人家忌讳，不骂死他才怪呢！

狂风肆虐了五六分钟后，渐渐平息下来。风去了，路灯亮了。柴旺见街上行人和车辆都少了，他确实没生意可做了，就把摊开的春联拢到一起，准备回家了。他刚上了三轮车，才蹬了几下，就听街对面有人吆喝，哎，卖春联的，等一等！柴旺停下来，看着那人穿过街道，待他气喘吁吁地到了跟前时，柴旺说，你要几副啊？

那是个三十多岁的矮胖男人，圆脸，小眼睛，塌鼻子，额头上有好几道疤。他没戴帽子手套，穿黑貂绒的短衣，大约急着出门，扣没系，敞着怀，露着里面穿的一件灰色羊绒毛衣。他问柴旺，这里就你一个人卖春联吧？柴旺说，天都黑了，就剩我这一份了。那人问，你这儿是不是刚丢了一张"福"字？柴旺说，啊，是有一张，一阵大风给刮跑了！那人又说，是自己写的"福"字吧？柴旺说，是啊，我求邻居写的，他的水笔字才好呢。那人一咧嘴，说，"福"字飞我家去了！拿着，这是给你的赏钱！说着，从裤兜里掏出一沓百元钞票，拍到柴旺手中。这人手劲大，再加上柴旺毫无准备，他被拍得抖了一下。那人说，今天过小年，老天爷帮忙给送"福"字，我今年一准发！柴旺握着那把钱，说，一张"福"字，你给这么多钱，我不好意思拿啊。那人说，有什么不好意思的？赏的就是赏的！你不知道我是谁吧？告诉你，我是花疤瘌，听说过吧？柴旺握着钱的手哆嗦了一下，说，太知道了，五福酒楼和四喜洗浴中心都是你开的。那人说，那你还啰唆什么？柴旺赶紧说，那我可就揣起来了，谢谢啊。

花疤瘌说了声"不谢"，摆摆手，穿过街道，回楼了。柴旺待在路边，像做了一场梦，许久才缓过神来。花疤瘌是小城的名人，他仗着手下有几个敢舞枪弄棒而又死心塌地跟着他的小兄弟，硬是把一家经营不错、地段甚佳的超市强行贱买过来，开了酒楼。只要酒楼生意稍稍不好，他的弟兄们就会提着刀，到各个有实权的单位去要挟，说是最近怎么不去五福酒楼了？吃不起了吗？吃不起的话就拿人赊账啊！一般的领导不愿意招惹这伙地痞，所以赶紧找个借口去那里吃上三顿两顿的，算是买个平安。传说他利用洗浴中心的小姐把公安局长牢牢套住了，暗地认了干兄弟，所以在市面上始终颐指气使的。这花疤痢原来的外号叫"胡疤痢"，胡是他的姓，疤痢是因额头的那些刀痕而得名的。后来有个能掐会算的看了他额头的疤痕后，非说那些刀痕形如牡丹，给他带来了旺运，他等于是头顶着富贵花，所以他自己把"胡疤痢"改成了"花疤痢"。花疤痢房产很多，暗中养了好几个女人。柴旺想这幢米色新楼里住的也许就是他的姘头。

钱是好东西，可是因为不是劳动所得的，而给他的人又是花疤痢，柴旺心里很不舒服，觉得这钱不干净。他数了数，一共是八百块。这是他一个月都挣不来的，一个"福"字却做到了。他叹了口气，琢磨着这钱该怎么个用法。想来想去，竟然想到刘英身上去了。记得刘家稳说过，如果赚了钱，就给她买一个颈椎治疗仪，那个东西七百多块，刚好能把这笔钱花掉。再说，这病危害大，要是不及时治，将来真的瘫痪了，那个家不就完了吗？柴旺可不想看到那么好的一个女人受罪。他想，这钱就使在刘英身上了。用途一确定，柴旺觉得心情舒畅了。他想这事回家不能跟老婆说，她会多心；更不能跟刘家稳说，久病的人疑心更大，他会想，你放着自己的老婆不打扮，心疼我媳妇是啥意思？

柴旺朝家走时，城里的爆竹声接二连三地响起，看来很多人家已经开始煮饺子了。他远远就看见老婆站在大门外迎候他。她显然是着急了，一见面就说，煮饺子的水早就烧开了，干等你也不回，我都担心了，正想着找你去呢。

柴旺说，担心啥？这不好好回来了吗？

柴旺洗脸洗手，柴旺家的往灶里添了几块树皮，去下饺子了。柴旺拆开一挂鞭炮，取下半帘，在院子里放起来。鞭炮声刚一落下，空竹就汪汪地大叫起来，它叫得抑扬顿挫、格外清脆，仿佛要延续那爆竹声似的。柴旺笑了，冲那院的狗说，你也知道过年了？

柴旺吃过饺子后，就到刘家稳家去了。刘家稳穿了一件鸡心领的紫红毛衣，头发梳理得很柔顺，正帮着刘英包饺子。柴旺说，你们家的饭够晚的了！刘家稳说，我知道你吃过了，你们家的鞭炮声都告诉我。柴旺把当天挣得的钱分给刘家稳，刘家稳则把新写的几副春联交给柴旺。柴旺在离开的时候对刘家稳说，你的字出了名了，我估摸着，今年起码有几百户人家贴你写的春联呢。刘家稳笑了，柴旺还是第一次见到他发自内心的笑。

第二天早晨，柴旺蹬着三轮车，直奔医药公司去了。他想先把颈椎治疗仪买了，然后再去卖春联。他是医药公司开门后迎来的第一个顾客，所以当他发牢骚说这个枕头一样的玩意儿怎么能值这么多钱的时候，营业员就说，人都说第一个客人来就能开张的，一天都会有好运气。这样吧，我给你把零头抹去了，七百！柴旺心想，能抹零头，证明这价格跟甘蔗一样，还能往下削。他说，六百六吧，要不我就不买了。营业员开始坚持说不行，柴旺就做出要走的样子，心想你要觉得我是条鱼，还会拽我回来的。营业员跺了一下脚，冲着柴旺的背影说，行了行了，六百六给你了，我也图个六六大顺！不过不能开发票，不然我赔死了！

柴旺把那个治疗仪小心翼翼地捧到三轮车上，朝城东的二中驶去。天阴得厉害，气压很低，柴旺觉得胸有些憋闷。路上车辆和行人都多，街角卖烧纸的摊位多了起来。柴旺想着也该给父母买上几刀烧纸了，按照风俗，过了小年就可以上坟去了。

过了商业中心，往城东的路上，车辆和行人就稀少了，所以路敞亮了，给人一种素净的感觉。这一带的中学都是重点高中，儿子没考上这样的学校，柴旺就难得有机会来。想到儿子独自在监狱中过年，柴旺的心里就有些沉。雪花飘下来了，腊月的雪是最豪放的，朵大，密集，转眼间，天地间已是白茫茫的了。柴旺感受着雪花温存的抚摸，心也就舒畅了一些。

二中传达室的老头把柴旺拦在门口，问他找谁。他说找教英语的刘英。老头问他带身份证了没有，进去的生人要填单登记的。柴旺说没有。老头摇着脑袋说，那可不行。柴旺急了，说，大哥，我是她家邻居，她家有急事，你行行好，帮我叫一声不行吗？老头看柴旺一副可怜巴巴的样子，想刘英家或许真的有了急事，就觑着眼看了看贴在墙上的一张电话号码表，拿起电话，拨了过去。老头"喂——"了一声，说，我是传达室，给我招呼一声英语组的刘英老师，她家有急事，有个人找他。停了一会儿，老头问柴旺，问你叫啥名？柴旺如实相告，老头复述过去。又停顿了一会儿，老头"喀嚓"一声放下听筒说，等着吧，刘老师下来了。

刘英那天穿着一件墨绿色的棉袄，她踉跄着从飞雪中跑来，让柴旺觉得这是一团早来的春色，心咚咚地狂跳起来。柴旺为了避开传达室的老头，把车子推到大门外的路对面，这样他们说些什么，老头就听不清了。

刘英见了柴旺颤着声说，柴哥，家稳怎么了？摔了吗？心脏不好了吗？

柴旺笑了，他从车上取来那个颈椎治疗仪，说，刘老师说你颈椎不好，他想用卖春联的钱给你买这个，昨天我刚好得了一笔外财，我怕跟他说了他不让买，就替他给你买了。你回家就说单位发的吧。

刘英松了一口气，她身子发软地听柴旺讲那阵狂风和刘家稳写的那个"福"字如何飘进人家的阳台。柴旺说，幸亏那地热的房子热气冲，要不"福"字飞到那儿也是进不了人家。他说这是刘家稳给她带来的福。她必须得接着。

刘英满怀感激地接过它，说，我知道你家还拉着饥荒，那钱你该自己家留着用呀，要不把它退了？

柴旺说，要是退了它，我就没脸跟你做邻居了，我搬家！

刘英颤着声说，那我就收下了，谢谢你啊，柴哥！

虽然隔着纷纷扬扬的雪花，柴旺还是真切看到了刘英噙在眼里的泪花，他觉得那是他今生看到的最美的花朵了。

柴旺回到新世界商场的门前时，雪已经弱了许多，是零星小雪了。老皮一见柴旺就嚷，我还以为你看天下雪，不来了呢！都说瑞雪兆丰年，今儿买春联的人多，你要是不来，可是亏大发了！

柴旺赶紧把车停在角落里，抱起春联，在老地方一条条地摊开。白雪地上的红纸春联就像生长在水边的一簇簇红柳，明媚鲜润极了。果然，春联一打开，买主就一个跟着一个来了。转眼间，大大小小的"福"字已卖了多半。柴旺在生意的间隙，不由自主地张望昨天"福"字飘进的那个阳台。今天阳台的窗子没有开，想必它收了"福"字，知足了。

这一天柴旺收入不菲，接近百元了。想着买颈椎治疗仪讲下了价钱，省了钱，就让老皮帮他照应一会儿摊儿，他蹩进商场，左挑右选的，给老婆买了件五十二块钱的袄罩。他本想买绿色的，可一想老婆脸黑，穿绿的更显黑，就把绿的扔下了。又想买红的，一想老婆微胖，穿红的会显得更胖，就抓起了蓝色的。蓝色的袄罩是盘扣，上面有着隐隐的白色条纹，像一条条雪线，看上去古典庄重，柴旺很中意。

当晚柴旺提着这件袄罩回家时，柴旺家的说，我有衣裳穿就行，咱又不是小孩子，非要穿新的，真不该浪费这个钱啊。虽然嘴上这么说，可她心里却是欢喜的。她迫不及待地奔向脸盆，洗了手，轻轻拎起袄罩，拿到镜子前试穿。穿扮好，她喊柴旺，过来看看啊，好看不好看？柴旺走过来，看见柔和的灯光下，老婆穿着一件蓝地白花的小袄，并着双腿，顺着胳膊，微微抬着头，端端地看着他，像是个待嫁的新娘。他忍不住走上去，亲了她一口，说，真好看。柴旺家的说，有什么好看的？一身的肥肉，一捏一把褶子，也就你得意吧。柴旺说，别人得意我还不乐意呢。柴旺家的知足地笑了。那晚，柴旺理所当然吃了两样好饭。吃第二样好饭时，他想起了飞雪中刘英眼里闪烁的泪花，有些力不从心，草草了事。柴旺家的只当他累了，用手温柔地摩挲着他的头发，说，你在外辛苦了一天，好好睡吧。

到了腊月二十五六，春联的生意明显落潮了。该买的人家早就买了。柴旺在二十七的上午去山上给父母上了坟，中午回来时觉得头重脚轻的，像是要感冒的样子。柴旺家的给他煮了碗姜汤，让他下午在家睡觉，不要出去摆摊儿了。柴旺确实有些支持不住了，喝了姜汤，就倒在火炕上，整整睡了一下晌。黄昏时，他醒了。柴旺家的烧好了一大锅洗澡水，怕柴旺着凉，她把澡盆摆在炕头，将热水一盆盆地端来，注入澡盆，用手试了试水，对柴旺说，好好洗个澡，发发汗，感冒好得快。柴旺答应着，像小孩子一样乖乖踏进澡盆。初入水时他像乌鸦一样"呀呀"大叫着，嫌水烫，要出来。柴旺家的捺住他，说，待一小会儿就好了。果然，一两分钟后，他适应了水温，慢慢坐下去，水也随着浮起来，快要溢出澡盆了。柴旺家的帮着丈夫往肩胛处撩水，轻轻搓洗着他身上的灰尘，足足洗了一小时，把天给洗黑了，把柴旺洗得红彤彤的了。先前柴旺还昏沉着，这通洗，这通滋润，又让他神清气爽了。

洗过澡，柴旺吃了碗面条，帮老婆蒸枣糕。柴旺家的擀面，柴旺则把红枣一颗颗地摁在面圈上，层层铺起来。碰到有虫眼的红枣，柴旺就把它丢进嘴里，吃一半吐一半，他不想让大年初一吃的枣糕有瑕疵。他们正忙得热火，听见邻居家传来争吵声。他们在灶房，还隔着一间屋子，却能听得到，可以想见吵得有多凶。柴旺家的停下手中的活儿，说，好长时间不吵了，怎么要过年了又不顺心了？柴旺说，吵几句也就消停了，别管它。他们把枣糕放进锅里，添足柴火蒸着。然而吵架声是越来越大了，能听见男的在吼，女的在哭，中间还穿插着摔东西的声音。柴旺家的说，你今天没去卖春联，没跟人家说，是不是人家以为你昧了钱了？你过去说一声吧。柴旺说，他们俩都不是爱小的人，不会的。柴旺话音刚落，只听女的哭声越来越凄厉，空竹求助似的汪汪大叫起来。柴旺说，这么个哭法，是出大事了，要不你过去看看？我在家看着锅？柴旺家的说，要去就一起去，看看没大事咱就回。枣糕反正得半个钟点才能熟，续足柴火，不用看着。夫妻两人就锁了院门，去了刘老师家。

一进刘老师家的院子,就见空竹两只前爪搭在屋门上,在挠门。看见柴旺夫妇进来,它哀怜地叫一声闪开了,由柴旺把门打开。

这哪里还有家的样子啊。里屋的地上到处是碎片,有暖瓶的碎屑、杯子的玻璃碴和茶壶的瓷片。想必这些物件被砸时都盛着水,地上水淋淋的。刘家稳坐在轮椅上,脸色铁青,嘴唇灰白,喘着粗气。刘英呢,她蜷缩在写字桌下,哭得抽噎了,已经起不来。柴旺家的去扶刘英,柴旺则对刘家稳说,你看你们还是做老师的,怎么这样?夫妻间有什么大不了的?

刘家稳停顿了一刻,也掉下眼泪,他说,柴哥,咱们这么多年的邻居了,你也看见了,我容易吗?我残是残了,可我在家什么不干啊?连老娘儿们的活儿我都得做,可我落得个好吗?她在外背着我跟人胡搞!

刘英本来安静一些了,丈夫的话又使她激动了,她挥着胳膊,嘶哑着嗓子申辩,我冤枉,我没有啊,你怎么就不信任我呢,我白白跟你过了二十几年,白白给你养了那么一对好女儿——

刘家稳说,前两天刘英拿回家一个颈椎治疗仪,说是单位发的。一开始他信了。可是后来一想这个东西比较贵,二中教师的工资有时还会拖欠,怎么可能有钱发它呢?他今天下午就给过去的同事打电话,都说二中最近只给老师发了一箱苹果、两袋元宵作为春节的福利。他这才知道刘英跟他撒了谎。刘家稳说,这个东西一定是当年跟他一同追求刘英的那个人给买的,如今他发达了,当了教育局局长,有小车坐,什么东西单位报销不了?刘家稳指着刘英说,你看我无能了,就跟那个字写得像蟑螂爬一样的人偷偷好了!

你还嘴硬不承认！我告诉你，刘英，我刘家稳不是寄生虫，不是癞皮狗，我给你自由，明天我就摇着轮椅上法院跟你离婚去！

刘英失神地看着柴旺，柴旺汗如雨下。他的一生还从来没有经历过这么尴尬的时刻。好像哪个人栽赃他，把偷来的东西放到他兜里，让他有口难辩。他看了看老婆，看了看刘英，看了看刘家稳，又看了看地上的那一摊碎片，明白他如果不说出实情的话，刘老师的婚姻就真的成了地上的那摊碎片；而如果他说出实情的话，自己的婚姻则可能成为了那摊碎片。

但柴旺还是咬着牙道出了实情，他说的时候汗如雨下。

刘家稳平静下来了。刘英也平静下来了。不平静的是柴旺家的，她慢慢撒开紧握着刘英的那只手，摇晃着站了起来，脚踩着那摊碎片朝外走。刘家稳问柴旺，你花多少钱把那个玩意儿买回的？柴旺木然地说，六百六。之后柴旺起身去追老婆。

柴旺家的回到家，先是把锅盖掀开，一块热气腾腾的枣糕已经蒸好了，它看上去就像一朵盛开的莲花，鲜艳蓬勃、散发着淡淡的香气。她小心地把它从帘子上取出，放在面板上，刷了锅，又盖上锅盖。灶里的火已经快熄灭了，柴旺家的蹲在灶坑前，看那几块隐隐发红的火炭。看着看着，她站起身，回屋将柜子上放着的那些没卖完的春联和"福"字一股脑儿地塞进灶里。纸一接触火炭，就跟闪电接触了乌云似的，立刻会爆发出激情。不同的是后者爆发的是滂沱大雨，而前者爆发的是熊熊火焰。锅受了这团烈火的煽动，立刻"吱吱——"地叫起来。柴旺家的待火势弱了，又跑回里屋，拎出那件蓝地白花的新袄罩，团了一下，扔进灶里，它立刻变成一团火焰。不同于纸的是，袄罩燃烧时散发出一股难闻的气味，好像是放了一个臭屁。

柴旺不敢跟老婆说话,他也不知道该怎样解释自己的行为。夜深了,柴旺铺好了两床被子,但柴旺家的上炕收起了一套,把它搬到儿子的房间去了。她去那里睡了,还把门插上了。半夜,柴旺听见那屋传来嘤嘤的哭声,他的心都要碎了。他怕老婆发生意外,一直睁着眼小心地听着动静,凌晨三点左右的光景,那屋传来了均匀的鼾声,柴旺这才放心地睡了。

柴旺睡着不久,柴旺家的就醒了。她躺不住,就穿衣起来。隔着灶房,能听得见柴旺的鼾声,她在心里骂了一句,没良心的,你倒睡得香!柴旺家的仍然伤心着,她不想待在屋里,就到户外透气去。天还黑着,她的心也黑着。空竹隔着院子向她低声打着招呼,她没好气地说,瞎哼什么,一边待着去。她想起了北山的王店老人,不知怎的,她特别想见到他。柴旺家的推上自行车,惯常地带上两条麻袋和铁挠子,出了家门。

路上一个行人都没有。风很小,但空气异常寒冷。快近除夕了,夜空是暗淡的,月亮只露着浅浅的一条弯线。柴旺家的望了一眼,觉得它很像一个冷笑。她骑上自行车,慢慢蹬起来。她的腿和眼从来没有这么不中用过,腿发木,眼发花,走着走着就下了道,连人带车不停地滑进路边的雪窝里。等她跌跌撞撞地到了北山贮木场时,已被摔得浑身酸痛。像以往一样,早有一堆块大肉厚的树皮堆在那里了。柴旺家的把它们一片片地塞进麻袋里,捆绑在自行车的后座上,然后拍打着身上的木屑。干完活儿,曙色微现,柴旺家的朝王店所住的小屋走去,那里亮着灯。守夜的人如果睡着了,喜欢亮着灯,看来灯也是守夜人啊。柴旺家的敲响了那扇门。王店以为发生了什么事,很快打开了门。一股热气扑出来,王店只穿着一条单的黑线裤、一件蓝背心。他露着的胳膊是古铜色的,那么的饱满。

王店吃惊地问,柴旺家的,你不是说过年前够烧的,不来了吗?柴旺家的委屈地叫了一声"王店大哥",扑到他怀里,哭了起来。王店抱着她,什么也没问,任她哭。王店一开始是松松地抱着她,后来是紧紧地。柴旺家的感觉到肚腹处突然间被硬硬的东西给抵着了,她就像撞了鬼似的激灵了一下,不再哭,从他怀中挣脱出来,跑了。

柴旺家的没忘了推起她的车子,驮着树皮回去。她真没有想到六十多的人了还能那样,怪不得他一天要吃一摞的烧饼呢。她凄凉地对自己说,以后再也不能来这里捡树皮了呀,我家的炉子好粮吃到头了!出了贮木场,她把车子扔在路上,坐在雪地上号哭起来。她的哭声把几只乌鸦给吓着了,它们也哑哑叫起来。柴旺家的一直把太阳哭得冒红了,泪干了,这才骑上车子回家。待她下了水泥马路,拐上了通向家中的巷子时,她看见了刘英。刘英推着自行车,大概是要上班去了。刘英见了她远远就停下来了,像以往一样跟她打招呼,只不过声音怯怯的:柴旺家的——

我不是柴旺家的,我叫王莲花!柴旺家的咬着牙冷冷地说。

柴旺已经起来了,他正耷拉着脑袋蹲在灶前烧火。柴旺家的进屋后,柴旺看见老婆满身木屑、满头霜雪的,忍不住蒙着脸哭了。

除夕来了。柴旺家没有贴春联,刘家稳家也没有贴。刘家稳给一家朝鲜馆子打了电话,以一百八十元的价钱,把空竹卖了。空竹被生人捆了,离开主人家院落的时候,知道那是生离死别了,凄惨地叫着。柴旺站在院子里听着,心一阵一阵抽搐着。

刘家稳凑足了六百六十块钱,摇着轮椅给柴旺送来。柴旺颤着声对他说了一句,你何苦要这样呢?

除夕夜里,柴旺家的包了饺子。快下饺子的时候,柴旺拿出半帘鞭炮,要出去放,被老婆制止了。她说,今儿我要放个大炮仗!

柴旺家的先是把灰尘累累的灯笼从仓棚里拎出来,点燃,挂在院子的窗下,让黑暗的门前有了暖融融的光影,然后她反身回屋,高高挽起袖子,掀开酸菜缸的盖,奋力把那块青石从里面捞出来,往屋外走去。她的胳膊被冰冷的酸水杀得通红通红的,青石哩哩啦啦地淌着酸水,好像知道自己性命难保,一路落泪。它被"嗵——"的一声放在院子里了。柴旺家的举起一把大锤,"咣咣"地砸起了石头。那石头像是经历了千锤百炼,很难对付,开始时没有伤筋动骨,只是迸射着簇簇火星。柴旺家的加重了力气,大锤在它身上一次次施压,它终于承受不住了,先是小块小块地掉着肉,后来终于在绝望的叫喊声中崩溃了,彻底丢了魂儿,成了一堆碎石。柴旺目瞪口呆地站在那儿,他觉得那摊散发着陈腐气味的碎石,就是他那颗破碎的心。他想老婆砸了这块石头,是不会原谅他的了。

初一的早晨,柴旺家的像往年一样,把枣糕热了,切成片,摆在盘中,端上桌子。又用一个瓷碟,盛了白糖,放在枣糕旁边,一言不发地吃起来。柴旺坐在饭桌旁,拿起一片枣糕,蘸了白糖,吃了一口,觉得满嘴发苦。这几天的煎熬使他目赤舌燥,唇上生满了燎泡。他放下枣糕,对老婆说,我心里装的是你,你不知道吗?

柴旺家的瞟了一眼柴旺,"哼——"了一声。

柴旺说,你这样待我,是逼我死啊。

柴旺家的又瞟了柴旺一眼，还是"哼——"了一声。

柴旺只觉得眼前发花，他再也支持不住了，身子一歪，脑袋"嗵——"的一声磕在桌角上，失去了知觉。

柴旺苏醒时，是初二的早晨了。他躺在炕上，觉得自己像一团棉花，轻极了。他闻到身边有久违的艾草的气息，便吃力地歪过头，一看，柴旺家的坐在炕沿，正看着他。她做新娘时，为了使身上有香气，就熏了艾草。那是柴旺最喜欢的香气，是种苦中带着清香的气味。夏天时她喜欢采了艾草，晒干了备用。这些年兴许是被艰辛的生活给磨的，她已经忘了熏艾草了。

柴旺虚弱地对老婆说，艾草香可真好啊——

柴旺家的刚要说什么，门声一响，刘英和顺顺来了。顺顺穿着一件绿棉袄，脸蛋红扑扑的，提着一个绿地白花的布袋。刘英说，顺顺刚下火车，她除夕没有赶回来，是看柴高去了。

顺顺先是给柴旺夫妇拜了年，然后落落大方地告诉他们，柴高长高了，生了一脸的青春痘。他在监狱里学会了拉手风琴，是文艺队的骨干分子呢。他托顺顺给家里带回了一样礼物，是他亲手做的。

柴旺挣扎着坐起来，急切地说，快拿来让我看看。

顺顺从布袋中取出了礼物，原来是个方头方脑的麦秸垫！柴旺刚要说，这东西有什么好，顺顺把它翻转过来，只见浅黄色的麦秸上勾勒着一个大大的"福"字！那"福"字不是用笔写出来的，而是用绿布条缝起来的。这个绿色的"福"字看上去就像探向水面的柳枝，充满了生机。

柴旺看了柴旺家的一眼，说，真好看啊。

柴旺家的说，他还有这手艺，出息了。

顺顺全然不知大人之间发生的事情，她眉飞色舞地说，柴高做了俩呢，我家也有一个！

柴旺不吭声了。柴旺家的轻声嘟囔一句，儿子随爹啊。

刘英低下了头，用手指掸了掸衣襟，虽然说那上面并没有灰尘。

顺顺的肚子突然发出一阵布谷鸟似的咕咕的叫声，顺顺笑着说，我饿得前胸贴后脊梁了，我爸可能煮好冻饺子了，我先回去了！说完，拉开门一溜烟儿地跑了。

刘英抬起头，说，你们可能还没吃早饭吧，我也回去了。

柴旺乞求地看了柴旺家的一眼，期待她能送送刘英。

柴旺家的咬了一下嘴唇，还是送刘英出门了。

刘英出了柴家的门，对柴旺家的说，王姐，邻居住着，你还送我，谢谢啊。

刘英见柴旺家的皱着眉，以为她不喜欢别人称呼她的姓，就改口说，莲花姐，有空过来坐啊。

柴旺家的终于忍受不住了，她大声地吼着，我是柴旺家的！

刘英松了一口气，她柔声说，柴旺家的，回吧。

柴旺和柴旺家的一起吃了早饭。饭后，柴旺举着儿子做的那个"福"字，挨个门地比画，不知该挂在哪扇门合适。柴旺家的呢，她感觉今天太阳很好，风不大，不想闲在家里，就拿起麻袋和铁挠子，推起自行车出了家门，打算拾捡点烧柴。出了巷子，上了水泥马路后，她习惯地朝北山驶去。快到贮木场时，突然看见一只麻雀在一个脸盆大的雪窝里蹦跳。那雪窝是那么的眼熟，她蓦然想起这雪窝是自己坐出来的，那天她在那儿痛哭了一场。直到这时，柴旺家的才反应过来，贮木场已经是不能来的了。

柴旺家的伤感地掉转车把，朝乌吉河畔驶去。乌吉河畔没有树皮，能做烧柴的，只是干枯的柳树枝丫和漆黑的树桩。对付它们，是需要斧子和锯的。她很后悔没有带上它们。

# 泥霞池

## 一

陈东跟着宋师傅走进泥霞池,第一眼看见的,就是洗衣妇。

她坐在五月的黄昏中,背靠着一截黑黢黢的树桩,守着个莲花形的大木盆,吭哧吭哧地洗着衣服。天还没热起来,可她光着脚丫,穿着散腿的半截裤和短袖衫,好像一个人在炫耀家底似的,将粗胳膊肥腿尽情露着,身上散发着淡淡的皂香味。

洗衣妇置身的小院,是由三座红砖的平房围起的,呈"Ⅱ"形。最大的那座朝西,敞着门;另两座是耳房,一南一北地相对着,闭着门。由于耳房要矮一些,又小,它们看上去就像是西房门前摆放着的两盏宫灯。院子朝东的方向拉着一根晒衣绳,上面搭着两条蓝格子床单。

宋师傅说:"小暖,洗衣服呢?"

洗衣妇"哦"了一声，将搓衣板上的蓝衫打了一下肥皂，直起腰来。她一旦坐端正了，整张脸就像从乌云中钻出来的满月，明亮而动人了。别看她身上团团簇簇的肉，她却生着一张清秀的瓜子脸，蛾眉，月牙嘴，杏核眼。

宋师傅拍着陈东的肩膀，介绍说："这是我徒弟，是个小帅哥吧？"

洗衣妇懒懒地扫了一眼陈东，没头没脑地说了句："青苗。"咳一声，低下头，接着洗衣裳了。

宋师傅笑着对陈东说："她这是说你嫩呢。"

陈东瞥了一眼洗衣妇，心想："你才嫩呢，我看你要是跌破腿的话，伤口往出滋的不会是血，得是水。"

他们从洗衣妇身边经过，进了西房。

一进门，便看见左侧立着一个高高的柜台，上面放着茶壶、纸扇、台历、剪刀、烟灰缸、针线盒等物品，柜台里侧呢，撂着一把黑色的皮椅。这把皮椅不是被人坐久了，就是买的旧货，皮开肉绽的，破烂不堪。门的右侧，摆着一台电视机。房子两端被间壁起来，做了浴池。北侧入门处挂着白地红字的"男池"布帘，南边挂的则是"女池"布帘，绿地白字，好像女人们洗澡用的是春水。虽然这屋子左右各被斩了一刀，但余下的空间还是很大，这里被主人改造成了住宿的地方，搭了三趟板铺。贴着西墙的板铺又宽又长，摆了八九套行李，南北两侧的则显局促，各摆着三套行李。板铺下是一溜脸盆和小板凳。

宋师傅是泥霞池的老熟客了，他一进屋，就大声嚷着："老板娘，我把徒弟领来了！打今儿起他在这儿住到秋天，你不请我喝两蛊啊？"

"你白洗了两回澡了，还欠我钱呢，我不朝你要了，就当给你买了瓶高粱烧酒了！"从男池里先是传出一个老女人粗声大气的应答，跟着，一阵"啪嗒啪嗒"的脚步声响起，门帘一撩，一个又高又瘦的马脸女人，一扭一扭地出来了。她趿拉着拖鞋，手中拿着一个药瓶，上穿米色网扣衫，下穿咖啡色花裤子，看人时瞟着眼。她的脸虽然拍了厚厚的脂粉，但还是掩饰不住纵横的皱纹。她那文过的黑眉和涂得鲜红的嘴唇，在陈东看来就像是两绺对峙的匪徒，要发生一场恶战的样子，整张脸给人凶险的感觉。

她把药瓶重重地蹾在柜台上，"哎哟"了一声，说："宋师傅，你这徒弟长得怪招人稀罕的，他十几了？有对象没？要是没有的话，我在城里帮着找，凭他这模子，俊俏姑娘一把一把地抓！"

宋师傅说："这孩子十九了，在上林有对象，那姑娘开着糕点店，模样好，不缺钱，单等到了结婚的年龄，就把人往洞房迎了！"

老女人啧啧叫着："我说嘛，好小伙儿总会让人抢了先！"

宋师傅指着药瓶问："这又是谁落下东西了？"

老女人说："哪知道呢，今天来了好几十个洗澡的呢。反正落在浴池里的，没好货！不是刮胡刀、洗头膏，就是烂毛巾、破梳子。钱包和手表这些金贵物件，那就是男人养的二奶三奶，他们一天到晚惦记着，没个丢！"

宋师傅打趣道："你是说烂毛巾和破梳子是男人的大老婆了？"

老女人"呸"了宋师傅一口，说："快交钱吧！"

陈东在路上听师傅讲过泥霞池的规矩，就是一日一结算，住一宿十块，如果洗澡的话，再加三块。而他们对外的洗澡价钱是五块。

宋师傅掏出十块钱，陈东掏出十五，老板娘明白他这是想洗个澡。她夸赞陈东："到底是年轻人啊，爱干净！不像那些老灰土驴，浑身是泥也能睡着！"说着，从裤兜掏出钥匙，打开柜台下的抽屉，找了两块钱给陈东。

板铺上的行李很整洁。这在私人开的旅店来讲，实属难得。陈东听宋师傅说，泥霞池的生意之所以好，都是因为有个洗衣妇。她不仅把浴池打扫得干干净净，还隔三岔五地拆洗被褥。凡是住在泥霞池的客人，都可以享受免费洗衣的服务，所以这儿的铺位很少有闲着的。

宋师傅说，那些微微鼓起的铺位，都是有人住的，客人习惯把换洗衣服或是随身物品掖在褥子底下。陈东看到南侧最把边的铺位很平展，便走过去，掀起褥子，见下面果然光光溜溜的，知道它没主子，就把旅行包放上去。他取出拖鞋和毛巾去洗澡的时候，老板娘说："新来的，你要洗啥，就脱下来丢给院子里那个洗衣服的，她白给你洗！不过她只给人洗外衣外裤，不洗背心裤衩和袜子，你可记着啊。"

陈东的衣服并不脏，但因为洗衣妇说他是"青苗"，他气得慌，便把外衣团了，走向院子。

洗衣妇背对着陈东，正站在晒衣绳前，"啪——啪——"地抖搂着刚洗好的衣服。随着身体的摆动，她那浑圆的屁股一撅一撅的，脑后的马尾辫也跟着一翘一翘的。她把衣服的褶痕捯开，"唰——"的一声，将一件蓝衫轻灵地搭上晒衣绳，然后甩了甩手,转过身,慢吞吞地走回来。

陈东看着她走近了,就把衣服撇在洗衣盆旁。洗衣妇扫了一眼陈东,俯身捡起那件衣服,蹙着眉,放到鼻子底下闻了闻,说了句:"一股公羊味儿。"然后扔到盆里,坐下,洗了起来。

陈东笑了,他得意地想:"这回知道我不是青苗了吧?"

陈东打着口哨进了男池。男池里蓝色的地砖、白色的墙砖,让人觉得脚踩蓝天,身披白云,分外逍遥。临到晚上,小锅炉不烧了,水箱里存的热水也少了,水只是微微温着,莲蓬头的出水量也不大,让陈东有上当的感觉。不过他心情挺好,这是他来城里做工的第一天,活儿干得顺利,收工也早。师傅领着他,到一家回民小馆吃了羊蝎子火锅,他还跟着师傅,喝了几口酒呢。

春天的夜晚虽然比冬天时来得要晚,但夕阳消失后,天地间可仰仗的光明也就消失了,很快,黑夜来了。陈东洗完澡出来,天色已昏暗了。师傅不在,但屋里多了两个人,一个仰躺在铺上抽烟,一个坐在铺上吃东西。宋师傅嘱咐过陈东,住在泥霞池的人,你不能问人家从哪儿来、做什么的,除非他们自己想说。所以陈东只是朝坐着的那人点了下头,便爬到自己的铺位,一身清爽地躺下来。

泥霞池离火车站近,能听到火车的轰鸣声。这声音"嚓嚓嚓"的,好像火车跟大地窃窃私语着什么。毕竟累了一天了,不管环境多么嘈杂,陈东还是睡着了。一觉醒来,已是九点,宋师傅回来了,他神情愉悦地扔过来一个苹果,说:"洗了,吃吧!"

陈东坐起来,啃着苹果。屋子里又多了几个人,他们有的躺在铺上,有的坐在小板凳上看电视。这些人大都偏瘦,肤色黝黑。陈东想,人们大都是出苦力的,整天在外风吹日晒的,胖不了,更不可能白净了。

洗衣妇抱着一摞枕巾进来了。她一来，屋子的气氛就活跃了。躺在铺上的人坐了起来，看电视的也把头扭向她。有两个人都问她："小暖，今晚你有酒喝吗？"问完，都嘿嘿地笑。

洗衣妇不搭腔，她撇着嘴，赌气似的甩掉拖鞋，爬到铺上。她把脏的枕巾取下，将干净的换上去。当她换到西窗下的一个铺位的时候，她趴下来，抽出行李下的枕头，摩挲几下，叹息一声，这才把枕巾换上去。

她干活是麻利的，十几个枕套，很快换完。她跳下铺，光着脚寻到拖鞋，趿拉上，将换下的枕套拢在一堆，抱着往出走。

一个生着金鱼眼的人问她："小暖，耿师傅好多天没回来了，他到底去哪儿发财了？你不想他啊？"

洗衣妇边走边摇头。

"你说不想那可是假的！"金鱼眼说，"我刚才看见了，你摸耿师傅的枕头了，想他想苦了吧？"

洗衣妇站定，冲着金鱼眼说了声："我没长苦胆，不苦！"

大家笑起来。笑声中一个瘦高的光头将一件咖啡色的长袍搭到洗衣妇肩上，说："我都穿了半个月了，你再不给洗，我就不在这儿住了！"听他的口音，不是本地人。

洗衣妇摇晃着身子，抖掉那件长袍，气咻咻地说："我就是不洗假衣服！"

陈东正纳闷衣服怎么还有假的时候，洗衣妇又冲着光头说："你不是庙里出来的，敢穿它？！"

原来，这是个假和尚啊。

吵闹声把老板娘引来了。她手中夹着根细长的香烟,看着落在地上的袍子,明白怎么回事了,她并没有呵斥洗衣妇,只是拖着长腔叫了声:"小暖——"洗衣妇就像听到狮吼似的,腿打起了哆嗦,赶紧点着头,说:"洗。"

光头得意地捡起长袍,再次搭在洗衣妇肩头。她的肩膀抽搐着,扛着它,一歪一斜地出去了。

老板娘将胳膊肘支在柜台上,往烟灰缸里弹着烟灰,说:"昨晚上,水秀街的仓买被盗了,我可跟你们说好了,片警专盯着住在小旅店的人,指不定什么时候来查身份证,你们可准备着点!"

金鱼眼说:"小暖要是不喝酒,片警才不会来呢。小暖喝多了,他才会进泥霞池当活神仙呀。"

他的话让大家爆发出热烈的笑声。

老板娘显然生气了,她狠狠地在柜台上拍了一掌,用威慑的口吻说:"有什么好笑的?小暖喝多了砸东西,什么家抗她这么砸?我不叫片警来管治她,行吗?我可跟你们说,有两家浴池的住宿费都涨了,一宿十二块了!我看你们不容易,才没涨价。你们摸摸自己的良心,十块钱如今能干什么?你们白喝着开水,白看着电视,小暖又白给你们洗着衣服,难道水不是钱,电不是钱,烧水的煤不是钱,洗衣的肥皂不是钱?!"

屋子静了下来,大家都有些兴味索然,坐在铺上的人打起了呵欠,躺倒了,电视机前的人拎起板凳,把它们放回板铺下,灰溜溜地爬上铺了。正当气氛压抑的时候,门外传来脚步声,很快,一个弓着腰的男人进来了。他急慌慌的,满头是汗。一见老板娘,就像见着救星一样,说:"我下晌洗澡时,落下个药瓶,捡没捡着?"

老板娘瞟了他一眼，眉毛一挑，说："没看见啊，你说说那药瓶什么样子？治什么的？"

"药瓶能是什么样，药瓶还不都是一个模子——"那人比画着，"圆肚子，半拃高，这药我晚上睡觉前得吃，要不整宿整宿睁着眼睛！"

老板娘笑了，说："你神经衰弱那么厉害呀，接着！"说着，抓起柜台上的药瓶，撇到他怀里。

那人"嗨哟"着，用胳膊肘兜住药瓶，就像捡着个宝贝似的，乐了。他拧开药瓶盖儿，哗啦啦地将药片倒在掌心，一五一十地数了起来，当数到"十四"时，他咕哝了句"没少"，长嘘一口气，将药瓶盖好。

老板娘变了脸色，她"呸"了一声，数落着那虾米似的男人："霍老二呀霍老二，你说我沈香琴就是再抠门的话，也不至于昧下你的药片吧？你还好意思当着我的面数！这药就是长生不老药，我也不会偷吃吧？"

"那是，你要是偷吃长生不老药，月亮里就有热闹看了——两个嫦娥在里面，还不得打架啊？"他这话把愠怒的老板娘说得没脾气了。

霍老二接着对老板娘说："我怀疑谁，也不能怀疑你啊。主要你这泥霞池住的人杂，我才不放心的。"

他的话音才落，宋师傅就厉声说："姓霍的，你说清楚了，我们住在泥霞池的人，哪个是偷鸡摸狗的？！"

金鱼眼也火了，他腾地坐起来，骂："也就你个一肚子坏下水的人，还得靠吃药睡觉吧，我们心底干净，躺下就着！"

一个刀条脸的人放下正喝着的酒，一边拧上酒壶的盖儿，一边结结巴巴地说："别、跟、跟他、费、口舌，杂、杂种操的，揍、揍他个屁的！"说着，一抹嘴跳下铺，鞋也没穿，光脚奔向霍老二，一拳打过去。

霍老二灵巧，一闪身，夺门而出。刀条脸也没有追出去，只是对着他的背影，断断续续地又骂了两句，回到铺上，接着喝酒了。

老板娘把电视机关了，说了句"各位师傅，早点歇着吧"，出了屋子。不过她刚出去，又把门打开，探着头说："芳泽街开了家粥铺，人家老板跟我说了，住在泥霞池的人去那儿吃早饭，白给添一碗粥，咸菜还免费！"说完，缩回头，关上门。

金鱼眼骂道："呸！我们去那儿喝粥，她肯定吃回扣！老妖婆！"

"就是，就是。"大家附和着。

就在人们都想睡了的时候，喝足了酒的刀条脸，突然从铺上摇晃着站起来，挥舞着胳膊，连连跃过两个人，面红耳赤地跳到光头的铺位上，对着仰躺着的光头，龇牙咧嘴地说："霍他妈、妈的、霍老二，他个、收废品的，都、瞧、瞧不上我们，凭、凭什么？还、还不是、因为你、你个、骗子！"说完，扑到光头身上，骑着他，劈头盖脸地打起来。光头反抗着，可他的力气显然不如对手，抵挡不住，"嗷嗷"叫着，如挨宰的猪。陈东以为会有人拉架，可谁也没动弹。这样，刀条脸出够了气，撒开光头，跳下铺，去厕所撒尿去了。等他回来时，发现光头坐在枕头上，一边哭，一边用卫生纸擦着鼻血。刀条脸笑着说光头："假、假和尚，到、到底、不中吧，没、没料到、自己有、血、血光、之灾吧？"他的话把大家伙逗笑了。刀条脸满怀同情地抚摸了一下光头的脑门，说："大、大老爷们儿，学、学门手艺、多、多好，明儿跟、跟我走，我教你、瓦、瓦工，有我、我吃的，就有你、你吃的！"

光头不哭了，他下了铺，把沾了血迹的卫生纸丢进厕所，洗了脸，关了灯，摸黑爬回铺上，悄没声躺下了。光明一旦流失，男人们的呼噜声就像小老鼠一样，簌簌地在黑暗中出洞了，泥霞池里鼾声如潮。

## 二

在做体力活儿的人的眼中，太阳就是一面出工的锣，它的光芒呢，则是催促人上工的锣声。陈东醒来的时候，太阳出来了，锣已敲响，满院子回荡着它的声音，屋檐、墙壁、地面上，都洋溢着暖融融的光影。泥霞池的人大都起来了，洗漱完毕的，去小食摊吃早点了，还没有出去的，大都在厕所和洗脸池前。

陈东和宋师傅背着工具袋走出泥霞池时，是七点钟。洗衣妇靠着树桩，正在吃肉包子。她仍然穿着散腿的裤子，只不过短袖衫由蓝色的换成了水粉的。

洗衣盆里浸泡着那件假僧袍，宋师傅逗她："小暖，你拗不过人家，还得洗这袍子吧？"

小暖别过头去，看着北耳房的窗户，爱理不睬的。

宋师傅停下来，低头看着洗衣盆，故意气她："哎哟，这衣服掉色儿掉得这么狠，真是属泥鳅的啊，把水都搅浑了，小暖，我看你投三遍也投不透亮啊。"

小暖终于坐不住了,她把剩下的包子一口塞进嘴里,鼓着腮帮子,抓起那件袍子,在水中飞快地荡了几下,提起它,也没拧,就朝晒衣绳走去。袍子哩哩啦啦地滴着水,将青砖的地面淋出一道弯曲的湿痕,看上去像是一条游走的青蛇。她走到晒衣绳前,将它草草搭上,就像打发一条癞皮狗一样,懒得多看一眼,扭头便走。

宋师傅大笑起来,说:"小暖,你不洗就敢晾,有骨气!"

洗衣妇笑了,她笑起来很明媚,唇角翘着,杏核眼活泼地转动着,眼神也不显得暗淡了。陈东逗她:"我的衣服你也是这么洗的吧,懒虫!"

洗衣妇急了,她一把抓起陈东的手。她的手劲真大,陈东感觉自己的手在她手中轻如微尘,而她的手臂就像开足马力的吸尘器。她把他拉到晒衣绳前,让他闻他的那件衣服,嚷着:"有没有肥皂味?有没有?"

陈东闻到了皂香气,赶紧点了点头,洗衣妇这才撒开他的手。

泥霞池的外面,是小菜街。街两侧那些铁路局的家属楼,大都是四层的红砖房,七十年代建造的。虽然街道狭窄,但因为靠近火车站,又有散落着的二十多棵老榆树的衬托,这街的气象还不错。那一蓬蓬翠绿的树冠,与屋顶齐眉,如一团团浓云。街上有食杂店、水果铺、面馆、饺子铺,此外还有个废品收购站和一家空车配货站。住在泥霞池的人,喜欢就近在这条街上吃早点,所以陈东跟师傅走进面馆时,碰上了刀条脸和光头。他们坐在一起,正吃着豆腐脑,看来刀条脸真要带着光头学瓦工了。

刀条脸面色暗淡,眼睛布满血丝,好像没睡好。光头呢,他的气色和胃口都不错,满面红光,吃得啧啧有声。

宋师傅对光头说:"你的袍子小暖给洗干净了,晾上了!你学了瓦工,以后也用不着穿它了,等干了送给霍老二得了,让他知道知道,住在泥霞池的人,不像他想的那么小气!"

刀条脸说:"最、最好、把他这、光、光头、也割了,一起送、送霍老二。"说完,他笑了,宋师傅和陈东也跟着笑了。虽然是玩笑,但光头还是被吓着了,他嘶嘶哈哈的,双手捧着脑袋,似乎怕一不留神,谁真会取了他的头去。

陈东他们的馅饼和小米粥上来的时候,刀条脸和光头已经吃完走了。宋师傅说,这光头是安徽的农民,他们那个村子的男人,春播完,会雇上一辆车,几十人搭着伴儿,一路向北,来寒市打工。他们一般去建筑工地干上几个月,秋收时,再返回老家。他们每年春来秋去,像候鸟一样。农民中也有懒惰的,就像光头这一类的人,不肯出苦力,又没什么手艺,他们就做上一套僧袍,剃个光头,到工艺品批发市场买上一兜佛珠和印有佛像的卡片,扮成云游的和尚,走街串巷地叫卖。说起来,这也是骗子。他们之所以还能赚到钱,不是说人们识不破他们,而是为了讨个吉利。

吃过早饭,太阳更高了一些,他们出了小菜街,去群力街乘三线公交车,到锦鹏大街,转乘二十六路汽车,在光华街新建的贵府名苑下车。在这近一个小时的车程中,寒市的风景在车窗外一闪一闪地掠过,陈东在车里,等于免费看了一部彩色宽银幕的纪录片。片子中呈现的,是林立的高楼、浩荡的车流、令人眼花缭乱的牌匾和形形色色的人。在陈东眼里,楼群仿佛害了病,而那些悬挂着的牌匾,就是它们糊在身上的一帖帖膏药。

陈东的家在上林。上林离寒市大约有三百公里,是个林区小镇，三千多人口。陈东是家中独子，他父亲是农行的信贷员，母亲在一家民营企业当记账员，这在当地来说，属于不错的人家了。陈东自幼不爱读书，高中毕业后，没有考上大学，父母让他复读，他说什么也不肯，说是白搭工夫。他爱树，最喜欢往林子里钻，那一棵棵树在他眼里就是一瓶瓶香水，散发出不同的香气。家人怕陈东闲起来会学坏，就让他去县城学习计算机，将来好在上林开个网吧什么的。可陈东讨厌坐在机器前，说那会让自己提前花眼。他提出到上林家具厂工作，那样做工时能闻到木料的香气。这家厂子是私营的，效益还不错，不过陈东在刨花车间只干了半年，就厌烦了，跳槽到了门窗厂。门窗厂也是私营的，厂子里的安装工，干活地点是不固定的，哪儿都跑。陈东喜欢这工种，他觉得男孩子就应该多见见世面，等老了动不了的时候，好有回忆的。他进了门窗厂，如愿以偿干起了安装，成为宋师傅的徒弟。

上林门窗厂的产品，销往寒市的居多。一到春天，建筑和装修的旺季就开始了，门窗生意火爆起来，运货卡车的车轮，就跟吃了摇头丸似的，兴奋得转个不休。厂子在寒市有代理经销点，有货栈，安装师傅一般住在城里，隔个十天半月的，想家的会搭着货车回去，住上一夜，第二天清早再赶回来。安装工住在外面，厂子便给他们每天补助三十块钱，作为住宿费和交通费。宋师傅干安装有六七年了，跑寒市跑得轻车熟路的，他知道哪家旅馆便宜，哪家饭铺的饭菜味道好而又经济实惠。这家位于火车站附近的泥霞池，就是他常住的地方。

门窗的用户多是买了新房的人，安装工出入最多的便是新开发的楼盘了。他们每天面对的，是不同的业主。宋师傅说，干他们这行的，一定要有好脾气，要懂得迁就人。业主脾性不同，待人的态度也就不一样。那些温和大方的，中午常常管饭，对待工人和颜悦色；吝啬的呢，你喝他口水他都心疼。要是再赶上他气不顺，你的活儿就是干得再漂亮，他也会横挑鼻子竖挑眼的。宋师傅收陈东做徒弟，看中的就是这孩子的随和。陈东团脸，浓眉大眼，厚嘴唇，毛茸茸的小胡子，一看就招人喜爱。他爱笑，爱唱歌。他第一天进城做工，在业主家就是一边哼着歌，一边干活的。那个业主说安装门窗的时候有歌声，喜气，中午时买了炸黄花鱼和肉包子犒劳他们。陈东悄悄对师傅说，看来我在寒市用歌声，能讨饭啊。师傅笑了，说，你要是用歌声能把媳妇讨回家，那才叫本事呢！陈东说，没问题，小桃酥最喜欢听我唱歌了！

小桃酥是陈东的女友，比他大三岁，二十二了，开糕点店的。她做的核桃酥香甜酥脆，入口即化，喜爱吃核桃酥的上林人就送她了个绰号：小桃酥。小桃酥细眉细眼的，爽利能干，不是那种特别漂亮的姑娘，但看上去很可人。由于整天待在点心铺子里，她的身上总有一股好闻的甜香气。

陈东跟师傅刚走进贵府名苑的业主家，小桃酥就把电话打到宋师傅这里了。安装工每天的活儿，都是由经销点的人通过电话派给他们的，所以宋师傅在寒市配备了小灵通，厂子每月给他补助二十元的电话费。陈东不像其他年轻人喜欢手机，他觉得那个每时每刻能让人逮着你的玩意儿，跟枷锁没什么区别。而且，他和小桃酥正恋爱着，恋爱是要靠"念想"来加深感情的。隔绝音信的分离，会使"念想"的翅膀强劲起来，持久地飞翔。

宋师傅将电话递给陈东的时候，他知道那一定是小桃酥，因为宋师傅朝他挤眉弄眼的。

"东东，你在那儿好吗？住的行吗？吃的对胃口吗？到人家家干活，没有受气吧？"小桃酥一连提了好几个问题，看得出她对他处处惦记着。

陈东笑了，说："我吃得香，睡得香，活儿干得也顺手，放心吧！"

小桃酥轻声说："那你什么时候能回来呀？"

"刚来，不急着回去。"陈东说，"哪天师傅回去，我就跟着一起回。"

小桃酥嘟囔道："门窗厂的人谁不知道，在外面跑的安装工，宋师傅最不爱回家了。"

陈东笑了，他从这失望的语气中听出了思念。

陈东把电话还给宋师傅的时候，师傅说："东子，找个比自己大点的姑娘就是好，知道疼人啊！像我老婆，比我小九岁，你一天到晚还得哄着她。我跟她过了十七年了，她没给我烫过一壶酒，没端过一次洗脚水，没搓过一回澡。反正男人有的那些好享受，我是一样也没得着！咳！"

正在装修中的房子少不了甲醛味、油漆味、涂料味，它们混合在一起，让人觉得这屋子就像一个生着狐臭的人，很熏人。陈东进屋后，被那气味刺激得直淌泪，就说了句"真辣眼睛啊"，谁知这话把业主惹恼了，他说："你就是干这个的，想找不辣眼睛的地方，去皇宫啊！"

陈东赶紧冲业主笑笑，说："我没说你的屋子，我是说我兜里揣着的辣椒呢，是它把我辣着了。"

业主撇撇嘴，拿出两副一次性塑料鞋套，递给他们。其实地板还没铺，水泥地上附着灰尘，用不着鞋套。他这么做，无非是显示他作为主人的尊贵身份。宋师傅虽然满心不乐意，还是把鞋套上了。接着，业主没有好声气地申明了在他家干活的三不准：不准在屋子里吸烟，避免引起火灾；不准坐椅子，因为刚刚喷过清漆；不准用主卧的马桶，使用客卫的马桶时，也要注意不要把纸丢进去，避免马桶堵塞。

趁主人去阳台开窗的空当儿，陈东小声对师傅说："幸好没说不许说话，不然咱还得当一天的哑巴。"

宋师傅无奈地摇摇头，拿出工程单，去清点放在客厅中央的门。一般来说，安装的前一天，经销点就会把门窗运到客户家。

主人返回来了，他说："对了，你们干活时最好少打电话，像刚才，一进门就哇啦哇啦地说电话，像话吗？你们懂不懂，打电话分心，容易把门安歪斜了？"他的话音刚落，他自己的手机叫了，他接听的时候向对方大发脾气："你们耳朵有毛病啊？我走之前一再嘱咐，空调装在东屋里，东屋！可你们呢，非安装在西屋！你们东西南北都不分，就敢出来混饭？啊，你说得轻巧，重新调配回来，那西屋墙上钻的洞你怎么给我修复？！让我在西屋天天喝西北风啊？什么？赔钱？啊呀，你们不要以为钱就是万能的！"说完，气呼呼地挂断了电话。陈东想，怪不得他发脾气呢，原来空调给装错了地方啊。

宋师傅打开门套的外包装时，发现了问题。单子上明明写的是椴木喷漆的白门，一共五套，可是地上摞着的五套门，却是水曲柳的木色门。他跟业主核实："您要的门是什么颜色的？"

"白色的啊!"业主垂头一看那些木色门,火了,"怎么是这个颜色的呀?我订购的,明明是雪白的门啊!这门黄了吧唧的,这不是往我家门上抹屎吗?"他气得脸色发青,眼睛似乎要冒火星了。

"您别急,我打电话问问。"宋师傅正要掏电话,电话响了,他一看号码,说了声"是经销点打来的",赶紧接听。

原来门运错了。红杉小区和贵府名苑的业主订购的门恰好都是五套,工人们在卸货时,没有仔细核对货物的编号,将两家的门给弄颠倒了。在红杉小区安装的师傅打开门的外包装,先发现了问题。经销点的人说,他们会安排车辆,尽快把它们调换过来。不过正值上班的高峰期,主干路塞车,再加上两个小区相距较远,估计要耽搁两个小时,请他跟业主道声歉。

那人听完宋师傅的解释后,跳着脚说:"我今天特意请假在家的,你们耽搁了时间,一天的活儿要是分成两天了,难道说我明天还得请假?"

宋师傅赶紧说:"您放心,我和徒弟今天就是干到半夜,也要把您家这份活儿做完。"

"我怎么这么倒霉啊?"那人带着哭腔说,"我的门,跑别人家去了,它们就是被调换回来,也成了旧门了!"

看着他痛苦不堪的样子,宋师傅和陈东心里暗笑着。既然暂时闲着,他们不想看业主的脸子,便跟他打了声招呼,脱下鞋套,去楼下的小花园了。

花园的丁香和蔷薇正开着,香气扑鼻。他们坐在花树下,聊起天来。

宋师傅说:"看没看出来?越是多事的人,事儿越爱找他!"

"他也真够背字儿的,空调安错了屋子,门又送错了,是够他上火的了。"陈东笑着,说,"我看他和那个洗衣服的在一起过日子倒挺般配的。"

宋师傅说:"你是说小暖?"

陈东点着头说:"他俩都爱生气。"

"你可别乱点鸳鸯谱。"宋师傅说,"小暖可不是爱生气的人啊,她就是说话冲了点。她心眼好使,一根筋,从不伤人。"

"她有三十了吧?"陈东问。

"人家儿子都十三了,也是奔四十的人了。"宋师傅说,"看不出来吧?"

陈东惊叫着:"真看不出来啊,我还以为她比小桃酥大不了几岁呢。"

宋师傅说:"她娃娃脸,显小。"

"那老板娘是她什么人啊,小暖好像很怕她?"陈东问。

"她婆婆。"宋师傅叹了一口气,说,"小暖才命苦呢,她是农村的,嫁到城里第四个年头,孩子刚三岁,她男人就死了。从那以后,她就像背了口黑锅,处处听婆婆的。"

宋师傅说,小暖的男人大贵是寒市博物馆的保卫,又矮又胖,为人忠厚老实。大贵的妈妈沈香琴,也就是如今泥霞池的老板娘,以前是有个好丈夫的。她男人是铁路局货运处的主任,有实权。沈香琴没有工作,在家料理家务。有一天,她到农贸市场买活鸡,见摊主指着一个年轻女人的背影,跟一个卖菜的说,瞧瞧这小娘儿们,傍上了铁路局货运处的主任,穿戴比以前不知好了多少倍,一天天杀鸡宰鱼、吃香的喝辣的!沈香琴一惊,顾不得买鸡了,赶紧跟踪那个女人，记住了她家的门牌号。从那以后，沈香琴留意丈夫的行踪，只要他说晚上有应酬，回家晚，沈香琴便打上出租车，候在那个女人的家门附近。几乎每次，她都能看见丈夫踏进那个门。事实清楚后，沈香琴把此事跟大贵说了，娘儿俩有天晚上把这对偷情的人堵在屋子里。那女人比大贵只大三岁，离婚的，没工作，不算漂亮，他们是在麻将桌上认识的。沈香琴本来只想给丈夫一个下马威，让他跟那女人彻底断了，回心转意，谁知大贵说什么也不认这个爹了，说是母亲不跟这个败类离婚的话，他就把他杀死，扔进河里喂鱼。沈香琴深知大贵莽撞，她只能以儿子为重，跟丈夫离婚。沈香琴的前夫自知对不起老婆孩子，给了他们一套好房子。这套房子在火车站附近，原来是铁路局的一个货场，有一座正房、两座耳房、一个小院，闹中取静，无论是居住还是经营，都是不错的地方。沈香琴带着儿子，从原来的家中搬了出来。有了宽绰的房子，沈香琴就想尽快给大贵娶个媳妇，这样，家中就不会那么冷清了。由于丈夫的背叛，沈香琴认为城里的姑娘势利眼，妖气，信誓旦旦地说要去农村寻觅个好姑娘给大贵。她也果真这么做了，从老家锦葵领回了小暖。小暖一进家门，她那滴溜溜的杏核眼一转，就把大贵的魂儿勾走了，两个人彼此相中了。他们都是直心眼，有啥说啥，爱笑，而且都胖，爱吃肉，个子也都不高。他们一起出门，左邻右舍的见了，没有不说他们像兄妹的。沈香琴很快就给他们举办了婚礼。婚后第二年，小暖生了儿子，取名小贵。身边有大贵和小贵，又有能干的小暖，沈香琴很知足。孙子刚出满月，她就一次次地抱着小贵，去原来的老邻居家串门。她无非是想让前夫知道，自己如今过得多么滋润！小贵的爷爷也真的碰见了他们两次，看着前妻怀中可爱的孙儿，他只能眼巴巴地瞅着。他那痛苦而又羡慕的神色，让沈香琴无比开心。

然而好日子就像艳阳天，一旦持续下去，也不是什么好事情。渐渐地，不愁吃穿的小暖在家待腻烦了，小贵两岁时，她想出去找事做，说是有婆婆带着孩子，她在家不过做饭打扫房间，一天闲半天，身上有劲儿没处使，不舒服。沈老太便和大贵商量了，同意她出去做点事。小暖在锦葵是种地的，没别的特长，她只好做计时工。她联系的活儿并不累，给三户人家打扫卫生，每周每家只去一次，每次半天，每个月有四百多块的收入。这三户人家，一户是一对做教师的夫妻，一户是开着火锅店的带着个孩子的离异女人，另一户是个单身的搞摄影的人，祸端就起在这个搞摄影的人家。

大贵不是在博物馆做保卫吗？博物馆里常常举办各种展览，玉器展、瓷器展、书画展、剪纸展等。每次展览，大贵都要瞄上几眼展出的作品。有一次馆里举办摄影展，大贵在巡视的时候，发现展厅正中的一幅黑白照片上的人看上去很眼熟，他凑近一看，这不是小暖吗？她坐在谁家阳台的一棵龟背竹下，守着个洗衣盆，正卖力地洗着衣服。她微垂着头，刘海上挂着汗珠。她只穿着吊带背心，丰满的乳房半裸着。这幅题名为《都市里的洗衣妇》的摄影作品，差点没把大贵气疯。大贵知道小暖的习惯，她不使洗衣机，说是一个机器，不长脑子，只会用一种力气洗衣服，袖口、领口这些该洗的地方多半是洗不干净的，所以她只用手洗衣服。大贵想，她这一定是给人家干活时，被人拍了照。

大贵回家把小暖暴打了一顿，问她是在谁家穿得那么少，跟没穿似的？小暖哭哭啼啼地说，有一天，她去那个搞摄影的人家打扫卫生，见阳台光线好，又暖和，就把洗衣盆搬到那里。那天要洗的衣服实在多，她洗累了，浑身发热，便脱下外衣，只穿着小背心。洗着洗着，只听"咔嚓"一声响，那个人端着照相机，偷偷给她拍了照。小暖说，原以为他是拍了送给她的，谁知他会拿去展览？大贵问，你是不是跟他睡觉了？小暖说没有。大贵说，我就不信，一个单身男人怎么能受得了你那肥猫似的奶子？！小暖说，他不喜欢我，我上他家，他都不愿意跟我说话，就待在自己的屋子里，鼓捣那些照片。大贵说，谁信啊！他认定小暖和那人有染，不再理睬她。有一天大贵上夜班，想起那幅照片，越想越窝火，便砸开了博物馆古代展厅的一个玻璃橱窗，取出一把汉代的青铜短剑，闯到那个人的家，一剑刺死了他。事后大贵交代，他并没有想到那把风尘累累的剑能置人死地，以为不过让那家伙受点皮肉伤而已，没想到它竟能穿透他的心脏。大贵还交代，那个搞摄影的人说出的最后一句话是，能死在古剑下，值啊。

那把沾染血迹的剑，先是作为物证进了公安局，最终经过文物部门的交涉，仔细清理后，又回到了博物馆。摄影家死后，市京剧团的一个唱旦角的男人突然自杀了，人们盛传他是为摄影家殉情的，都说他们是一对同性恋人。大贵的死刑裁定书下来的时候，小暖去监狱跟他告别，把这个消息告诉给他。大贵悔恨得用手直捶头，说，我冤枉了你们，你们真是什么事也没干啊。他对小暖说，他不明白，男人为什么不爱女人，非爱自己人呢？小暖说，她也想不明白，在锦葵那地方，她长这么大，看到的家庭都是男女组合的；牲畜呢，也是公母交配。她说，没见过公狗发情时会撵着公狗跑。她的话，把要赴法场的大贵给逗乐了。

大贵死后,沈香琴对小暖恨之入骨,说她是丧门星。如果她不嚷着出去找活儿做,如果她不穿着露奶的小背心洗衣服,如果她被拍了照后能跟主人急眼,把胶片毁了,大贵就不会出事。她对小暖说,大贵是为她死的,她得代替大贵,抚养小贵,为她养老送终,终身不得再嫁。大贵没了,家中的经济支柱倒了,沈香琴便申请了执照,用中间那座房子,开起了私人浴池。她和小暖,一人住一间耳房。这一带住着的,多是凭力气吃饭的人,家中能洗澡的在少数,所以浴池的生意还不错。浴池开张三年后,沈香琴见一左一右那些开旅店的,客源不断,就在浴池中间的空地搭起了板铺,兼做旅店。再小的旅店,一宿也得十五到二十块钱,而她那里,才收十块。而且,她打出的金字招牌是,免费为客人洗衣服。她对小暖说,你不是爱洗衣服吗?洗一辈子吧!小暖洗衣服仍然是用手,她说洗得透亮。所以,泥霞池的名气在这一带越来越大,他们的生意好得让人眼红。

宋师傅讲完了小暖的故事。虽然是坐在太阳下,可陈东却觉得脊背发凉。那星星一般闪烁的金黄色蔷薇花,在他眼里,都是满怀忧伤的样子。陈东对师傅说:"小暖太可怜了,她这辈子,真就得这么过了?"

"小暖觉得自己对不起大贵,再说小贵还没成人,她婆婆让她干什么,她就得受着哇。"宋师傅说。

"我怎么没见小贵?"陈东问。

"人家上着寒市最好的寄宿学校,一个月才回家一次,听说小贵一年得花一万多块钱呢。沈老太说了,泥霞池气场不好,不能让孙子在这儿熏染坏了。她说小暖赚的钱,理所应当由小贵花。你住长了就知道了,老板娘在泥霞池,只是支个嘴儿;干活的,都是小暖,她是从早忙到晚。咳,这姑娘,当年要是不让沈老太领进城,兴许在乡下过得还挺好呢。"

楼上的业主下来吆喝宋师傅了,他急赤白脸地说:"都快中午啦,你们的货车怎么还没到?我要投诉你们上林门窗厂!投诉!!"他挥舞着胳膊,看上去像是要疯了。

## 三

天热了,外套基本穿不住了,泥霞池的客人,都换上了汗衫。若是春秋时节,人们即使在外劳作了一天,身上也不觉得特别脏。可是到了夏天出汗多,每一个毛孔都散发着酸臭气,若是临睡前不洗个澡,真就觉得跟猪一样了。所以这时候,客人们似乎都变得大方起来了,舍得花上三块钱,站在莲蓬头下,让清水在身上激情四溢地迸射,畅快地沐浴。

小暖的活儿,比平时也就多了。几乎每个回来的人,都要扔给她一件汗衫,她坐在洗衣盆前,有时要洗到月亮升起。她忙完了一天的活儿,喜欢凑到电视机前,捶着腰站上一刻,随便看上几眼。这个时候,大家就爱逗她。

有人说:"小暖,怎么不见你娘家来人啊,他们不要你了吧?"

小暖说:"我爸死了,我妈给我弟弟看孩子呢,出不来。我姐呢,她有风湿病,走不动。"

"那你弟呢?"

"他从春到秋都忙地里的活儿,冬天呢,还要到矿上挖煤,挣点零花钱,哪有工夫。"小暖说,"大贵死的那年,我弟来了。他不喜欢这儿,说是男人能和男人胡搞的地方,有什么好。"

"那你不想大贵啊?"人们问她。

小暖咬着嘴唇,眼里闪着泪花,不吭声。陈东见她难过,就岔开话题,说:"这个浴池的名字叫得怪啊,泥霞池,听说是你起的,什么意思啊?"

小暖瞥了陈东一眼,说:"你还算念过书?这意思还不明白?"

"我的书算是白念了,没考上大学嘛,要不能出来干这活儿吗?"陈东说。

"干这活儿怎么了?青苗!"小暖用手点了一下陈东的脑门,好像要给他榆木脑袋开开窍似的,问他,"你说说,天上和地上最脏的东西是什么?"

陈东想了想,说:"地上最脏的是土,天上是没有脏东西的。"

"土?"小暖说,"算你说对了一半。你身上要是沾了土,是能拍打掉的。要是泥呢,就得洗了。所以,地上最脏的是泥!你又没上过天,怎么能说天上不脏?我打小就看出来了,天上也有脏东西,那就是早霞和晚霞。天本来干干净净的,它们一出来,就把天搞得混儿画儿的,你说,天上的霞脏不脏?"

陈东只好忍着笑,蹦出一个字:"脏。"

小暖这才气顺了,说:"为什么叫这个名,不就明白了吗?"

陈东说:"可是你只能洗地上的泥,天上的霞你是洗不了的。"

"我是洗不了,可是我能让雨洗了它,让大风洗了它!"她气恼地说。

"这么说你属大龙的,能呼风唤雨了?"陈东实在憋不住,大笑起来。

小暖一跺脚,走了。但没有多久,她又来了。她手中抓着根水灵灵的黄瓜,吃得满屋清香,人们又拿院子中的树桩逗她。

金鱼眼说:"小暖,我要是那个树桩就好了,让你整天靠着,我就是累死也心甘。"

小暖眨巴着眼睛,很认真地说:"那就让人把你截断了,戳那儿一截,我试着靠靠。"

大家笑起来,没想到她脑子反应那么快。

陈东听师傅说过,院子里原本有棵枝繁叶茂的老榆树的,夏天时能撑起半个院子的阴凉。五年前的一个雷雨天,这棵树忽然遭了雷劈。宋师傅说,他睡到半夜,只听"喀嚓"一声响,窗户被震得直颤动,一道道白光在窗外飞舞,它们像蜡烛一样,将墙壁照得泛出阵阵亮光,睡在铺上的人都被惊醒了。暴雨声中,他们听见小暖的哭喊,知道出了事了,连忙从铺上爬起,打着伞来到院子。那棵老榆树已被雷劈断,倒伏在小暖住的耳房上,将屋顶的瓦砸碎了。小暖又惊又吓,打着寒战,哇哇直叫。她的婆婆冷冷地站在屋檐下,说是榆树断了,这是大贵借着雷公的手,把它取走了,没什么大惊小怪的,等雨停了把树挪开就是了。原来,大贵活着的时候,最爱这树了,他夏天坐在树下吃饭,抽烟;冬天靠着树,在飞雪中吹口琴。小暖跟大贵一样,也爱这树,她爱坐在树下奶孩子、洗衣服、择菜淘米、做针线活儿。当然,有的时候也在树下看看日光下翻飞的蝴蝶和夜晚时高悬的月亮。她听婆婆说大贵把树带走了,大叫着:"大贵,我守不着你个大活人了,守棵树你都不让,你这么快就投到狼胎里了吗?!"她这番哭诉,把老板娘气坏了,她上去给了小暖一巴掌,骂她,你个小贱妇才会投到狼胎里呢!这一巴掌,让小暖止住了哭闹。暴雨过后,老板娘找来几个人,将北耳房屋顶的瓦修补上,然后把树锯成一段一段的,摞起来当烧柴。老板娘嫌那个树桩碍眼,想让人将它锯掉,可小暖说什么也不干,说是树桩连着根,没准儿哪个春天它会发芽呢,老板娘就依了她。这样,小暖洗衣服的时候,在疲累的时候,还能靠着它歇一歇。宋师傅说,最奇妙的是那摞榆木柴火,它们一旦进了炉膛,就会在火焰中劈啪劈啪地响个不休,好像谁在里面热烈地说着话。一到这时候,小暖就爱搬个板凳,垂着头,一言不发地坐在炉边。她的耳朵在火声中一颤一颤的,就像两片被秋风吹拂着的红叶。

小暖吃完了黄瓜,叹了口气。大家便又逗她,是不是想耿师傅了?问她跟耿师傅在一起时,为什么不用喝酒?小暖有些气恼,又有些害羞,她晃了晃身子,无言以对,情急之下,把黄瓜蒂塞进嘴里,只嚼了一下,就咧着嘴,大叫了一声:"苦。"这声"苦",又招来一片笑声。小暖站直了,冷着脸,眼珠转来转去的,自认把每个笑她的人都白眼到了,这才一甩手走了。

陈东不明白大家为什么老拿小暖喝酒的事开心,他问宋师傅。宋师傅说:"哪天她喝酒了,你就明白了。"

这天傍晚,小暖坐在院子里,一手抓着酱猪蹄,一手抓着酒瓶,坐在小板凳上,靠着树桩,有滋有味地吃喝着。她穿着一条水粉色的低胸露肩连衣裙,高高吊着马尾辫,出水芙蓉似的,看上去娇嫩可人。回到泥霞池的人,见她这般姿态,经过她身边时都哧哧地笑。老板娘很不喜欢这笑声,她叉着腰站在院子里,仰着头说:

"没见过女人喝酒啊?有什么好笑的?"

陈东见小暖喝的是白酒,就问:"多少度啊?"

小暖把酒瓶递给陈东,让他自己看。

"哎呀,五十八度的高粱烧,你可真厉害!"陈东说,"我喝一瓶啤酒都晕!"

"青苗!"小暖轻蔑地说。

"那你能喝多少?半斤?"陈东问。

小暖摇了摇头。

"二三两?"陈东又问。

小暖很不屑地扫了陈东一眼,鼻子里"哼"了一声,他便知道自己说少了,连忙改口说:"七八两?"

老板娘在陈东身后不耐烦地说:"别问了,她平平常常地也能喝一瓶。"

陈东叫了一声"天",倒吸一口凉气。

小暖对老板娘说,她一个猪蹄不顶事,还想吃条鸡腿。老板娘用教训的口吻说:"你照照镜子去,看看自己这一身的肉,再这么个吃法,我看将来胖得连床都爬不上去了!"

小暖放下酒瓶,停止咀嚼,做出罢吃的样子,老板娘赶紧说:"好好,我给你上熟食铺买鸡腿去,你个冤家啊。"

老板娘买回鸡腿,天已黑了,小暖喝了多半瓶了。泥霞池的客人,似乎都不好意思在她喝酒时,把脏衣服丢给她,屋子里便散发着一股酸臭气。月亮升起的时候,小暖喝光了那瓶酒。她摇晃着,害了牙痛似的,哼哼着回房了。她屋子的窗帘,从早到晚都拉着。她进屋后没有开灯,因为窗户依然黑着。陈东以为她醉得睡着了。

谁知过了半小时，从她的耳房里传来砸东西的声音，噼里啪啦的，好像摔的不止一种东西。只听老板娘在院子中喊："小暖，你又撒酒疯了？我看不叫人整治你的话，你是无法无天的！"说着，似乎在给什么人打电话，说："又闹上了，婶子求你了，帮个忙吧，要不她能把房顶的瓦都揭了！"她这话，像是特意说给大家听的，因为她嗓门很大。

大约半小时后，院子里传来突突的脚步声。老板娘跟来人打着招呼，把他让进小暖的屋子。其实那时候，小暖已不闹了。

刀条脸躺在铺上，抽着烟卷说："是、煤、煤老板！"

金鱼眼说："你怎么知道？"

"妈、妈的，胖得、走、走道、抬、抬不起脚，能、是谁？"刀条脸说。

宋师傅说："煤老板倒是好久不来了。"

"他这种人，钱多得能把自己埋了，哪里不能沾腥？"金鱼眼说。

陈东这才明白，小暖的屋子要发生什么事情了。

老板娘关上小暖的门，走进泥霞池。她看上去兴味十足，手中拈着一把明晃晃的钥匙。大家问她这是谁的钥匙。她不无得意地说："我干儿子的汽车钥匙呀。瞧瞧，好车的钥匙到底不一样，多亮眼呀！"

"你有好几个干儿子，到底是哪一个啊？"一个绰号叫"五条"的人问她。

"能开好车的是谁？程天啊！"老板娘将钥匙揣进裤兜。

"程天？不就是那个胖墩儿——煤老板吗？！"五条说。

"胖有什么不好？胖了富态！"老板娘说五条，"像你，五条细棍撑着个身子，轻飘飘的，没魂儿似的！"

大家笑起来。五条奇瘦，是个油漆工。人们说他的身形特征就是，两条细腿加上两条细胳膊，再加上一个细脖子，因而叫他"五条"。

五条的嘴巴是不饶人的，他心平气和地对老板娘说："我要是五条，那您这干儿子就得是'五横'了！两条横腿、两条横胳膊，再加上个横着的脖子，不是'五横'是什么？"

北方人一旦说谁胖，爱说"胖得快横着走了"。五条的说法，得到了大家的认同，都说他比喻得好。就这样，那厢的程天，稀里糊涂就得了个绰号。老板娘很不高兴，她拉下脸，但似乎又怕得罪大家，没话找话地东拉西扯着，从泥鳅的吃法说到臭虫的危害，从鸡蛋的价格又说到天气的反常。陈东觉得无聊，想出去转一转，刚走到门口，被老板娘拦住了："小师傅，这么晚了出去干什么呀？要是碰上打劫的，你一个人怎么对付？你来泥霞池日子短，不知道小菜街是不太平的，你问问那些老师傅就知道了！前年，有个劫匪窜到这街，用锤子敲碎了一个下夜班的男人的后脑勺，这人打那儿起就成了植物人，还在床上躺着呢！"

"你别吓唬他了。"宋师傅说，"还没到半夜，现在街上少不了人，让他转转去吧，一会儿也就回来了。"

五条说："就是，他一个孩子，还是个童男子吧？连小暖都叫他'青苗'，他哪懂得去小暖那儿听窗呀，就让他出去吧！"说着，朝陈东挤了一下眼睛，好像在暗示他什么。

老板娘"哼"了一声，四溅着唾沫星子说："这世道，十八岁以上的,哪还有童男子!"一闪身,让他出去了。

陈东来到院子,走到树桩下,借着从泥霞池溜出的灯光和隐约的月光,打量着那个树桩。树桩参差着,看来这树被劈时,很不情愿,做过撕心裂肺的挣扎。干枯的树桩大都是空心的,陈东把手伸进去,心想没准能掏出个鸟蛋什么的,然而他的手受到了阻隔,原来这树桩还是实心的。这么多年的风吹雨淋,它竟然不朽,说明它有着不死的根。

陈东感叹着,正要朝外走,忽然,从小暖的屋子里传来一阵咿呀咿呀的叫声,是床在叫,好像它坏了,什么人正卖力地一锤锤地修理着。陈东胆怯地蹭到窗根,半蹲下。他听到了沉重的喘息声和热辣辣的呻吟声,这让他血流上涌,浑身燥热。在这声音中,他只觉得身下的伙伴一阵颤动,好像一个受了冤屈的莽撞的硬汉,非要冲出来,与谁决斗似的。陈东赶紧起身,朝外走去。泥霞池的人不知讲了什么有趣的事情,他的背后,是一浪高过一浪的笑声。陈东出了院子,借着昏蒙的街灯,看见一辆银白色的轿车停在门口,他便朝它的轮胎狠踹几脚,又朝风挡玻璃吐了口痰。这是辆奔驰,怪不得老板娘说它是好车呢。在这以前,他很喜欢奔驰的车标,它线条简洁,雄健俊朗,像一个顶天立地的男子汉;可今夜看它,却像一个浪荡女人在劈叉。他想掰下这个车标,但一想自己的手沾上它,等于抓了臭女人的腿,晦气,就走掉了。

陈东连穿过三条街,来到夜市中的烧烤大排档。他要了几串烤羊肉和烤鱿鱼,一瓶啤酒,坐下吃喝起来。街巷中车来人往,尘土飞扬。陈东耳边,一会儿响起店主殷勤的招呼声,一会儿是汽车的喇叭声,一会儿呢,又是食客中突然爆发出的笑声。这些声音,使黑夜变得明亮了。他落座时，心情还郁闷着，半瓶酒落肚，陈东舒畅了。那一刻，他如饥似渴地思念小桃酥。他想如果她坐在他面前，一定要想法子把她灌醉，然后拉她到僻静处，最好在一棵树下，让她成为他的女人。

陈东想得热血沸腾时，宋师傅寻来了。他说："我找了两条街，不见你人，吓了我一跳呢。没想到你这么自在，一个人又吃又喝的。"

"再来两瓶啤酒，烤二十串羊肉！"陈东豪迈地吩咐店主。

"师傅吃徒弟的，不仗义啊。"宋师傅微微笑地坐下来。

"那你还请我吃过鲇鱼炖茄子呢，不比这高级呀。"陈东打着嗝问，"五横走了吗？"

宋师傅先是一愣，继而反应过来，哈哈笑着说："到底年轻人啊，记性真好！五横得了便宜，当然走了。这回你明白小暖一喝酒要做什么了吧？"

"那人开着奔驰，有钱啊。"陈东说，"是卖煤的？"

"啊，他在寒市经营着个煤炭公司，生意不错。泥霞池的小锅炉，一年四季烧的煤，都是他给的。"宋师傅说。

"白给？"陈东刚一问完，就拍了一下自己的脑门，说，"噢，是拿小暖换。"

"所以说小暖开始时不乐意。"宋师傅说，"她那个闹啊，家里能砸的东西，都让她砸了。"

"后来怎么就顺从了？"陈东问。

宋师傅说："小暖一年忙到头，最高兴的就是过年的时候，老板娘能给她千儿八百块钱，她好给锦葵的亲人每人买上一套新衣裳，打个包裹寄回去。小暖跟耿师傅说，她要是不从的话，老板娘说了,以后就不给她一分钱,年底时她别想着甜和家人了。老板娘还说,大贵是为她死的,她得让小贵受最好的教育,没钱,小贵就得从寄宿学校回来。这样,小暖就依了婆婆的。不过她依得委屈,一到这时候,就得喝上一瓶烧酒,吃上一堆肉,把自己灌醉。每次喝完酒,她都要摔东西。老板娘也乐意她摔,好有借口让人上门哪。她存了不少便宜的水杯、盘子和碗,小暖砸几件,她再添回去几件。"

新烤的羊肉串上来了,啤酒也启开了,宋师傅对着瓶嘴,一口气喝了半瓶,一抹嘴上的啤酒沫,叫了声:"爽!"然后对陈东说:"这老板娘,让小暖陪睡的,除了五横,还有管泥霞池这片的民警、电业局的收费员、自来水公司的一个副处长,你也明白,这些人跟泥霞池的生意都是有瓜葛的。所以,住在这儿的人,派出所基本是不查的,什么身份证暂住证的,没人要你。要是逃犯住到这里,那就等于进了保险柜!你也别听老板娘唠叨什么浪费了水呀电呀的,这些费,在这儿差不离都是免了的!她把他们都认作干儿子,一到过年,好嘛,这个给她拿来半扇猪肉,那个给她两箱烧酒,另一个送来几坨带鱼,这老板娘,连年货也不用办了!他们来小暖这儿,她给望着风,不让我们出去。反正那事儿也快,要不了多长时间就过去了。"宋师傅嘿嘿地笑。

陈东想起刚才小暖耳房传来的声音,恨恨地说:"我看小暖也不是什么好货,她好像乐意那样吧。"

"她不乐意又能怎样呢?"宋师傅说,"大贵的死,让她觉着对不住婆家,所以婆婆领谁来,她都得忍着。像五横这样的主儿,什么女人没见识过?可是怪了,他最得意的倒是小暖!"宋师傅想起了什么,忽然笑着说:"不过有一次小暖倒是不从的。老板娘腰椎不好,去中医院按摩,认识了个五十来岁的医生。有天晚上,老板娘把这医生领进小暖的屋子。那晚上小暖没喝酒,清醒得很,力气也大,嫌他身上一股中药味,说是自己没病,不需要捧个药罐子,把医生从床上给掀了下来!那人骨头也是糠了,跌折了三根肋骨,把我们给乐得啊——"

陈东也笑了,他轻声说:"小暖还是可爱的。"

"要是不可爱,耿师傅对她能那么好吗?"宋师傅说。

"你们老说耿师傅,怎么见不着他的影儿啊?"陈东拿起一串羊肉吃起来,与宋师傅说着知己的话,令他胃口大开。

宋师傅蹾了一下酒瓶,说:"耿师傅就是给这家啤酒厂运货的啊。"

陈东知道,这种飞泉牌啤酒,产自东旭,东旭的矿泉资源丰富,那里有两家大型矿泉水厂和一家啤酒厂。寒市是东旭的飞泉牌啤酒最大的消费地。

宋师傅也拿起一串羊肉,边吃边说:"耿师傅家是东旭的,他老婆是政府机关的打字员,人长得漂亮。在那么个小地方,人一漂亮,惦记的人就多了。耿师傅跟我说,有两个有实权的人都看上了他老婆,请她吃饭,给她送礼物。开始时她没想着背叛丈夫,时间长了,她也觉得自己的漂亮是资本,光用在耿师傅身上浪费了,就跟别人胡搞了。耿师傅说,他老婆跟着的两个男人在当地势力都很大,他几次起诉离婚,法院都以调解为主。因为那两个人都有老婆孩子,如果耿师傅的老婆成了单身,他们就不安全了。耿师傅离不了婚,一怒之下离开家,跑起运输,往寒市运啤酒。他干这活儿有三年了。他一来，就住在泥霞池，他疼小暖，小暖也爱他。耿师傅这两个月没来，把小暖想成了那样，谁看不出来？"

"那他干什么去了？"陈东问，"你们也没有电话联系？"

"住在这儿的人，互相是不留电话的啊。"宋师傅叹了口气，说，"这也算是泥霞池的规矩吧。每个人都像风一样，说来就来，说走也就走了。"

"耿师傅和小暖在一起，老板娘让吗？"陈东问。

"有什么不让的？"宋师傅说，"往老板娘腰包塞上钱就行。只是小暖跟耿师傅在一起时，不喝酒不吃肉，她只吃苹果，一吃就是五六个。"

"苹果。"陈东嘀咕一句，把余下的酒一口气干掉。他觉得眼前的景物渐渐模糊了，宋师傅的脑袋由一颗变成了两颗，酒瓶长出了好看的犄角，而那些肉串全都化作了一枝枝玫瑰。陈东哆哆嗦嗦地拉着宋师傅的手，哽咽地说："师、师傅，醉、醉了真好。"

## 四

陈东垂头丧气地从上林回到泥霞池时，耿师傅回来了。他不是一个人回来的，还带着个孩子。那男孩七岁了，叫花砖，剃着个光头，宽额头，大眼睛，圆乎乎的蒜头鼻子，一看人吃东西就流口水，煞是可爱。

耿师傅中等个，很壮实。天热，他穿着背心短裤，可以看见他腿上和胸上浓密的汗毛。他心眼好，谁的枕头掉到地上了，他会帮着捡起来；谁咳嗽起来了，他会帮着人家把水杯递过去。他抽烟，也是一人分上一支，常常是小半盒烟分到最后时，他自己却没抽的了。

小暖脸上的阴云散了，陈东他们回到泥霞池时，坐在树桩下洗衣服的她，爱主动打招呼了。她的头发梳得比以前光亮，穿得也比以前得体。她晾衣服的时候，往往会哼着歌，那双杏核眼就像注入了春水，顾盼生辉的。宋师傅对陈东说："看看，女人跟自己心爱的男人在一起，就是旱苗得到了雨露，精神了！"

陈东不像以前爱打口哨了，他情绪低落，小桃酥跟他吹了。

说也怪，自从五横来的那晚上，他在小暖的耳房下听了窗后，那令人耳热心跳的声音就像一只蜜蜂飞到了他心里，嗡嗡闹着，挥之不去。这声音唆使着他，老想把小桃酥剥个精光。这两次回到上林，他与小桃酥的亲热度层层递进。他从最开始亲吻她的额头，到了嘴唇，从嘴唇又到了乳房，并试探性地朝腹部迈进，就像一只燕子，朝着春天飞奔。然而，小桃酥对陈东还是警觉的，到了关键部位，他是屡屡受阻，这让他心急。有天晚上，他和小桃酥单独在糕点店里，店里没了客人时，他闩上门，关了灯，在黑暗中抱住小桃酥，由上到下地亲吻着。当到了小桃酥认定的警戒线时，她开始了惯常的抵抗，陈东这次没有退缩，他把她放倒在地，撕扯她的裤子，压在她身上。小桃酥大叫着，用手拍打陈东的脸，脚乱踢乱踹着，把点心架子弄翻了，一盘盘的核桃酥、芝麻饼、江米条、牛舌糕哗啦啦地掉下来，落到地上和他身上。陈东晃了晃身子，抖搂掉身上的点心，他可不得意它们，只想吃小桃酥这块大点心。小桃酥愤怒了，用拳头狠狠朝陈东的脑门砸去，将他打得眼冒金星，当时就泄气了，松开了她。小桃酥先是呜呜哭了一阵，然后才起身开灯，收拾散落在地上的点心。她的父亲，每天晚上都要接女儿回家，当他来到店里，见女儿衣冠不整，头发散乱，哭肿了双眼，点心落了一地，明白发生什么事情了，上去就给陈东一巴掌，骂："小兔崽子，刚进城几天啊，就学坏了！"他转而问小桃酥："他得手了吗？"小桃酥一个劲儿地摇头。她父亲说："那好，让他滚，我将来就是把女儿垫猪圈，也不给这个畜生！"这样，陈东被赶出店门。他灰溜溜地回到家后，越想越后悔，越想越窝囊，他可不想失去小桃酥。他买了几斤苹果，登门赔罪，可小桃酥绝情地说："你不是个正经人，幸亏我发现得早。你走吧，别来找我了。"小桃酥的父亲也威胁他说："再不滚的话，我就去公安局报案了，告你个强奸未遂！"

陈东没有想到，事情会是这么个结局，他沮丧极了。他憎恨小暖，憎恨老板娘。她们跟他说话时，他爱理不睬的。宋师傅看出陈东情绪低落，问他："跟小桃酥闹别扭了吧？"陈东不语。宋师傅说："谈恋爱哪能那么和风细雨的？我当初跟你婶儿处对象时，她也是三天两头就跟我生气，总挑我的不是，把我弄烦了，心想干脆跟她断了得了，天下的好姑娘多的是！谁承想呢，你不理她，她倒上赶着了，今天来帮我收拾屋子，明天又给我织毛衣的，好像离我活不了的样子！你看看，女人就是这样子！你不要急，凭你的家庭，再凭你的长相和人品，在上林，小桃酥她还想找啥样的？用不了多久，她会找你的！"

宋师傅的话，让陈东对小桃酥又抱有了幻想。以前宋师傅的电话响起的时候，他该做什么还做什么，现在呢，电话一叫，他会停下手中的活儿,看是不是小桃酥的。然而每次他的希望都落空,这让他心灰意冷。晚上回到泥霞池,他去淋浴时,常常会气恼地打一下身下的伙伴,恨不能根除了它。所有的麻烦,在他看来,都是因它的不安分而起的。

陈东只有跟花砖玩耍的时候,心境才会明朗一些。宋师傅说,耿师傅那段日子不在,是回东旭闹离婚去了。他找到妻子的两个情夫,说是如果他们再阻挠的话,就豁出这条命,跟他们拼个你死我活,那两个人着实被吓着了。这样,耿师傅终于离了婚,花砖判由男方抚养。耿师傅不想再看到那个女人,他辞了啤酒厂的工作,带着花砖出来谋生。

知道耿师傅离婚了,老板娘对他也就格外警觉。她担心这个已成单身的男人,有一天会带着小暖远走高飞,所以处处刁难他们父子。

花砖跟耿师傅睡着一床被子,本来是不占地方的,但老板娘还是要收费,说是看在他还是个孩子的分上,只收一半的钱,每天五块算了。那口气,好像她发了天大的慈悲。耿师傅没有反对,因为他白天去干活时,孩子就得撂在泥霞池,还得指着老板娘和小暖帮助照看着。

金鱼眼是个爱管闲事的人,他说耿师傅:"你要是在寒市长住,我看你和花砖租个房子最好了。你们在这儿一个月也得四百来块,再添个一百二百的,能住个不错的地方。何苦闻澡堂子的味儿呢!"

进入伏天以后,白天来洗澡的人多了,浴池长久被使用着,晚上要是赶上没风,虽然开着窗,但屋子里还是有股说不出的浊味,大家都说那是屠宰场才有的气味。

耿师傅说:"先在这儿住一段,等到明年花砖上了学,再说吧。"

金鱼眼说:"是不愿意离小暖远了吧?"

耿师傅打趣道:"可看你眼大了,好像看得比谁都清楚似的!"

金鱼眼说:"都说揭人不揭短,耿师傅,你拿我这双眼开玩笑,不怕它们哪天火了,变成子弹,射到你身上?"

耿师傅赶紧拱手道歉。

陈东很喜欢听师傅们斗嘴,有兴味。他想他们之所以乐意住在泥霞池,彼此也是离不开的吧。最有意思的是光头,他跟着刀条脸,学了不到一个月的瓦工,就洗手不干了。说是这活儿又脏又累,做了它,是苦海无边。如今他换上了一套少数民族服装,依然走街串巷,不过卖的不是佛像了,而是孔雀羽毛和葫芦丝。在陈东眼里,这个南来的农民在本质上就是个演员。他那件假僧袍,派不上用场了,有一天,他用它换了两个大西瓜请大家吃。大家问他,卖西瓜的要那袍子,做什么用啊?光头笑着说,人家说刚得了孙子,要把它拆了,做尿布!有人便说,小孩子垫着僧袍,还不得不长头发啊。大家笑了,光头摸着自己的光头,也笑了。花砖那晚吃多了瓜,尿床了,他的尿也真是长,把相邻铺位的褥子都洇湿了,小暖换床单的时候,嗔怪花砖没本事,把不好门。花砖歪着头问:"我的门在哪儿啊?"小暖红了脸,说:"问你爸!"耿师傅赶紧说:"小孩子还没门呢,大了才有!"在这些有趣的对谈中,陈东渐渐地又恨不起来小暖了。

耿师傅现在一家水站做送水工。每天上工前,他会把花砖的午饭买好,晚上收工回来,再带着他去面馆。花砖一个白天在泥霞池,就由小暖照看了。他淘气,小暖洗衣服时,他蹲在旁边玩肥皂泡;小暖烧火时,他从门前捉了蚂蚁,塞进她的脖子。小暖即使再不乐意,不过象征性地举起巴掌,吓唬他一下。老板娘开始对花砖是嫌弃的,说是看着他跑来跑去的,眼晕。直到有一天,她坐在院子里,觉得身上刺挠,让花砖给她挠痒痒,从那后,她就喜欢上他了。老板娘陶醉地说:"哎呀,花砖这小手真是好,挠起痒痒,不轻不重、不快不慢的,舒服死了!"除了挠痒痒,老板娘还让他给捶背。花砖的小拳头在她肩背上捣蒜般地一起一落,老板娘就眯着眼,哼唧着说:"过去的地主婆,也不过如此吧。"她给花砖买冰棒和鸭梨,犒劳他;花砖呢,一口一个"沈奶奶"地叫着。老板娘说,就是自己的亲孙子小贵,都没有给她挠过一次痒痒。

  陈东见过小贵三次。他每次回来,都穿着一套浅蓝的制服,上衣没有褶痕,裤线笔直笔直的,头发油光光,皮鞋锃亮锃亮的,真是从头到脚的光鲜。他脸色很白,小眼睛,不爱说话,冷冷地看人,与他的年龄很不相符。他一回来,老板娘和小暖似乎都很紧张,她们先是要把自己打扮得干净利索,然后再打扫房间和院子。小贵回来,最多住一夜。他不和小暖住一起,而是住在奶奶的屋子里。他没有一次回来不挑毛病的,不是嫌水杯擦得不亮了,就是嫌褥子有潮气,再不就是嘟囔电视机的屏幕上尽是苍蝇屎。所以只要你看到小暖从婆婆的屋子里拿出被褥来晒,就知道小贵要回来了。小贵回来,是不在家吃饭的,沈香琴会带着孙子,去饭馆吃。小暖是不能跟着去的。宋师傅说,小贵知道父亲是被枪毙的,他因此憎恨妈妈被人拍了那样的照片,所以跟小暖说话时,从来都是昂着头。他像主子,而小暖像个毕恭毕敬的仆人。小贵离开家的时候,老板娘会给他带足零花钱,打车送他返校。小贵一出家门,小暖就获得了解放,她会立刻脱下那些拘谨的衣服,换上宽松的,趿拉上拖鞋,透彻地喝上一大杯凉水,然后又着腿,坐在树桩下,洗起衣服来。她狠命地打着肥皂,狠命地揉搓着,似乎要把衣服洗烂了。

有一次,小贵回来看到花砖给沈香琴挠痒痒,很生气。他把花砖叫到晒衣绳下,双手插在裤兜里,歪着脑袋问他:"你也住这儿啊?"

花砖像飞翔的燕子似的,一蹿一跳地说:"是!"

小贵冷笑了一声,说:"你知不知道,一个男孩子把手伸到女人背上,是可耻的?"

花砖懵懂地摇摇头,说:"男孩子把手伸到女人背上,是有'可吃的'。"

"你还知道可耻啊。"小贵从鼻子里哼了一声。

"可吃的就是冰棒、鸭梨!"花砖响亮地答道。

小贵骂了一句:"下三烂!"

花砖说:"我没吃过下三烂!"

沈香琴在一旁忍着笑,她是不能当着小贵的面笑的。实在忍不住了,便跑到女池的洗手间去笑。等她出来时,眼圈红着,好像笑过之后又起了伤感。

有天晚上,花砖睡到半夜要撒尿,喊爸爸,发现爸爸不在身边,便摸着黑下了地,光着脚丫跑到院子,一声声地哭叫着"爸爸——爸爸——"。被扰醒的人晓得耿师傅一定是趁花砖睡了,偷偷去小暖那里了。宋师傅赶紧下地,把花砖抱回来。老板娘听到动静也醒了,只听她咣咣地敲小暖的门。这说明,耿师傅这次去小暖那儿,并没通过她。宋师傅说:"坏了,耿师傅今儿要遭殃了。"果然,门开后,老板娘和耿师傅吵了起来。

老板娘骂:"没钱就勒紧自己的裤腰带呀。"

耿师傅说:"我和小暖是两相情愿的!"

老板娘说:"说这话也不嫌牙碜!你要还是个男人的话,别让小暖这么不明不白地跟着你,有本事你给我拿出五十万来,把我和小贵将来的生活安排好了,你就是把小暖领到天边,我都不管!"

耿师傅颜面扫地地从小暖的屋子回到泥霞池后,哄好了花砖,然后坐在门槛上,一支接一支地抽烟。只见烟头在暗夜中一闪一闪地发出红光。大概抽了七八支烟后,耿师傅起身,骂着:"妈的,这世道,没钱没势就是孙子啊!"长叹一声,回到铺位,躺倒睡了。

第二天,耿师傅不去水站了,说是挣那两个鸟钱,只够塞牙缝的,别想有翻身的日子。他闲了几天后,换了个不用起早、但要贪黑的工作,总是凌晨才归。他手头宽裕了不少,常常提着一袋熏酱的鸡脖子或是猪蹄回来。耿师傅的新工作,让小暖吃尽了苦头,她大概为他担心着,总是睡不好,终日黑着眼圈,白天洗衣时呵欠连天,吃饭时也无精打采的。只要见着耿师傅,小暖会跺着脚叫声"耗子",对他的昼伏夜出表示反感。花砖跟泥霞池的人混熟后,即便耿师傅没回来,也能安然睡着。反正到了天明,他睁开眼睛的时候,爸爸就会在身边了。

总也盼不来小桃酥的电话,陈东很心焦。有天傍晚宋师傅不在,说是去老乡家,可能晚上不回来,陈东鼓足勇气,去了小菜街的食杂店,用公用电话给小桃酥打了个长途。小桃酥还在店里,他听客人在问核桃酥是不是新出炉的。一听是陈东的声音,小桃酥立刻把电话挂了。陈东不甘心,等了十来分钟,想着她该忙完了那份生意,又把电话打过去。这次小桃酥接了,她说:"城里风骚姑娘多的是,你还找我干什么呀?我现在和刘巍处上了,秋天就该结婚了,你就死了心吧!"陈东知道那个刘巍,他比小桃酥大五岁,开了家磨粉厂,有钱,人也算忠厚,但小桃酥嫌他罗圈腿,爱抽烟,所以拒绝了他的求婚。陈东急了,说:"小桃酥,你嫁给刘巍,等于天天蹲在烟囱根下,他不熏死你呀?"小桃酥斩钉截铁地说:"那也比嫁给个流氓强!"

陈东放下电话,委屈极了,直想哭。他走进一家小酒馆,要了两个小菜、一瓶白酒。他越喝越恨小暖,心想不是因为你个洗衣妇,我不会那么粗暴地对待小桃酥,她还会是我的女友。陈东想报复小暖。这个念头一经产生,便不可遏止。他喝光了酒,付过账后,迫不及待地打车回去。一进院子,就直奔小暖的屋子。小暖歪着身子,正"啪啪"地拍着苍蝇,见陈东进来,她叫了声"青苗"。陈东一把夺下小暖手中的苍蝇拍,把她往床上抱。小暖实在是胖,力气又大,尽管借着酒劲,陈东还是弄不动她。陈东手忙脚乱的,口不能言,小暖却是岿然不动,并且不时地一口一个"青苗"地叫着。陈东火了,劈手给了小暖一巴掌。小暖愣了一下,然后疯了似的冲上来,将他一拳打倒,拽住他的手,一脚踢开门,把他拖到树桩下。未等陈东爬起来,她搬起洗衣盆,将里面的水"哗——"的一声倒在他身上,然后叉着腰叫着:"瞧瞧喝酒有什么好,把洗衣盆撞翻了吧?快把你的衣裳都脱下来,趁着天没黑透,我好给你洗出来,青苗!"

## 五

暑天过去了，太阳这面出工的锣，虽然比以往出来得晚了，但它的音质却是越来越高亢了。阳光像是在水中洗过，又像是在牛奶中浸过，明亮又芬芳。

宋师傅病了，他面黄肌瘦的，腹胀，没有胃口。陈东陪师傅去医院做了检查，医生说他慢性肝损伤，说是如果不及时治疗的话，将来会酿成大疾。宋师傅拿着检查报告单，抖着手，对陈东说："东子，趁年轻，学点别的吧。干咱们这一行的，天天待在人家没装修好的房子里，等于每天吸着毒气，什么肝受得了啊！单位不管咱的医疗，咱挣的那点钱，将来都不够看病的啊。"

陈东劝宋师傅回上林休养一段，宋师傅说："哪休养得起啊，歇一天少挣一天钱，老婆孩子谁来养？"宋师傅的孩子刚上高三，他说将来孩子考上大学，就是一大笔钱。

宋师傅一病，懒言少语的，手脚也没从前利落了。该是傍晚收工的活儿，往往要干到月亮升起，师徒俩疲惫不堪的。有一天，他们九点多才回到泥霞池。一进院子，就听靠着树桩洗衣服的小暖，"扑哧扑哧"地偷着乐。他们经过她身边时，小暖伸出湿淋淋的手，抓住宋师傅的裤脚，道了声："有喜！"

原来有个女人在泥霞池等宋师傅。她四十来岁，提着个罐子，中等个，穿一条灰蓝色的裙子、白布衫、黑色平底布鞋，短发，皮肤微黑，看上去面目和善，落落大方。宋师傅显然没有料到她来，窘了片刻,才跟陈东介绍她:"这是我老乡,小时候一个屯子的。"陈东不知该管这女人叫什么,只是点了点头。那女人对宋师傅说:"身体不好,得补,我给你熬了鸡汤,快喝吧。"

宋师傅正客套着,老板娘穿着一套白绸子衣服,手提一把剑,轻盈地进来了。最近她迷恋上了武术,每天晚上都要去公园练剑。一见有女人在,她眉毛一挑,说:"我这儿只招男客,不收女客!"

宋师傅赶紧说:"这是我老乡,过来送点吃的。"

老板娘把剑放在柜台上,说:"你们上林来的男人,就是有女人缘!"

陈东听老板娘话中有话,不想看师傅的难堪,连忙交给老板娘三块钱,去洗澡了。等他从浴池出来时,那女人已经走了,宋师傅正喝着鸡汤,满屋子洋溢着香味。

"东子,给你留了点,尝尝吧,真是鲜啊。"宋师傅脸色好看多了。

陈东说:"留着给花砖吧,他的鼻子比狗还灵,一会儿回来闻到香味,又该流口水了。"

正说着,花砖哭咧咧地进来了。他垂着头,抽泣着,可怜巴巴地站在地上,用嘴咬着手指甲。

宋师傅说:"花砖,喝鸡汤吧?"

花砖一个劲儿地摇头。

"谁、欺、欺负你了?"刀条脸说,"告、告诉、叔。"

花砖说:"我把沈奶奶的脊梁挠破了,她说往后不给我买冰棒和鸭梨了!"说完,哭得越发凶了。

陈东走过去,抓起花砖的手,说:"是指甲太长了,叔叔来给你剪。"

"她揍你了吗？"宋师傅小声问。

花砖摇着头，委屈地说："我在家，都是妈妈给我铰指甲，我想妈妈。"

泥霞池的人默不作声，大家都有些心酸，只听陈东的指甲剪"咔嚓咔嚓"地响着。

那个晚上，谁都没有心情看电视，人们早早睡了。第二天一早，刀条脸洗漱完毕，开始收拾东西。光头问他这是去哪儿？刀条脸说："妈、妈的，再、再住、住下去，得、得疯了！"他朝耿师傅撇了撇嘴。耿师傅快天亮了才回来，还呼呼睡着呢。

光头被刀条脸揍过后，跟他最亲了，他急了，说："你走了，我呢？"

刀条脸说："大、大雁、快、南飞了，你也、快回、回老家了。"

光头说："你走我也走，反正在哪儿都是个住！"

这样，泥霞池在那个早晨失去了两个老顾客。刀条脸离开之前，走到耿师傅的铺前，照着他的胸，猛击了一拳。耿师傅"嗷——"地叫了一声，身子缩了一下，睁了下眼睛，接着睡了。

老板娘正好买油条回来，一看刀条脸和光头背着行囊往出走，知道他们不想住这儿了，连忙赔着笑脸说："两位师傅，泥霞池哪里招待不周了？"

刀条脸和光头并不搭理她，他们出了院子，沿着小菜街，一前一后，向北走了。老板娘仰着脖子，冲着他们的背影大声说："你们会后悔的，去别处住，谁给你们免费洗衣服！"

老板娘回到泥霞池，就开始骂小暖，一会儿嫌她没给客人洗干净衣服，一会儿又嫌她跟客人说话冲了。小暖正给浴池烧着锅炉，唇角沾着煤灰，像是长了黑胡子。莫名其妙挨了骂，她还傻笑着。小暖心情好，她前晚上梦见了大贵。大贵穿着军服，肩章扛着好几颗星星，很威武。她早晨醒来，对自己说："看来他在那儿混出来了！"所以婆婆怎么埋怨她，她都没生气。反倒是劝婆婆："种地得换茬，老是种一样，庄稼不爱长。"言下之意，旧苗容易萎靡，新苗才会茁壮。旧的不去，新的不来。小暖的话，把一肚子火气的老板娘逗笑了。她负气地说："是啊，我就不信，泥霞池缺了这俩王八，还不成席了！"

因为那个女人的到来，陈东明白了宋师傅为什么这么多年来甘愿在寒市做安装工。他想，师傅肯定会找机会提醒他什么的。果然，第二天上工，午休的时候，宋师傅对陈东说："东子，回到上林，别跟人说我那老乡送鸡汤的事儿。万一传到你婶儿耳朵里，容易闹误会。"

陈东说："我懂。"

宋师傅说："我跟那女人，小时候一个屯子长大的，前后院住着。她胆小，怕狗，上学时总是跟在我屁股后面。后来她考上中专出来了，我们就断了联系。六年前吧，我去一户人家安门窗，哪想到一敲门，开门的竟是她！她在市民政厅上班，管低保的。她有个女儿，比我儿子小两岁，高一了。她男人是个高级技工，养护飞机的，不常回家。有时候，我会去看看她。"

"她对你好！"陈东说，"她给你送鸡汤，你的肝病会好的。"

"女人啊，她是先伤了你的肝，再给你养哇。"宋师傅说完，哈哈笑了，算是承认了他与那女人的暧昧关系。他告诉陈东，一个男人,要是错过了自己喜欢的女人,那就是一生最大的不幸!他说:"你要是真离不开小桃酥,就别怕伤了自尊,死缠着她别放手,要不,将来有你后悔的那一天!"

宋师傅的话,让陈东又鼓起了勇气。从这天开始,他一天一个电话地打给小桃酥。小桃酥开始是拒听,后来能跟他"喂——"一声,再后来,可以和他说上一两句话了。有一天,她居然还"扑哧"笑了一声。这声笑,像一道阳光,让陈东觉得快要见到晴朗的日子了。他盼望着早点回到上林,去见小桃酥。他暗自发誓,以后小桃酥让他怎样他就怎样,哪怕手也不让拉,只要能看着她,闻着她身上的香气,就知足了。

秋天的活儿实在是多,尽管陈东归心似箭,可他脱不开身。不过因为小桃酥态度缓和了,他有了奔头,干活时又爱打口哨了。有一天收工早,陈东跑到百货商场,给小桃酥买了一个水晶音乐盒。盒子上镌刻着一对米老鼠,它们手拉手,喜气洋洋的。水晶的美是石破天惊的,陈东敛声屏气地看着它,轻轻地拨动音乐盒的弦。音乐就像一道温柔的月光,从水晶中迸射出来,手拉手的米老鼠随着音乐的节拍,缓缓旋转起来,陈东无比陶醉。尽管是在嘈杂的百货商场,他还是体会到了那无与伦比的美。陈东把音乐盒包装好,带回泥霞池,怕往来的人杂,她求小暖帮他收起来。小暖捧着那个盒子,撇着嘴问:"什么东西这么金贵?"

陈东逗她:"两只老鼠。"

小暖"哼"了一声,说:"我明天抱个猫来,收拾了它们。"

陈东说:"你给我看好了东西,我给你买最好的苹果!"

小暖红了脸,说:"你买的苹果我不吃,青苗!"一把将他推出门。

刀条脸和光头走了后，新客人接连不断。不过这些人大都住不长，三天两天就走了。虽然泥霞池的生意一如从前的红火，但老板娘还是喜欢熟客，因为他们会把泥霞池当作在寒市的家，处处爱惜着。短客却不一样，这些人不是把马桶给弄堵了，就是将吃剩的东西扔在地上。他们让小暖洗衣服，毛病也多，常常要求用单独的清水，不能和别人的混在一起洗。小暖一会儿要去疏通马桶，一会儿要扫地，一会儿又要换水洗衣服，忙得团团转。她洗衣服前，习惯把兜挨个掏一掏，确定没东西后，再投入水盆中。有一天黄昏，陈东进了院子，听见小暖嘤嘤地哭。她坐在洗衣盆前，手中拈着一张照片。原来，她从一个客人的兜中翻出了一张照片，照片是一个中年男人的身影，背景是一个农家小院，墙上挂着农具和几辫子大蒜，地上有一条蜷伏的狗和一群争食儿的鸡。这场景让她想起老家，想起父母。大贵出事后，婆婆不让她出门，她整天忙活在泥霞池，那个世界好像离她越来越遥远了。现在，一张照片，就像一道闪电，把那个隐藏在她心中的故乡瞬间照亮了。她一会儿喊妈妈，一会儿叫爸爸，委屈得像个迷路的孩子。泥霞池的几个熟客，听着心里不落忍，都跟老板娘说，什么时候让小暖回去看看吧，人家也是有爹有娘的人！老板娘"呸"了一口，说："她还有脸回去?！锦葵那地方的人谁不知道，是她把大贵害死的？她要是进了村，唾沫星子还不淹死她！"

"那也不能因为大贵死了，小暖就得背一辈子的黑锅吧！再说人又不是她杀的！"宋师傅终于忍不住了。

"是啊——"老板娘从牙缝里迸出一声笑，说，"她是没杀人，可不是她,大贵能使剑吗?!"说着说着,老板娘忽然悲从中来,她拍着腿,哭叫着:"我的大贵啊,妈的心头肉啊。"

老板娘一哭,小暖就不哭了。她放下那张照片,拧了一条毛巾,胆怯地递给婆婆。泥霞池的人,也只能摇摇头,无奈地叹息一声。

这天晚上,老板娘忽然从夜市让伙计提来一桶馄饨,请大家吃夜宵。泥霞池新住进来一个上访的人,这人来自农村,六十来岁,干瘦,倔强,一撮山羊胡子,他说村委会盖办公楼,强征了他家的沙果园。不到二十人的村委会,盖起了三层小楼,村长的办公室是个大套房,就连出纳员都有单独的屋子。老汉发誓说:"我告不倒这帮败家子,就不回去!"他把冬衣都带来了,看来要在泥霞池安营扎寨,不胜不归了。

人们以为老板娘迎来了这样的长客,心情好,才犒劳大家的。谁知一桶馄饨吃得见了底儿后,老板娘拍着柜台,得意地宣告:"我那负心的男人,小贵的爷爷,他不是娶了那个小骚货吗?怎么样?听说那小骚货得了绝症,活不长了,真是现世现报啊!"说完,让伙计将空桶提走,还赏了他二十块钱的跑腿费。

老板娘这么一说,大家都觉得跟吃了苍蝇似的,胃里不舒服。只有花砖,他说肉馅的馄饨真香,心满意足地睡了。

小暖很久不喝酒了,所以这天她提着酒瓶子进来的时候,大家都有些不习惯了。她进屋后,把鸡腿给了花砖,自己凑到电视机前,边看边空口喝酒。

那个上访的老人正拍打着布鞋上的灰,看见小暖这样喝酒,他"啧啧"着说:"姑娘,你这不是往自己的肚子里絮火苗子吗?不担心它烧坏了你？"

他这一说不要紧，小暖居然对着瓶嘴儿，"咕嘟咕嘟"地连喝了几大口，然后一抹嘴，轻蔑地说了句："老山羊！"

大家知道她是抢白老人呢，都笑起来。偏偏老人有点文化，把"山羊"领会成"赡养"了，他乐呵呵地说："啊，你放心，我老了有人赡养，俩儿子呢！"

大家笑得越发起劲了，简直像过年一样。

小暖喝光了酒，对着电视懒懒地说了句："没意思。"一转身，把空酒瓶摆在柜台上，哀怨地看了一眼耿师傅的铺，抱起花砖，给他洗手洗脚去了。当她从洗手间出来的时候，眼圈红着，她把花砖放到铺上，拎起耿师傅的枕头，用力抖搂着，叫着："全是灰！灰！"用拳头捶了几下。打完枕头，她又现出后悔的样子，轻轻摩挲了几下。

小暖走了。老熟客们以为砸东西的声音很快会传来，然而没有。接下来老板娘惯常地进来收拾抽屉里一天结算下来的钱时，也是一副若无其事的表情。夜越来越深，人们以为小暖只是馋酒了，喝喝而已，便关了灯，睡了。

然而夜半时分，泥霞池的人还是被摔东西的声音扰醒了。这次小暖好像不是在屋子里砸东西，声音是在院子里腾起的，大概她是敞着门往外扔东西的。醒了的人，知道的会嘟囔句"这么晚还瞎搞什么"，不明就里的则会埋怨一句"怎么这么不肃静啊"。不过小暖只是闹了几分钟，院子很快安静下来了。人们只当是被噩梦惊醒了片刻，翻个身，接着睡了。

陈东睡不着，他听见门外响起摩托车声，心想这一定是老板娘约的主儿来了。陈东想，这人骑着摩托，一定是派出所那个管片的民警，趁着值夜班，寻欢来了。陈东慨叹着世道不好，有点气闷。不过他一想起小桃酥，心情又畅快了。这一想不要紧，他的脑海中突然闪现出给小桃酥买的水晶音乐盒，小暖喝多了，肯定逮着什么摔什么，万一把它砸了，那就糟糕了！因为他买的时候，这是最后一个了，售货员还夸他运气好呢。

陈东睡意全无，他披衣下地，悄悄打开门，来到院子。毕竟是秋天了，夜很凉，陈东打了个哆嗦。那晚的月光真好，它们触角分明、清清白白地落了满院子。陈东发现一些碎片在月光下闪出幽蓝的光，他蹲下来，辨别出那是玻璃的碎片。他不知道若是水晶碎了，会在月光下发出什么光？一定是彩虹般的颜色吧。陈东放了心，正要回屋的时候，忽然听见小暖的耳房传来床哑哑的叫声，好像那里有只乌鸦，正一边啄着美食，一边快乐地叫着。陈东触电似的，僵在那里。他身下的伙伴很不争气，像上次一样，又蠢蠢欲动了。就在此时，从火车站传来几声短促却清亮的汽笛声，陈东打了个寒战，清醒过来，赶紧回屋。不过，这一夜他失眠了。所以他知道，耿师傅是凌晨四点才回来的。

虽说前一夜的月光是那么的丰盈，可是第二天早晨，却是阴雨蒙蒙。宋师傅和陈东这天的活儿，在唐人苑。这里是寒市的老城区，不需要转车，从泥霞池到那儿，五站就到了。在公交车上，宋师傅对陈东说："我那个老乡，就住在唐人苑。那一带是市气象厅、民政厅、水利厅的家属区。"

陈东说："那你中午去老乡那儿吃吧，让她给你熬点鸡汤，补补！"

宋师傅有些不好意思地说:"昨晚上已经跟她电话中说了,要不你也过去一起吃?"

陈东一拍胸脯说:"我的肝没问题,不用补!"

宋师傅"哼"了一声,说:"早晚也得让小桃酥给你伤着!"师徒俩在公共汽车上大笑,不知道的,以为他们是一对父子,中了大彩。

唐人苑的业主是个面目和善的中年人,宋师傅他们一到,他就上班去了。走前,他给干活的工人每人发了三块钱,说是中午买盒饭的。除了宋师傅和陈东,还有一男一女。女的戴着个大口罩,穿着蓝袍子,握着砂纸,打磨着洗手间的大理石台面;男的瘦高个,在安装窗帘杆。这是套老房子,举架高,但格局不好,采光差。旧房子新装,往往给人一种不伦不类的感觉。陈东看着闷头闷脑的吊棚和左一盏右一盏的镭射灯,看着用假玉石镶嵌起来的花花绿绿的电视墙,看着餐厅角落里滑稽的酒吧台,觉得自己看到的是一个咧着嘴、努力露出几颗金牙的老汉,想笑。他想,将来他和小桃酥的新房,可不能这么个布置法。心情好,陈东干活的时候,又打起了口哨。到了中午,宋师傅走了,那个安装窗帘杆的人下楼买饭的时候,很客气地问陈东,要不要帮他捎一份饭回来?陈东见外面在下雨,就给了那人五块钱,请他买几个肉包子。那个女工摘下口罩,说是自己没带伞,请师傅也帮她捎一份,她递过去三块钱,说是买两个韭菜盒子就行。高个子师傅接过钱,爽快地答应了,打着伞出去了。

陈东无聊,跑到酒吧台下可以旋转的红椅子上坐下来。那椅子很窄巴,陈东嘟囔一句:"要是屁股大了还坐不下呢!"

他的话，把那个女工逗得"扑哧"一声笑了。陈东仔细看她，发现她模样还真不错，虽然脸黑，又有雀斑，但她的眼睛又黑又大，高鼻梁，嘴唇也红润。而且，她像小桃酥和小暖一样，丰满和善。当她跑到窗前去看雨的时候，陈东看着她滚圆的屁股，想起昨夜小暖屋子传出的声音，又热血沸腾了。室内越来越昏暗，看来雨并没有把阴云稀释了，它反而越聚越多。突然，一个炸雷"咔啦"一声响起，女工吓得缩回头来，"嘭嘭"把窗关上，转过身来。她那惊魂未定的样子楚楚可怜，惹人心动。陈东从椅子上跳下来，奔她而去，一把将她抱住。他抱住她的时候，闻到了一股好闻的奶香味，原来这是个哺乳期的女人。陈东不顾这女人的哀求，将她按倒在地。窗外的雨越来越大了，陈东的世界波涛滚滚，激情浩荡。他在他十九岁的时候，在这个昏昧时刻，在别人家的屋子里，莽撞地闯入一个女人的领地。他觉得自己是个饥饿的旅人，终于抵达了鱼米之乡，激动得哭了。那女人看见他的泪水，不再反抗。陈东开始了快乐的漫步。然而没有多久，安装窗帘杆的师傅回来了，那个莺歌燕舞的世界刹那间变得肃杀凄凉。陈东被一只有力的大手给揪起来的时候，体会到了骨肉分离的那种锥心刺骨的感觉。

# 六

耿师傅的事情，是宋师傅来探监的时候，告诉陈东的。

陈东出事不久，耿师傅连续两天没有回到泥霞池。小暖很心焦，她坐在树桩下洗衣服时，只要听见院子里响起脚步声，就会停下手中的活儿，看看来人。当她发现那不是耿师傅的时候，就叹口气。花砖毕竟年少，虽然晚上他也吵闹着要爸爸，但只要泥霞池的人给了他饼干或是汽水，他吃饱了喝足了，也就安静地睡了。耿师傅失踪的第三天晚上，泥霞池的人聚集在电视机前看电影频道的一个功夫片，中间插播广告时，小暖拿着遥控器，啪啪地换台。当寒市电视台的频道出现的时候，闪现在屏幕上的，是一个趴在电线杆上的人。画外音说："今天凌晨，在301国道两公里处，一位大货车司机发现了这个吊在高空的贼，他是在偷窃高压电缆时，被电流击中身亡的。从现场情况分析，这个窃贼应有同伙，他们发现他死亡后，逃离了现场。目前死者的身份尚不确定，警方正在积极地调查之中。"

这窃贼穿一件蓝衫，右袖口有一块黄色的补丁。宋师傅说，耿师傅开货车运啤酒时，一天到晚地握着方向盘，袖子磨损得厉害。小暖给他洗衣服时，只要发现有破的地方，就及时补上。她打补丁，不像别的女人，找靠色的布条，小暖喜欢用鲜亮的布来打补丁，所以耿师傅的几件衣服，袖子上的补丁不是绿色的，就是黄色的。都不用电视镜头对准死者的脸，泥霞池的熟客们，一看那件打着黄补丁的蓝衫，都惊叫起来。耿师傅看上去像是一只歇脚的苍鹰，而那块补丁，分明就是落在上面的一只娇艳的蝴蝶。

宋师傅说，小暖发现那是耿师傅后，倒是很镇定，她扔下遥控器，将看电视的花砖揽到怀中。不明真相的花砖还叫着："我要看那个吊在电线杆子上的人，太好玩了！"这声喊，催下了小暖的泪水。那个晚上，她凄凉地走进婆婆的屋子，告诉她耿师傅死了。接着，朝婆婆要了十块钱，到街对面的水果摊买了两斤苹果，倚着树桩，脚搭在洗衣盆上，吃了一夜的苹果。早晨时，她找了把铁锹，把吃剩的果核埋在树桩下，接着洗她的衣服了。

耿师傅的结局，让陈东痛惜不已。宋师傅说，耿师傅死了后，花砖直到春节时，才被妈妈领走。那女人来泥霞池的时候，穿着长筒的皮靴子，一件枣红色的羊绒大衣。小暖见了她，一阵发抖。花砖跟小暖有了感情，离别的时候哭了，小暖也哭了。等他们走了后，老板娘数落小暖："你见了那娘儿们怕啥？还哆嗦上了，真没出息！"小暖很认真地说："《西游记》里孙悟空打的那个妖精，不就是她吗？乍一看，一模一样，吓我一跳！"说完，又打了个寒战，说："她能吸人的血！"

陈东已经服刑半年了。在对他量刑的时候，法官之间还有过一番争执。有人主张轻判，因为据陈东供述，那个女工初始反抗，后来是顺从的。可主张重判的人认为，陈东是高中毕业生，知法犯法，强奸一个哺乳期的女人，致使这女人精神恍惚，奶水枯竭，后果严重，影响恶劣，理应重判。对陈东不利的还有，那个房主通过法院，起诉了上林门窗厂。说是你们厂的工人，在我的洞房里强奸女工，给我和未婚妻的心中带来了浓重的阴影，要求厂子给予精神损害的赔偿。原来，房主的前妻去世了，他苦苦寻觅多年，终于找到一位如意伴侣，喜滋滋地装修房屋，准备迎娶新娘。他怎么能料到，这样的事情会发生在他的洞房呢！最终，陈东被判了六年有期徒刑。那些盼望轻判的人嫌它太重了，而希望重判的人又觉得它过于轻了。陈东觉得，这个判决对自己来说不轻不重，可以接受。六年之后，他不过二十五岁，人生还可以重新开始。可是，上个月父亲来探监的时候，带来了小桃酥跟刘巍结婚的消息，这让陈东陷入了绝望。其实他也明白，自己成了囚徒，小桃酥会离开他的，但他没有料到她会离开得这么快。晚上躺在监舍里，他睡不着觉的时候，会想起小桃酥，想起她身上的甜香气，想起自己给她买的还没来得及送出的水晶音乐盒，这时他就会黯然流泪。

陈东服刑的监狱离寒市有三十多公里，宋师傅来看他两次了。他说这辈子最愧疚的，就是不该让陈东住在泥霞池那样的地方。在他看来，那是徒弟犯罪的根源。陈东便问师傅："那您从那儿搬出来了吗？"宋师傅摇摇头，说："那儿有小暖给洗衣服，舍不得出来啊。"陈东哽咽地说："有一天我出去了，到了寒市，还会住那儿的。"

宋师傅说，陈东进了监狱不久，小暖就跟老板娘说，想来看他。四月积雪消融的时候，老板娘终于应允了。结果她白跑了一趟，因为只有持探监证的犯人的直系亲属和持身份证的犯人的朋友，才可探监。而小暖虽然生活在寒市，一直以来，都没有身份证。小暖从监狱回到泥霞池后，跟老板娘大闹了一场，说她可以一辈子不嫁人，但她不能连个身份证都没有，她又不是猫狗！这样，老板娘拿出户口簿，开始给小暖补办身份证。

陈东不喜欢家人来探监，他不忍面对他们。开始时，父亲对每月两次的探监日子绝不错过，总是风尘仆仆地从上林赶来。他眼见着父亲的脸上多了皱纹，鬓角添了白发。每次父亲离开，他都要难过好久。所以有一次他对父亲说，您只有少来，我才能改造得好。这样，父亲答应他两个月来一次了。

陈东他们白天出去劳动。监狱附近，是一个农场，庄稼地一望无际。陈东眼见着几个月前还是一片荒芜的土地，在春风的吹拂下，泛起了无穷的生机。陈东学会了栽秧、除草、间苗等农活。每当歇息的时候，他坐在绿油油的田间，看着麻雀一群群地飞舞，内心就会泛起要及早走出监狱的渴望。有的时候，他眯着眼感受阳光和清风的时候，会忘却了自己的身份。然而总是在他最忘情的时刻，旁边会有脚步声响起，他睁眼的一瞬，看见的不是身上印有编号的狱友，就是手持钢枪的警卫，让他明白，自己已是一个犯人了。

夏天的一个日子，小暖终于来了。陈东坐在探监室，看着朝他走来的洗衣妇时，有一种要哭的欲望。

小暖穿着一件葱绿色的短袖衫，梳着马尾辫，提着个蓝布兜，一瘸一拐地过来了。她比过去瘦了，下巴也更尖了，那双杏核眼，雾蒙蒙的。她坐在陈东对面，隔着玻璃幕墙，咳嗽了两声，将手在胸前蹭了蹭，怯怯地拿起听筒。

"你的腿怎么了？"陈东急切地问。

"我哪知道，往你们这儿来，还要过一个地道呢。我以为登记完，过了那个大铁门，就到了！"小暖埋怨说，"那个地道太长了，虽说有灯，可没什么人走，阴森森的，我害怕，就跑，把脚脖子崴了。"

"那你怎么回去？"陈东说。

"反正这儿又不让我住，我怎么的也得回去。再说汽车有脚，不怕。"小暖说完，笑了。她的笑容还是那么灿烂。她定睛地看了陈东半晌，说："你比过去黑了，瘦了，看来是在田里干活了。"

陈东点了点头，说："你也比过去瘦了，不过还挺白净的。"

小暖说："我在锦葵的时候，就是天天下地，大太阳烤着，也晒不黑，我妈说我血管里流的是羊奶。你说要真是那样的话，我妈不就成了母羊了吗？"

"那你就是小羊羔了！"陈东笑起来。

小暖说："我有身份证了，补办的，仨月才下来，要不我早来了！人家都说身份证上的照片比本人的要难看，我照的呢，泥霞池的人看了，都说比本人好看！"

"那你拿出来我看看。"陈东说。

小暖沮丧地说："押在登记室了，等走的时候人家才能还我呢。"

陈东安慰她说："不要紧，等六年后我出去了，再看吧。反正照片不像人似的，会变老。"

说到"六年"这个字眼，小暖忽然变得期期艾艾的："六年，太、太长了。要是养活个孩子，都、都能叫爸了。"

"不长！"陈东说，"六年一晃就过去了。"

小暖左右看了看，忽然压低声说："我听说了，那事还没完，你就被人给逮着了？你说那得多难受啊。狗在那时候，你要是用棒子把它们拨拉开，它们还不得咬死你呀！那个安窗帘杆的师傅，他要是住在泥霞池，我非把他的衣服捣烂了不可！"小暖一旦愤慨起来，话语又流畅了。

陈东实在忍不住，大笑起来。说实在的，家人和朋友来探监，从来没有像小暖这样，让他这么舒畅。

小暖仍然气愤难平，她的声调不自觉地提高了："就做了一半的事儿，关你六年，太重了！早知道，那天晚上你喝多了去抱我，我不该把你拖出去的！我想你还是个孩子，不该沾我，我不好，常喝酒摔东西的。"小暖的声音又渐渐低下去，头也低下去，她轻轻叹息了一声："青苗——"一副要哭的模样。

陈东赶紧说："我没怨你，你别难过。"

小暖这才抬起头来，不过她的眼睛已是湿漉漉的了。

陈东不想让小暖伤心，就向她打听泥霞池的一些事情，问那个上访的人走了吗？

小暖立刻又活跃起来，说："那个老山羊啊，过年时回去了！说是有人答应管那事儿了。他走了，刀条脸和光头又回来了。他们都说，一个男人在外面，身边离不开一个洗衣服的女人！"

"光头今年回来干什么呢？"陈东问，"还卖孔雀羽毛和葫芦丝？"

"那东西不时兴了，他今年跟一个江西人一起，倒腾瓷器呢。"小暖说，"还挺赚钱的呢。"

"金鱼眼呢？"

"他呀，发了，不住这儿了。"小暖撇着嘴说，"怎么发的咱也不知道。"

陈东小心翼翼地说："耿师傅太可惜了。"

小暖咬着嘴唇，说："他存心是不想活了，你想他爬那么高，不就是要离开的吗？老天一看，你这是想上天啊，就甩出电鞭子，一抽，把他卷上天了。"小暖虽然说得俏皮，但她的声音是颤抖的。

陈东问："你每天还都洗衣服？"

小暖点了点头，问："在这儿没人给你洗衣服吧？"

陈东说："我自己洗。"

"要知道你有今天——"小暖迟疑了一下，说，"你在泥霞池时，我该手把手教你洗衣服的。"

小暖的话，比春风还要撩人。虽然隔着玻璃幕墙，但陈东似乎闻到了小暖身上的气息，那混合着苹果香味和皂香的气息。入狱后，他身下的伙伴比他还垂头丧气，他以为它彻底完蛋了，他的青春戛然而止了，谁能想到，这一刻，它竟像一只翅膀硬了的雏鸟一样，要寻找自己的天空，又要飞翔了。陈东又是喜悦又是羞愧，他握着听筒的手心出汗了，脸颊也发烫了，他多想拥抱着小暖，和她酣畅淋漓地做场爱，释放他的青春和悔恨啊。直到此时，他才醒悟，强奸一个女人，是多么的愚蠢！

小暖并没有察觉到陈东内心的变化，见陈东不语，她也沉默了一刻，然后抽了抽鼻子，说："对了，宋师傅来看你时，跟没跟你说，院子里那个树桩，它长出苗了！这苗是春天时从树根那儿发出来的，开始我还以为是榆树发芽了呢！现在它长了快两拃高了，我一看叶子，知道那不是榆树的，你猜是什么苗？"

陈东说："你爱坐在那儿吃苹果，肯定是苹果苗！"

"啊，青苗——青苗——你可真聪明！"小暖扭了扭身子，兴奋地说，"等你出去时，这苗长高了，成了树了，就会开花结果了！"

他们正谈得兴味盎然，狱警进来提示，探视时间只剩十分钟了。他这一说，小暖立刻放下听筒，手忙脚乱地打开蓝布兜，然后抓起听筒说："你还落在泥霞池一件衣裳呢，我给你洗了，带来了。还有那件你让我帮着看着的东西，我也带来了。可这里的人把它打开后，说是衣服能留下，这个东西不行，说它是玻璃的，我就举着你看看吧！"

小暖一手握着听筒，一手托举着那个水晶音乐盒。明亮的阳光将它照得晶莹剔透，似乎从里面要流出水来。

小暖说："这东西我带回去，帮你存着。你看，到底是玻璃老鼠，饿了快一年了，也没见瘦！"

陈东再次被她逗笑了，说："这可不是玻璃的，它是水晶的！你拨一下盒子下的弦，它会转，还能发出音乐声。"

"真的?！"小暖放下听筒，将音乐盒放到胸前，兴奋地拨了拨弦。当两只手拉手的米老鼠旋转起来，清凉的乐声迸射出来的那一瞬，小暖就像捧了一世界的繁花，被美惊着了！她颤抖着，音乐盒失手落在地上。水晶悦耳的碎裂声之后，是小暖的哭声。她哆哆嗦嗦地拿起听筒，像个做了错事的孩子，哀哀地说："我把不该摔的东西给摔了，拿什么赔你呀——"陈东说："为两只老鼠有什么好哭的？万一你把它们带回去，家里少了米，你婆婆还不得赖在它们身上？照样是个砸！再说了，从打我买了这玩意儿，没交好运！砸了它，我高兴！"小暖咬着嘴唇哭着，说："青苗，我太伤心了，可我不敢哭大发了。在这儿哭大发了，是不是犯法呀？要是把我给抓起来，谁给泥霞池的人洗衣服呀——"

# 零作坊

## 一 屠宰

翁史美往廊柱上挂第二盏马灯的时候,鲁大鹏和杨生情抬着一头嚎叫的猪进来了。翁史美一见两个人趔趔趄趄的样子,就抢白他们:"你们一从城里回来,腿就比豆腐都软了!"

他们把猪甩在屠宰台上,不约而同地冲那头毛色肮脏的猪吐了口唾沫。

鲁大鹏说:"这猪死沉,没准吞了主人家的金子!"

"你还有宰金猪的命?"翁史美笑着"呸"了他一口说,"你这个攒了五分钱手就发痒的人,不过是个穷命鬼!"

鲁大鹏讪笑着,说:"马粪还有发烧的时候呢,没准哪一天我在河边走,河里的鱼都主动往我怀里跳,我就不用在这里宰猪混日子了!"

翁史美撇了一下嘴，踮起脚往廊柱上挂马灯。这时杨生情说："哎，先别挂，让我再看看。"

翁史美扭过头看着面色苍白的杨生情说："你要看什么呀？"

"你举着马灯真好看。我觉得你比廊柱美，你挂着马灯才对！"杨生情结结巴巴地说。

"呸！我一个大活人，你却让我当廊柱使！"翁史美笑骂着，将马灯挂在了廊柱上。由于挂得急，马灯稳不下来，摇来晃去的，那昏黄的光就给人一种跛脚的感觉，一歪一斜地跳跃。

翁史美走出屠宰间的时候，王军和刘铁飞抬着第二头被捆住四蹄的猪进来了。这猪比前一头嚎叫得还凶，翁史美学着鲁大鹏和杨生情的样子，往它身上吐了口痰，骂它："你就是个让人吃的贱命鬼，嚎什么嚎？"

零作坊是一座长方形的木房子。最早它是一家农户的马房，后来被一个制陶艺人看上了，就把它命名为"零作坊"。据说出自零作坊的陶器形态别致，花纹奇幻，售价不菲。这个艺人把他的陶器做了一个展览，轰动了美术界。后来他迁居到深圳去了。

翁史美是从加油站的吴方手里买下零作坊的。加油站离零作坊大约有两公里，制陶艺人常驾车进城，认识了吴方。吴方与他处熟了，就免费给他的车加油，艺人临走前就把零作坊送给了吴方。吴方早就想把空房卖掉，只是没找到一个合适的买主。来谈房价的多数是农户，他们最多出个三五千，而翁史美则大大方方地给了吴方一万五。吴方当时就明白这女人肯定用它做不正当的事情，他想零作坊可能会被改造成一个乡村小旅馆，暗中做人肉生意。他没料到这女人用它做了一个屠宰场，做的也是有关肉的生意，不过是猪的。

零作坊被分为三个主要部分：屠宰间、住宿处和厨房。住宿处共三间，几名屠夫一间，看门人和司机一间，翁史美独占一间。厨房不大，最显眼的是一张圆形饭桌和一口硕大的铁锅。白天这锅用来做饭，夜晚屠宰时，则用它来烧水煺猪毛。

零作坊不通电，更没有自来水，制陶艺人打了一口井，水源问题就解决了。冬季他们用煤来取暖，平素做饭用的是煤气灶。翁史美在零作坊拥有一辆卡车，卡车在拉收购来的生猪的同时，也随时换来煤气钢瓶，补充进他们需要的给养。屠宰的时候，翁史美是不在现场的。她只需提前把两盏马灯挂上就是。两个用木杆搭成的屠宰台的旁边，各矗立着一根雕花廊柱。翁史美把灯分别挂在廊柱上，它们的光焰刚好可以笼罩屠宰台。屠宰通常是两人一组，每组大概要宰二三十头猪。他们晚上六七点钟开始工作，到凌晨才能把活儿干完。这段时间，翁史美在休息。她听着猪的嚎叫声，闻着弥漫着的血腥气入睡。等她醒来，一头头猪已被对称卸开，一摞摞地摆在屠宰间的矮窗前。猪的头蹄下水被分门别类地放在一个个大塑料袋里，这里是心，那里是肝和肺，另外一处又放着腰子和猪蹄。翁史美所做的，是往肉皮上印一条条的紫色检疫章。她握着一个可以滚动的锤子形状的印章，往紫色印泥上一蘸，印章像磨盘一样在肉皮上一道道碾过，显赫的合格检疫章就堂而皇之地闪现在生肉上了。当然，这印章是她找人私刻的。在不到五年的时间里，她用坏了十几个印章。翁史美常说这些猪肉本来是乡下的野丫头，一旦有紫签加身，就变成了正宫娘娘，可以大模大样地出入市井之间了。把这些未经检疫的猪肉印好章后，屠夫们就会把生肉和头蹄下水抬到卡车上，然后每人吃碗看门人煮的馄饨或者稀粥后，倒头便睡。而翁史美和卡车司机则驾车进城去固定的生肉批发市场把它们交易掉，之后他们在城里采买一些生活必需品，在正午前赶回零作坊。翁史美亲自下厨，做一顿可口的午餐，等待醒来的屠夫享用。而卡车司机李公言，他则去乡下收购当晚又要屠宰的一批生猪。零作坊的工作虽然简单，但井然有序，几年来一直都是这样。屠夫都是翁史美亲自选定的。由于零作坊是个私屠滥宰的场所，为避免工商管理部门发现，翁史美除了把自己的作坊伪装成农户，在其前后左右广种粮食和菜蔬外，她在用人上也颇费心机。作坊的人都是由她亲自选定的。四名屠夫中，鲁大鹏年龄最大，五十多岁，是个鳏夫。翁史美是在城里的一条繁华巷子的垃圾箱旁选中他的。鲁大鹏穿着破旧，但他面目沉静，推着一辆小车，在寻找垃圾箱中可当废品卖掉的东西，譬如纸盒、易拉罐、啤酒瓶等。翁史美一眼就看出了他的贫穷和忠诚，这两点都是她所需要的。鲁大鹏在城南有一间低矮的屋子，是他亡母留给他的，除了一套行李和几件简单的家具外，可说是家徒四壁。他卷起行李，把房子借给一个同他一样捡垃圾的人，轻手利脚就到零作坊去了。杨生情呢，他在屠夫中是文化程度最高的，高中毕业，很年轻，只有二十二岁，长得格外单细，像棵豆芽菜。他连续三年高考不中，神经有些不正常。他喜欢文学、音乐和摄影，常在街上抓拍一些他认为有艺术价值的场景。那天，两个中年男人因为在拥挤的人群中互相踩了对方的脚而大打出手，一个人打掉了另一个人的门牙，而另一个人则揪住对方的耳朵不放，一副你死我活的架势。翁史美看见有个男孩举着相机在抓拍打斗的场面，她敏锐地看出了这个男孩有欣赏暴力的倾向，而且也悟出了他没有正当职业。她就上前与其搭讪，就近在一家面馆请他吃了一碗鳝丝面，把生意谈妥了。杨生情来到零作坊时，比其他屠夫们所带的东西奢侈多了，几本小说，一架照相机，一个小巧的随身听。他拍了无数幅屠宰场面的照片，每隔半个月就要进城去冲洗胶卷。透过照片，你能看见屠刀上的血和屠宰台上被苍蝇围绕着的已被肢解的猪，能看到廊柱上温柔的马灯，能看到屠夫叼着烟卷给猪燂毛的情景。屠杀使他兴奋和陶醉，他在零作坊渐渐成长为一个男子汉，个子长高了，留起了胡子，眼神不再是飘移不定的，而且敢和其他人一样无所顾忌地谈论女人了。而他刚来时，别人议论女人时，他都默不作声，眼睛里流露出轻蔑的神色。圆脸而光头的王军，他曾是个抢劫犯，刑满释放归来后，因找不到工作而故态复萌。翁史美是在一家储蓄所里注意到他的。他装作若无其事的样子在填一张单据，但他的眼睛却盯着取款的那些人。有个中年妇女取了两千元钱出了储蓄所后，他就跟了出去，翁史美也跟了出去。他们相跟着走进一家小巷子，在一座灰楼前，中年妇女走进门洞，王军跟了进去，翁史美也跟了进去。当中年妇女掏出门钥匙，王军欲对她实施抢劫时，翁史美呵斥住了他。翁史美说："你跟我干，没有这么大的危险，保证让你月月有钱可赚。"王军便含着感激之情来到了零作坊。至于另一个屠夫刘铁飞，他是拖拉机厂的下岗工人，上有老，下有小，老婆常年有病，生活拮据。翁史美是在市里蒙顺桥头那些出劳务的人中选中他的。蒙顺桥每天都站着许多等候雇主挑选的民工，他们黑压压地站成一排，脖颈下吊着一块纸牌，上面写着"油漆""刮大白""装修""搬家具"等字样，看上去像是即将被押赴刑场的犯人。有的时候雇主来挑选民工，他们为了争活儿干，有的还大打出手。翁史美见刘铁飞抢活儿抢得最凶，知道他是最缺钱用的人；又见他抢到活儿后会跟其他没有揽到活儿的兄弟拱手作揖，说"谢谢你们可怜我"，知道他又是仁义之人，于是就把他招到了零作坊。

在零作坊工作的人，必须听翁史美的指挥。他们纪律严明，不许私自外出，更不许外出时带任何人回来。对他们的家人，他们也得守口如瓶，只是说在郊区的一家小工厂工作，不能常回去。几年下来，他们习惯了零作坊的生活，喜欢上了这血腥、隐秘却又自由的屠宰生活。他们晚上屠宰，上午睡觉，下晌时偶尔到田间帮助看门的王爷干点农活。王爷是翁史美从敬老院领来的。她看上了这老人的勤快。他姓王，叫王德顺，但因为他是零作坊里最年长的人，六十七了，所以大家就尊称他为"王爷"。王爷干瘦干瘦的，但他身体健康，耳不聋眼不花。他睡眠好，倒下就睡，每次只需四五个小时。他醒着的时候，总要不停地干活才觉心安。虽然他不是屠夫，但他喜欢在屠宰的时候给人打个下手，喜欢烧水，喜欢打扫凌晨时一片狼藉的作坊。此外，他还爱帮屠夫洗衣裳，晚饭也通常是由他做。他也不进城，每个月领到工钱后，他就把它塞到枕头里。他不信任银行，觉得把钱存到那里，只换回一个折子，是受骗的表现。王爷喜欢侍弄庄稼，冬天的时候，大地一片苍茫，他就常常站在寒风里发呆。而翁史美也乐得他这时节站在外面，因为没有庄稼的遮掩，零作坊看上去就不像个农户。为了免人生疑，翁史美买来两匹马，由王爷放马。

零作坊的生猪来自附近的几个农庄。卡车司机李公言去收购时，要比正规的冷冻厂收购的价格每斤高出一毛钱左右。这样，养猪户从每头猪身上，能获得比给公家多出的二十块钱左右的利润，所以零作坊在猪源上从来没有枯竭过。养猪户愿意把猪卖给他。零作坊每天屠宰生猪五六十头，节假日时多一些，而生意最冷清的时候也没有低于二十头的屠宰量。同大多数黑屠宰场一样，他们在宰完猪后，不停地给猪注水，直到它又扬开四蹄，宛若复苏为止。被注过水的肉不唯分量增加了，而且肉色看上去鲜嫩，买者趋之若鹜。

翁史美的屋子，只要是在夏季，就要在床头摆上一瓶花。这种紫色的野菊花在田间沟谷都可见到。它的花瓣柔细而均匀地散开着，呈伞形，很像光芒四射的太阳，因而也有人叫它"太阳花"。这花很耐养，十天半个月也不凋零，精精神神的，散发着一股极淡的馨香，耐人寻味。翁史美躺在黑暗中的时候，如果她睡不着，就探过头去嗅花香气。那一朵一朵的花温柔地抚弄她的脸颊，使她的内心泛滥起一股浓浓的柔情，她就迫切地想听听孟十一的声音。零作坊是联通网覆盖的地区，因而能用手机。翁史美每隔一周若是听不见孟十一的声音，就会心慌意乱，无缘无故地和屠夫们发脾气。她骂王军的次数最多，因为王军不识时务，总是在她情绪最为黯淡的时候与她开玩笑。翁史美在骂人上非常"生猛"，什么都骂得出口。不过她骂过人后，不出半小时，又会和颜悦色地与人说话了。翁史美的身上聚满乌云的时候，从来没有下过绵绵细雨，她倾泻的永远是暴雨，来得猛，去得也快。当你被这暴雨浇得晕头转向的时候，她已经云开日朗了。

翁史美与孟十一通话已经有三年多的时间了。孟十一就是创造了零作坊的制陶艺人。他们从来没有见过面，彼此也未通过书信、未传递过任何照片，但翁史美通过电话交流，已经渐渐地熟知了孟十一。他那低沉而轻柔的声音就像滴滴血液一样，使先前只有骨骼形态的孟十一，在她的眼中变得血肉丰满起来，可感可触。她在深夜时，甚至能感觉到他的心跳。在翁史美的心目中，孟十一是个又高又瘦的人，他应该有一张棱角分明的脸，这通常是做事绝不拖泥带水的男人的脸型——刚毅、不喜欢给自己留有退路。他的眼睛，应该是那种时而温柔如水，时而又冷峻如冰的。他的鼻子，想必是那种高而直的，而不是肉肉乎乎的塌鼻子。至于他的嘴，一定是比较宽阔的，因为一种极富磁性的声音是不可能从一个狭窄的嘴中钻出来的。在翁史美的想象中，孟十一的脸是微黄色的，因为他常吸烟和熬夜。但他的皮肤不会粗糙，应该像上了釉的瓷器那般细腻光滑。他的身上，还应该长着一些星星点点的痣，因为他是个生性爱好花纹的人，他的皮肤不可能缺了痣的点缀。

猪的嚎叫声非常凄厉，翁史美把门窗关严，打开手电，从床下提上一只竹笸箩，仔细看里面所盛的陶器碎片。它们形态各异，有的菱形，有的方形，有的椭圆形，更多的是三角形。它们在色彩上也是繁杂多变的，紫红色、古蓝色、墨绿色、土黄色，所有的色彩都偏于凝重的基调，绝少见那种过于跳跃和亮丽的色调，如水粉、橘黄、天蓝和嫩绿。有的碎片上残存着花纹，能看到剑一样的兰草叶、像人的眼睛一样的鱼、朴拙的古钱币、栖在树上的鸟。当然，这都是些体积较大的碎片。那些小的碎片，只是偶尔能看到一些线条，因为它不知是从何处断裂下来的，所以那粗的线条你就不知道是不是花的枝蔓或者是鱼的脊骨，而那细的线条你也不知道是不是谁的发丝或者灯笼垂着的穗。这些碎片是翁史美从零作坊的各个角落搜罗来的。她觉得它们太有吸引力了，正是这些碎片，激起了她和孟十一交往的欲望。她在抚弄陶片的时候，能听见碎片的声响，仿佛它们拥有生命，在喊喊喳喳说话一样。

翁史美是从加油站的吴方那里得到孟十一的手机号码的。她谎称自己捡到了一些原主人留下的贵重物品，想亲自通告给他。吴方就毫不犹豫地把号码给了她。

她清楚地记得第一次和他通话时，是一个冬天的黄昏。那时屠夫们正在进行屠宰前的准备工作，翁史美把两盏马灯一一挂好后，就在飘逸的光芒中走出屠宰间。回到屋子，她先洗了个头，又把手搽上香脂，这才拨了孟十一的电话。

电话立刻就通了，但孟十一并没有接。翁史美在想，他是在工作呢，还是在洗澡间，或者是和某个女人在一起，不方便接电话？再不就是，他见到陌生的来电显示后，拒绝接听？

翁史美失望地挂断了电话。正当她迷迷糊糊要睡着的时候，她的手机响了。她以为是市场管理所的崔炎打来的。他那一段时间疯狂地追求她。

"请问是哪位给我打电话？"听筒里传来的是一位陌生而又亲切的男人的声音。翁史美立刻就被这沉郁而富有感染力的声音所征服了。

"你是孟十一吗？"翁史美觉得自己的声音在发抖。

"我是。"孟十一略微停顿了一下，问，"您是——"

"我是你零作坊的新主人！"翁史美说。

"哦，您一定是从吴方手里买下零作坊的。"孟十一的声音有些惆怅了，他问，"能问您用它做什么吗？"

"屠宰场。"翁史美说。

孟十一笑了,说:"您一定是在开玩笑。我猜您是一个搞音乐的人,我听见了一种特别的声音。"

翁史美暗笑,那是猪挨宰时的嚎叫!

"您找我有什么事?"孟十一问。

"我在这里发现了许多陶器碎片,我觉得它们很神秘,就想和它们的主人说说话。"翁史美说,"你不会以为我神经不正常吧?"

孟十一说:"只要你不认为当年一个人躲在远离人群的地方制陶的我是发神经就行了。"

"那怎么会呢。"翁史美笑了。

"除了这些陶器碎片,你还喜欢零作坊的哪些东西?"孟十一饶有兴致地问。

"屠宰间里的两根廊柱。"翁史美说。

"哪里的廊柱?"孟十一问。

"就是你原来用来烧制陶器的屋子。你不记得它有两根雕花的廊柱?"

"记得。"孟十一说,"是我亲自雕的花纹。我没有给它上色,是木质本色。如果你在远处看,是看不出它有花纹的。"

"我现在用这廊柱来挂马灯。"翁史美说。

"挂两盏吗?"孟十一轻声地问。

"对,是两盏。"翁史美说,"每盏灯下都有一个屠宰台。"

"你真风趣。"孟十一说,"我猜你是个前卫艺术家。"

"我只是个屠宰场的老板娘。"翁史美爽朗地笑了。笑毕,她喘息片刻,问他:"刚才你为什么不接电话?"

"我在海里游泳,刚刚上岸。"他说。

翁史美说:"天黑了你还下海,不怕鲨鱼吃了你?"

"我可不像陶器那么易碎。"孟十一说。

"陶器才不易碎呢。"翁史美说,"我见博物馆里展览的那些出土陶器,都很完整的样子,那上面的花纹清晰得就像昨天描画上去的。"

电话里没有孟十一的声音。大约三分钟后,翁史美听到了一阵有节奏的"哗——哗——哗——"的声响,起初她不明白这是什么声音,后来她醒悟过来,孟十一是走到了海边,让她倾听海浪声!那一瞬间,她感动得热泪盈眶,她不能自持地爱上了只闻其声、不见其人的孟十一。这之后,他们常通电话、聊天。有一次翁史美买了一条绿地白花的裤子,她不知道配什么颜色的上衣才合适,就请教孟十一。孟十一说:"纯白或者纯绿的上衣,否则就太不协调了。"翁史美觉得注重协调感的男人虽然保守,但他们在情感上不会轻易放弃什么,所以就听从了他的建议。而孟十一呢,他有一次打电话问她:"我在煎鱼,现在煳了锅底,该怎么办?"翁史美笑着说:"再买一条鱼来重新煎。"

夜深了。翁史美给孟十一打了几次电话,都说手机不在服务区。这么晚了,他去哪里了呢?翁史美为他隐隐担忧着。她披衣起床,到屋外闲走。屠宰间里传来一片笑声,这笑声就像花儿一样,一朵一朵地绽放,使夜晚多了几分明丽色彩。屠夫在工作的时候,往往大声讲着笑话,讲着讲着,笑声就像浮出水面的鱼一样露头了。屠夫在笑,而猪则在撕心裂肺地嚎叫。零作坊离市区大约有三十里路,介于都市和乡村之间,有一种远离尘嚣的清净。翁史美朝庄稼地走去。她听见一些虫子唧唧咕咕地叫，晚风使植物发出轻柔的响声。翁史美不敢走得太远，因为在庄稼地尽头的荒滩上，是一片坟场。每逢清明、阴历七月十五和年关将近的时候，坟场上就人影幢幢，来上坟的人络绎不绝。葬在那里的，都是附近村屯的农民。有一年清明的黄昏，胆子很大的鲁大鹏溜到坟场上，把那些供在坟头的水果悉数捡来，让屠夫们吃了个够。鲁大鹏说很多坟是老坟，塌陷了，上面长满了蒿草。看来那是些无子嗣的人的坟，没有后人去祭奠。翁史美小的时候听的鬼怪故事多了，所以很惧怕坟场。在深夜里，当你遥望坟场的时候，任何意外的声响和飘忽不定的影子，都能让人悚然一抖。翁史美走了一会儿，就不敢向前了。她掉转头朝零作坊走去。她甚至不敢看脚下模糊的路了，她只敢抬头望天。一弯上弦月闪现着，散发着金属的光泽。它确实很像一把镰刀，把天空中那些杂乱无章的东西悉数割掉，所以天空才如此干净。翁史美走回零作坊时，她的手心已经沁出汗了。往屋外倒肮脏血水的王爷碰见她，说："宰出了一头痘猪，你看咋办？"

"让李公言把它全吃了！"翁史美气呼呼地说，"这个月，他已经拉来三头痘猪了，我看他的眼睛可以扔到厕所里喂蛆了！"

## 二　音乐

李公言不但没有吃掉那头痘猪，还破坏了翁史美立下的规矩，几天之后擅自领回一个人。

那是个满口黄牙的男人。他带来了一套行李和一只长条形的上了锁的木箱。李公言涎着脸请求翁史美:"美姐,你心眼好使,行行好吧,拉我这兄弟一把,给他一口饭吃。"翁史美一翻眼睛,她"呸"了一口李公言说:"我这儿又不是慈善机构,天下吃不上饭的人多了,我可怜得起吗!"说完,她对那个陌生人说:"你哪儿来的就回哪儿去!"

陌生人瘦得像个骷髅。他塌陷的双颊似乎能塞进去两个鸭蛋。他的眼睛很小,但很灵活。他的目光在几名屠夫身上跳来跳去,跳到谁身上时,谁都鄙夷地看他一眼。屠夫们明白,多加一个人,他们的薪水就可能少一些。何况几个人同住一铺炕已经够挤的了,再加上这个看着有些狡猾的人,他们实在不乐意。于是大家同仇敌忾地用冷漠的眼神望着陌生人。"我在这里干活,只待半年时间。"陌生人张口说话了,他的陕北腔令屠夫们发笑,就像听唱戏似的。"我不要钱,有吃有住就行。"陌生人从容不迫地说。

翁史美没有理睬陌生人,她朝李公言招了一下手,示意他跟她出来一下。到了户外,翁史美劈手就给了李公言一巴掌,她骂:"你是不是活腻了?竟敢随随便便地往零作坊带人!你说,这个陕北佬你是在哪里认识的?他是不是杀了人跑我这里来躲灾?世上哪有给人干活不要工钱的好人?"

李公言捂着嘴说:"美姐,你打吧,我不该坏了零作坊的规矩。不过我保证他不会给你惹事的,他住个半年左右就走了。"

"那他来我这里干什么?"翁史美咄咄逼人地问。

"他是我家远房亲戚。他外出打工时看上了一个姑娘,可他父母不认可,非让他和村上的一个姑娘结婚,他这是抗婚逃出来的!"李公言说,"我保证让他半年之后就滚蛋!"

"半年之后？"翁史美咬牙切齿地说，"没准滚蛋的不是他，是我！谁知道他给我带来什么噩运！"

"美姐，你这么个大富大贵的人，他一个薄命相，要是有噩运，老天长眼睛，也轮不到你头上啊！你放心，他要是给你惹麻烦，我李公言就给你当一辈子奴隶，给你做饭、梳头、洗脚、烧火、捶背、熨衣裳……"

翁史美说："就你那笨手笨脚的样子还给我当奴隶？你给我梳头还不得把我的头发全撕扯下来？给我洗脚还不得用洗猪肠子的污水？给我捶背还不得把我的骨头弄断了？你呀，少给我收两头瘟猪回来，少给我往回带来历不明的人就行了！"翁史美叹了一口气，说："看在你这几年给零作坊出的力面上，我就给你个面子，免得你在屠夫面前抬不起头来！我可告诉你，再有第二次，我就把你裆里的鸟玩意儿剁下来喂狗吃了！"

这陌生人就住进了看门人王爷的屋子。屠夫们是不欢迎他的。四名屠夫在一起混熟了，就是李公言偶尔去他们的屋子一趟，他们都觉得碍眼。王爷呢，他在敬老院养成了一副好脾气，谁说什么是什么，所以对屋里加了一个人并不介意。只是那人带来的长条木箱很占地方，王爷建议把它放在屠宰间的墙角里，那人尖着嗓子连声说："这可不行，这里装着药，我随时都要吃的！"那木箱很沉，李公言和他两个人合力抬进屋子，还累得气喘吁吁的。

新来的人叫杨水，屠夫们就拿他的名字开玩笑，说他是女人肚子里养胎儿的东西。他也不恼，说："羊水有什么不好？没有我'羊水'，你们还不得臭在你娘的肚子里，哪能今天站在这里宰猪！"杨水不忌讳别人拿他开心，不过他不会干活，他试着宰了两次猪，没有一次宰利索了的。屠宰的时候，屠夫们嫌他碍手碍脚，就让他出去，让他帮王爷干其他的。杨水呢，他索性就到外面闲逛，常常弄得一身泥土的回来。别人问他跟谁在野地里滚了泥回来，杨水就说："是坟地里的那些女鬼呀！"屠夫们就笑，问他女鬼的滋味好不好，杨水龇着一口黄牙说："那是比城里包房里的小姐好多了，女鬼不收钱的！"

也许是同姓的缘故，与杨水混得比较熟的，是杨生情。杨生情觉得杨水身上处处可爱，魅力无穷。杨水煮的猪下水风味独特，成了屠夫们下酒的佳肴，杨生情尤其喜欢吃。杨生情还觉得杨水的长相和打扮很有艺术特点，说他就像一尊兵马俑，那灰色的面容、细小的眼睛、仿佛淤积了黄泥的牙齿和如刀削一样的尖下巴，绝不是凡人所能拥有的。杨生情常常让杨水站在一堆鲜艳的猪肉旁边，给他拍照。有时让他大张着嘴，有时则让他合上眼睛或者是把头发弄得像野草一样乱蓬蓬的。杨水呢，他也乐意被杨生情这么摆布。别的屠夫每隔半个月就会跟着运猪的卡车进趟城，他们有的是给家人送钱，有的则去找女人鬼混。屠夫中，刘铁飞对老婆算是忠诚的，他进城，找的总是自家的女人。王军也有老婆和儿子，可是在他服刑期间，老婆红杏出墙。王军出狱后，虽然没有与她离婚，但夫妻间的关系已是风雨飘摇。王军在对待女人的态度上就十分蛮横，认为她们天生就是贱种，要糟蹋她们，她们才高兴。所以他回城基本上不见自己的老婆，他去歌舞厅或者桑拿浴房去泡小姐。但他对寄养在父母家的儿子很好。他常挂在嘴上的一句话是："老婆是别人的好，孩子是自己的好。"他常嘲笑刘铁飞，说他一辈子只睡自己的老婆是白活，说要是宰猪老是宰同一种颜色的提不起兴趣，还要白猪、黑猪、花猪穿插着宰。他有一次和刘铁飞一同进城,甚至帮他约好了一个小姐。可是刘铁飞坚决不从,他说做男人得有责任感,他有家有业的,老婆待他那么真情,他在外面扯淡,实在是伤天害理!虽然刘铁飞在行为上约束自己,但他也喜欢开一些男欢女爱的玩笑。王军说他:"光过嘴瘾有个什么意思!"鲁大鹏这时就会为刘铁飞开脱说:"女人嘛,有一个使唤就行了!"这时大家就会笑起来。鲁大鹏由于捡了大半辈子的垃圾,一贫如洗,一直没娶上媳妇。现在他手头宽绰了,就在城里找了一个卖菜的中年女人。这女人有丈夫,但这男人是个赌徒,整天不着家。鲁大鹏一进城,就先奔菜市场。那女人没什么姿色,但她敦厚、善良。鲁大鹏盼望有朝一日她离了婚,就可以顺理成章地娶她。每当他看到卖菜女人身上青一块紫一块被丈夫暴打的痕迹,他都恨不能用屠刀把他捅了。那男人不能输,一输就回家拿老婆撒气。有的时候,赌徒闲着没事,也到菜市场游手好闲地看着他老婆卖菜。鲁大鹏要是赶上这个时候,就得装作不认识卖菜女人,绕着她走掉。如果他这样没有得到温柔,回到零作坊,他在宰猪时就火气冲天,骂不绝声。王军不止一次对鲁大鹏说:"你干脆把那赌徒'办'了算了。"所谓"办",就是"宰",鲁大鹏可不想成为杀人犯。他和那女人偷情,不敢在她家,只能回他原来的小屋,反正他借给小屋的那个拾捡垃圾的人白天不在家。那女人一旦跟鲁大鹏走了,就得让相邻的摊主帮她看摊儿,而她每次都说是去厕所。鲁大鹏为遮人耳目,一般不到她的菜摊前,而是在她的对面晃悠。女人一旦发现了鲁大鹏,就找借口离开。等她幽会完再回到菜摊前时,帮她看摊儿的人早已不耐烦了。"你每次上厕所都这么长时间,我看你应该上医院看看你的肾去了!"鲁大鹏把这话说给大家听时,屠夫们就说他是那女人的厕所,给他起了个绰号,叫"鲁便所"。鲁大鹏也不恼,由着大家叫。翁史美有一次在旁边听见别人叫鲁大鹏为"鲁便所",就说:"还嫌这作坊的臭味不够浓,再添一个便所,不是肮脏了自己是什么?你们就不知道起个有点香味儿的外号?"杨生情就顺水推舟,叫鲁大鹏为"鲁香香"。别看鲁大鹏有些愚钝、粗手大脚的,他的心倒是挺细的,他能记住作坊每个人的生日。到了那一天,他会给人唱上一段他自编的《生日歌》。他嗓音浑厚,唱歌不走板,因而听上去还比较入耳。那歌词总是一个内容:

> 我娘养了我,我得报答娘。挨饿时让娘吃馍我吃草,受冻时让娘穿棉我穿单。娶媳妇时,让娘坐上座我磕头。生儿时,让我儿给娘挠痒痒。要是我妻待娘薄,我砸碎她的贱骨头;若是我儿顶撞娘,我割掉他的狗舌头!

他唱的时候,屠夫们会用筷子敲着碗盘,给他伴奏。他唱得十分投入,一曲终了,往往是满脸通红、热泪盈眶。鲁大鹏手里攒不住钱,一有钱,他就想着去花。他给相好的女人买围巾和衣裳,也给自己置办一些东西,诸如剃须刀、收音机、毛呢裤子、茶壶、金笔、计算器等等。他说毛呢裤子要等自己结婚时穿,金笔和计算器等着将来当了掌柜时算账和记账用。鲁大鹏总是说把钱换成东西那才叫聪明,他不止一次开导王爷,说是他攒的是一堆纸票子,要把它们换成实物才算拥有财富。王爷就反驳他说:"我用钱能买来粮食,你用毛呢裤子能买来粮食吗?"鲁大鹏就会给问住了,他红着脸说："反正钱这玩意儿花时才知道那是钱。"

翁史美暗中对杨水察言观色。她注意到，屠宰开始的时候，他比谁都叫得欢，让人觉得这世界只有一个杨水存在。而一旦天黑了，杨水就神秘地失踪了。他去了哪里，谁也不知道。等到夜深了，他又像鬼影一样飘回来了。在这附近，除了庄稼就是庄稼，再就是一片坟场，杨水这是去做什么呢？翁史美实在是琢磨不透。她不相信李公言的话，说杨水是抗婚出走。在她看来，杨水早已有了妻室，他在看翁史美时的贪馋目光证明了这一点。在翁史美看来，杨水带来的那个木箱是蹊跷的，他怎么可以吃上一箱子的药？她想李公言一定知道那里面装着什么。为了探个究竟，有一天在屠宰即将开始的时候，翁史美挂完两盏马灯从屠宰间出来后，径直去了门房。王爷正在忙着把一桶一桶的开水往屠宰间提，屋子里只有李公言一个人。

翁史美说："杨水带了这一箱子的药，能让我看看都是些什么药吗？"

李公言毕恭毕敬地给翁史美点了一支烟，讪笑道："还不都是些保肝润肺的药？说是老家的一个老中医给他配的药丸，他每天晚上都要吃上一大把。"

翁史美把门房一贯放在窗台的油灯端到那口木箱上，她说："这箱子整日上着锁，是不是把我们零作坊的人都当贼防着呀？"

"哎哟，美姐，你要是这么说，我现在就把这锁砸烂了，让你看看里面有没有值钱的东西！"李公言说。

"你以为我爱看那些破烂儿？"翁史美说，"你也不用再跟我撒谎，说他是什么抗婚出来的。有抗婚出来的人这么快就对别的女人垂涎三尺的吗？"

"唉，美姐，我看出杨水这小子打你的主意。我那天把他骂了，我说美姐是什么人，是屠夫的老板娘！零作坊的白天鹅！我们的圣母！"李公言极尽谄媚地说，"他说一看见你的眼睛就心慌，你知道，我们看见你的眼睛也都心慌！这只能怪你太迷人了！"

"没给你的嘴抹上猪油，你就这么贫嘴！"翁史美笑着说，"你老在外面跑，我看你是越来越花心了，你老婆难道能受得了你的不忠？"

李公言大言不惭地说："我这是在外彩旗飘飘，家里红旗不倒！"

"让我烧了你的那些彩旗——"翁史美拈起油灯，朝李公言走去，说，"我看你还'飘飘'什么！"

李公言躲闪着，说："别燎着我的头发，我这头型前天才做好的，花了十五块钱呢！"

李公言在零作坊的男人中是穿戴最为讲究的。他说一个男人在外穿得不好，容易被人鄙视。他的头发又黑又密，很茂盛，他不知道把这头发怎么梳才显得有风度，于是这个月梳分头，下个月又梳背头。他一进城看见了新开的发廊，眼神就会为之一亮。翁史美用他，看中的就是他的左右逢源、讨巧和机灵。她明明知道他在收猪时会另有赚头，可她从不过问。翁史美明白，卡车每日都在城里、乡下和零作坊之间穿梭，安全至关重要。没有了安全，她的零作坊一旦原形毕露，这里就什么也不是了。所以她把这辆卡车看作是一条轻巧的鳗鱼，它体态俊美地在人流车辆中游弋，总是能够到达水草丰美的水域。李公言正是这条鳗鱼的代表，她只能迁就他。

"我看杨水这家伙不是你的亲戚。"翁史美说，"你带他来，别给我惹麻烦就行！"

"我都跟美姐保证过了，我哪能坏了美姐的事业！"

"我一个屠宰作坊的老板娘，能有什么事业，不过混碗饭吃罢了，你不用这么抬举我！"

"嗨，照你这么干下去，再过个三五年，这作坊就会发展壮大起来！"李公言说。

"再壮大，还不得把我给壮大到监狱去？就你们这几号人，我管得了谁？还不是谁想怎样就怎样！"翁史美故作委屈地说。

"哎哟，美姐，你这可是太冤枉了兄弟们！你又不是不知道，这作坊的人除了鲁大鹏，谁都记不住自己的生日，可谁忘了你的生日？你过生日的时候，有给你采太阳花的，有帮你洗衣裳的，有帮你做饭的，还有给你唱歌的。要是不怕被你骂，还有人愿意帮你洗脚呢！"李公言不愧是跑长途的司机，嘴上的功夫十分了得，把翁史美说得心花怒放，竟然忘了自己是来做什么的了，她把油灯摆回到窗台上，叹了一口气说："唉，听说前一段清理私屠滥宰生猪的场所，你可得给我留意着点，别让人抓了尾巴。"

"那些小作坊被清查是活该！你知道他们在哪儿宰猪吗？就在居民区里！猪夜晚嚎得人睡不着觉，他们这不是等着人来抓吗？"李公言眉飞色舞地说，"咱们这里是什么？是农户，种庄稼的！只有坟场的鬼才知道我们夜夜宰猪。再说了，市场管理所的人收了咱的钱，就得保护咱们，对咱们高抬贵手！"李公言慷慨激昂地劝慰翁史美，翁史美这才略觉心安地离去。

她回到屋子，躺在被窝里，拨了孟十一的电话。

孟十一接电话向来缓慢，但他这次立刻就接了，没有留给翁史美心理缓冲的时间。她说："前些天给你拨了好几次电话，都说你不在服务区。"

"是吗？"孟十一有些狡黠地笑了，"我到一个山区去了，那里手机没有信号。"

"没信号你干吗开着手机？"翁史美狐疑地问。

"为了看手机上的时间。"孟十一轻描淡写地说。

停顿了一刻，孟十一又问："你好吗？"他的声音很轻柔，那种久违了的亲切感使翁史美在黑暗中不由战栗了一下。

"我这一段不太好。"翁史美说。

"为什么？"孟十一问。

"我们作坊来了一个陕北佬，他带来了一个长条形的木箱，整日上着锁，我担心会给我带来噩运。"

"他是慕名而来追求你的？"孟十一问。

"我一个屠宰场的老板娘，谁知道我？"翁史美说。

"你又在开玩笑了。"孟十一说。他坚定不移地认为，翁史美不是搞音乐的就是作画的。翁史美多次对他说，如果他不相信她的真实身份，可以打电话问加油站的吴方，他会跟他讲实情的。可孟十一却说："你为了隐瞒真实身份，会让吴方帮你撒谎的。"

在他们交谈的过程中，猪毙命时的嚎叫和着屠夫们快意的笑声频频传来，孟十一说："你那里好像很热闹？"

"夜晚是零作坊宰猪的时候。"翁史美说。

孟十一显然不相信翁史美的话。他问："现代音乐是不是经常掺杂着野兽的嚎叫和嘈杂的人语声？"

翁史美说："我对音乐一无所知。"

孟十一有些泄气，他显然对翁史美产生了不信任感。他说："有人敲门，我挂了，以后再找机会给你打。"翁史美被迫挂掉了电话。可是她无论如何也睡不着，孟十一的情绪变化使她怅然若失。他不相信她的话，所以才找借口结束通话。翁史美心中郁闷，真想走进屠宰间亲自宰一头猪来发泄一下。孟十一在她眼中越来越像夏日晴空中的云朵，莹白动人，但行踪飘忽。因为她总是满怀了一份爱意和期待，所以她承受不了他话语里的任何不和谐音。她渴望着跟他倾诉，而孟十一却沉浸在他对翁史美的艺术世界的想象中。翁史美有的时候想，这是不是一场游戏呢？如果是游戏，如果有一方首先退出游戏，它不就终止了吗？她知道自己没有率先结束这游戏的勇气，因为孟十一的声音她已熟稔于心，这声音有色彩和气味，它远远比彩虹和花香气对她更有诱惑力。在她的生命中，她唯一感到不能或缺的，就是孟十一的声音。她在零作坊走动的时候，感觉脚上踩着的就是孟十一的脚印，她有几分心疼、几分温暖，还有几分遥望时的惆怅。

## 三　廊柱

屠宰台的木杆上沾满了污血和猪毛。苍蝇团团飞舞着，似乎在举行一次盛宴。阳光从南窗和东窗钻进屋子，使这里弥漫着光明。翁史美走到廊柱跟前，仔细看那上面的花纹。廊柱的花纹随着高度的增加而变幻多端，它的最底部是人与牛的图形，而靠近屠宰台的部分则是花朵和小鸟的图案。挂马灯的地方呢，有很多鱼和水草的影子。而到了顶部，是一片云彩和小船的图案。那船有大有小，一律是芭蕉叶形态的。船上的人影身姿婀娜，似乎都是一些女人。翁史美盯着那船上的女人看，想悟出孟十一对女人有哪些审美取向。可惜那线条太简洁了，她只能看个大概，觉得那女人个个细腰长发，很有些妖女的味道。

翁史美身高臂长，五官比一般女人生得大，比如眼睛要长一些，鼻子要高一些，嘴巴要宽一些，这每一部分的扩展都与她的长脸相得益彰，因而使她比一般女人显得有气势。因了这与众不同的气势，她的身上散发着一股不寻常的美。她长着一双会说话的眼睛，当她高兴时，那目光就暖融融如春日的阳光，而且眸子清澈逼人；而她生气时，那目光就如冷雨一般阴晦。零作坊的男人，谁都可以跟她开玩笑，但没有一个敢跟她动真格的。翁史美在长相上有高高在上的意味，她的性格亦是如此。她表面随和，可内心却很孤傲。她可以和屠夫们在一起猜拳行令、大呼小叫，也可以独自躲进小屋一往情深地抚摸那些破碎的陶片。当她置身于臭气熏天、苍蝇横飞的屠宰间的时候，她却幻想着另一种生活。她设想自己穿着蛋青色的亚麻布长裙站在田野上，上面是蓝天白云，下面是疯狂的野草和争奇斗艳的花朵。

翁史美今年三十二岁，出生在农村。她是在县城读的高中。她人很聪明，但就是学习不行，一看到书本就头疼，所以高考名落孙山。她所在的地龙乡是个风景优美的地方，建有度假村，当乡长的哥哥就把她安排到度假村工作。翁史美自幼父母早亡，是哥哥把她带大的，兄妹感情很深。度假村只有到了春夏季节生意才红火，来此度假的都是来自远方的城里人。他们穿着休闲衫、戴着太阳镜、背着旅行包的姿态令翁史美格外仇恨。她想，是我们这些农村人种了粮食，才养活了你们这些游手好闲的城里人。人一出生就是不平等的，你生在农村，那命运十有八九就是农民了；你出生在城市，百分之七八十就是城里人了。来度假的，有机关干部、大学生、商人、教师、画家、作家、白领丽人，但没有一个是农民。他们对着乡村的田园风光和新鲜空气赞叹不已的时候，翁史美都在心中恨恨地想，真虚伪，让你们一辈子生活在地龙乡，让你们在蚊虫飞舞的田间劳作上一天，你就会恨透了那一望无际的庄稼。让你走在遗弃着牲畜粪便的坑坑洼洼的泥土路上，你就会怀念城里有环卫工人清扫的宽阔平展的柏油马路了。翁史美在度假区做住宿登记，她不像其他服务员那样笑容可掬地对待来客，她冷漠、矜持，又不失却礼貌，引起了一些游客的注意。有一位画家，说她长得有特点，身上有一股非同寻常的气质，要让她当模特，他想画几幅油画，被翁史美拒绝了。她觉得进了画中的女人就不贞洁了。有一些商人，他们来的时候都带着一位浓妆艳抹的小姐，开房间的时候，他们要同居一室，翁史美就让他们出示结婚证，他们会说遗落在家里了或者是中途被小偷给偷走了。翁史美毫不客气，就不让他们住在一起。这样客人就会说些风凉话，什么"你们度假区是让人游玩的地方呢，还是派出所？""都什么年代了，还要结婚证？你们难道不想挣钱了吗？"翁史美不卑不亢地给他们分别开两间房，心想你们夜里住在一起我不会管，但你们没有证件而要明目张胆地住在一起绝不可能。为此，有的客人十分不满，能住一周的，待个一天两天就走了。地龙乡虽然有几家乡办企业，但经营都不景气，完全靠旅游这一块来弥补乡财政的缺失。翁史美的哥哥不止一次对妹妹的古板大发雷霆，说："都什么世道了，你还那么死心眼？我看你这高中算是白念了！以后就是武松要和潘金莲、慈禧要和李莲英睡在一起你也不要管！"哥哥最后给她调换了工种，在度假区管理灶房的事情。反正公鸡母鸡公鸭母鸭一并抓来她管不着，而灶上的厨子知道她是乡长的妹妹，也对她礼让三分。她在灶房与开铁器铺的王四会定了亲。王四会比她大五岁，人很憨厚。他一边务农，一边开铁器铺。那时灶房烧坏了两只铁壶，翁史美就到铁器铺打铁壶。那是夏天，王四会光着膀子在打铁皮，他那黝黑而有光泽的肤色看上去是那么赏心悦目。翁史美比一般女人个子要高，她绝不能找个比自己矮的男人做丈夫，而王四会刚好比她高出一头。翁史美动心了。她经常找借口去铁器铺，今天打个壶，明天打个盆。王四会对她也有了好感，两个人很快就结了婚，转年就生了一个大胖小子。儿子降生后，翁史美已经厌倦了她的生活，她冬季在家带孩子、做饭，夏季在度假区看着那几个满面油红的厨子。每当她听到王四会"哐啷——哐啷——"的砸铁声，就觉得她一生的幸福都在这声音中粉碎了。王四会有了儿子十分知足，所以翁史美气不顺时无端与他发脾气，他都一笑置之。翁史美发脾气为的又都是鸡毛蒜皮的小事。比如王四会忘了洗脚，她会借题发挥，骂他是厕所里的蛆、猪圈里的猪；王四会吃饭的咀嚼声一旦响亮的时候，她就说他是饿死鬼托生的，下贱；王四会看电视时因为小品演员的幽默表演而发出阵阵笑声时，翁史美就说他的样子像个白痴。翁史美与公公婆婆住在一起，他们抱上孙子自然对翁史美恭敬有加，但她不停地抢白自己的儿子，令他们十分恼火。婆婆就曾经对邻居老太婆说："一个乡长的妹妹，就不知天高地厚了；要是个县长、市长的妹妹，还不得骑在我家四会脖颈子上拉屎呀！"这话传到翁史美的耳朵里，她怒气冲天，和婆婆大吵了一通。王四会夹在母亲和妻子之间，说谁也不是。老人就王四会这么个儿子，她虽然有两个闺女，但她说儿子养老人才是天经地义的。她不止一次对人说："她要离婚就离，孙子她休想给我带走！"翁史美一想自己就是这个命，况且有了孩子了，再折腾还能怎样呢，于是就低眉顺眼过日子了。只是她在家里话极少，常常一个人无所事事地看电视，脸上很少有笑影，也不爱打扮自己。翁史美的哥哥不止一次地劝妹妹："你认了你这个农村命吧。有了孩子，跟人死心塌地过日子得了，这人又不是别人给你找的，是你自己找的，好坏你都得受着！"翁史美的哥哥当上乡长后，常去县城开会。他说与他一个级别的干部都想再上一个台阶，当个副县长什么的，就得拉关系和送礼。他跟大多数人一样挖空心思地拉关系，想方设法地筹钱送礼。他嫌度假村经营得不理想，冬季总是闲置着，打算搞点冰场和滑雪场，让淡季也能旺起来，这样他向上送礼时手头也会宽绰些。翁史美冬季时就像笼中的鸟一样，在家闲得无聊，她就带头为度假村搞冰雪旅游的项目，两年之后，地龙乡的冬季也有游人了。也正是吸引来游客的那年冬季，她的情感生活发生了一次地震，使她最终走向城市，走向零作坊。

　　通常情况下，能够被自己所打动的男人，必定是你没有接触过的那类男人。纪行舟是那年冬季来到地龙乡的。他看上去四十岁左右，个子很高，不胖不瘦，有一张偏于冷峻的脸，目光犀利，鼻梁高耸，嘴角微微上翘，显得有些不屑一顾。他与王四会的圆脸、塌鼻和不修边幅形成了鲜明的对比。而且他不像这个年龄的其他男人一样身边带着一个女人，他是独自来的。翁史美是在服务台前遇见他的。那天来的游客很多,做住宿登记的小姐忙得不亦乐乎。翁史美从户外走进大厅服务台的时候,正轮到纪行舟登记身份证。翁史美听见他要求服务员小姐:"我想要一间能看见河流的房间。"翁史美觉得这人很奇怪,冬季的河流已经封冻,上面覆盖着白雪,与大地没有本质区别,站在窗前根本看不到河流在夏日阳光下熠熠闪光的灿烂水色。

"你要看河?"服务员小姐笑了,"它早就被冻僵了!"

一些游客发出笑声。翁史美走过去,对做登记的小姐说:"给他一间能看得见河流的房间。"那人便抬头看了看翁史美。

翁史美那天穿一条黑裤子,古蓝色的软缎对襟棉袄,她披散的长发垂向光滑的缎面,就像一片垂柳漫向柔软的湖面,十分耐看。而且,翁史美天生一副好肤色,是那种白里透粉的。古蓝色的衣服和白皙的皮肤实在是绝配。翁史美看上去就像经冬不凋的一簇冬青,看上去生机盎然,气质非凡。纪行舟事后说他就是那一瞬间被她打动的。

纪行舟住在度假村,他不像别人去滑雪和滑冰,也不喜欢度假村在燃着篝火的林间空地所举行的舞会。那些穿着臃肿的羽绒服拥抱在一起跳舞的情侣,看上去像是一对对笨头笨脑的企鹅。纪行舟喜欢独行,他散步的时候爱叼着一个烟斗。他喜欢去的地方,是那条已经冰封的河流,那上面积雪很厚,很干净。原来那里是没有脚印的,但纪行舟在一天多次的跋涉中,已经在它上面踏出一条雪路来。翁史美对他的独来独往十分好奇。从他的登记中,她知道他是律师,她不知道他是陷于家庭的麻烦中难以自拔,还是事业受了挫折,或者是得了绝症。他的状态使人怀疑他是一个要实施自杀行为的人。翁史美不想让游客在自己的领地上发生意外，那样也许会使度假村染上官司，所以她有一天傍晚就敲开了纪行舟的房门。他刚刚洗了头，脸上还挂着水珠，看上去有几分疲倦。他并没有对翁史美的到来表示吃惊，而是微笑着把她让进窗前的沙发上，为她泡了一杯茶，然后进卫生间擦干了头发和脸上的水珠，带着一股清香气坐在她的对面。他说："你们这里的杀猪菜很好吃，我来这里的时候还犯着胃病，一到这里，吃了杀猪菜后，胃竟然好了。"

翁史美很矜持地笑了笑，说："猪是农户自家养的，血肠是新灌的，酸菜也是自己腌的，所以吃上去才有味道。"

纪行舟将烟斗装满烟丝，当他欲划燃火柴的时候，他笑着问翁史美："不介意吧？"

"随便。"翁史美的话音刚落，火柴就"嚓"地响了，橘黄的火苗就像蜜蜂飞到花朵上一样，将烟丝点燃了。纪行舟吸了几口，问翁史美："这河流到了夏季鱼多吗？"

翁史美说："还可以吧，这河里的鱼没污染，吃起来味道鲜美。我听人说你们在城市吃的鲤鱼，是用饲料喂养的。一尾鱼苗不出一个月就变成条大鱼了。"

纪行舟笑了。

翁史美说："我见你不大参加度假村组织的集体活动，我想征求一下你的意见，是不是对我们的服务有不满意的地方？"

"你不必多虑。"纪行舟笑了，"我是个喜欢独来独往的人，上小学是这样，中学也是这样，大学还是这样。参加工作以后呢，由于职业的关系，什么人都接触，还稍稍合群了一些。不过只要是到了陌生的环境，我还是喜欢独来独往。"

翁史美故作糊涂地问："您是做什么工作的？"

"律师。"他说。

"帮人打官司的？"翁史美说，"这职业如今很吃香。"

纪行舟不置可否地一笑。他问她："你孩子几岁了？"

翁史美没料到他会问这个，她窘了一下，说："五岁，男孩。"

"我的孩子比你的大两岁。"纪行舟说，"不过是个女孩。"

"怎么不把老婆孩子一起带出来玩？"翁史美觉得顺水推舟提出这个问题后，就可以离开了。因为她觉得他强调他们彼此有孩子，是在委婉地提醒她不要打他的主意，翁史美有一种受到了侮辱的感觉。

"我出门从不带她们，她们也不喜欢跟我出来。"纪行舟说。

"既然您对我们的服务没什么意见，我就告辞了。"翁史美起身向门口走去，她很有些委屈地说，"打扰您了。"一出了纪行舟的房间，翁史美的眼泪就流下来了。她想城里这些有点身份的男人真是可恶，把乡下女人的热情当作了妓女的笑，实在是太自命不凡了。翁史美走到暮气沉沉的户外的时候，望着远方灰色的混沌的烟云，对纪行舟产生了某种憎恨。她想他不过是个外表潇洒而内心空虚的人。一个不空虚的人大冬天的跑到地龙乡干什么？她想起了自己的丈夫，觉得他除了相貌平平、没有知识之外，他是憨厚、可靠、善良的。他的生命因为填充了太多实际的生活内容而显得平凡而充盈，他那小富即安的自足包含着对世俗生活的宽容态度。她觉得从男人的本质来讲，自己的丈夫才是值得爱的。可是她却爱不起来他。她一遍遍地说服自己，对他也激不起那种她所渴望的激情。翁史美哭泣着，不知不觉走到了河畔。有一行模糊的脚印像一串浅浅的泪痕挂在冰面上，那是纪行舟踩出的路。她走上去，设想自己是冰封河流深处的一条小鱼。她想冬天的鱼是可怜的，因为河流的上层一米左右结冰了，这冰层像厚实的棉被一样，使鱼儿望不见天上的星星。翁史美觉得自己就是这样一条可怜的鱼，她在水域中拼命游荡，岂知其上方被铠甲一样坚实的冰层包裹着，她永远不会浮出水面看一眼岸上的风景。"认命吧。"她这样对自己说。

纪行舟很快离开了地龙乡。当这个男人在翁史美心中所溅起的情感涟漪逐渐要平息下来的时候，他又来了。他还是一个人来的，也还是要了能看见河流的房间。不过，他没有像上次那样每天到冰封的河流上散步，他始终待在房间里。只有到了吃饭时间，他才下楼。翁史美有一次在餐厅门口撞见了他。她故作镇静地说："看来我们这里风景不错，你又来了。"纪行舟点了点头，很沉稳地说："我是为你来的。"翁史美在那一时刻浑身冰凉，这种寒冷完全是他出人意料的回答所造成的。

当晚翁史美去了纪行舟的房间。他们没有再互相解释或者约束什么，他们满含热泪的眼睛都在证明他们彼此热切地渴望着对方。翁史美从来没有领略过男人如此温柔的爱抚，它醉人心田，令她战栗和喜悦。翁史美躺在纪行舟温暖的怀抱中的时候，她觉得自己就是一条顶破了头顶厚厚冰层的鱼，她望见了广大的天空和迤逦的群星。她的泪水和着他们温热的喘息声在寒冷的夜晚像冰层下的潜流一样汩汩流淌。他们彼此没有说什么誓言，只是像两个搞完恶作剧的孩子一样，会心会意地对望着笑了。翁史美得知，纪行舟第一次来地龙乡的时候，是因为他为之辩护的一个死刑犯最终被押赴刑场，他心生郁闷，所以才出来散心。纪行舟认为那个人不该死。那是一个吸毒者，他在毒瘾发作时让姐姐帮他出去买毒品，姐姐不从，他就在暴怒中抡起一把椅子砸向姐姐的脑袋，他姐姐脑浆迸裂，当场死亡。他先是挣扎着下楼打了一辆出租车到惯常买毒品的秘密窝点买包毒品吸食上，然后才去公安局投案自首。纪行舟认为，死刑犯的姐姐首先有纵容犯罪的动机，因为在此之前，她曾多次为弟弟买过毒品。他们是同父异母的姐弟，父亲是一家大型私营企业的老总，很有钱。姐弟俩常因为父亲为其所买的东西的价值高低而争吵。姐姐引诱弟弟吸食毒品，想让其丧失与其争夺财产的权利。做父亲的大约看出了这一点，就对女儿说，如果你弟弟因为吸毒死了，遗产你一分钱也休想得到！这样她又想方设法劝弟弟戒毒。而人一旦吸上毒，就像已踏上了不归路，有去无回了。姐姐根本控制不了弟弟拒绝毒品。纪行舟还说，一个人在毒瘾发作的时候，精神是处于迷狂状态的，有的时候他甚至不知道自己在做些什么。可是在医学上，吸毒者不能与精神病患者等同，要负法律责任的。纪行舟认为这个吸毒者有姐姐诱使他吸毒堕落、毒瘾发作时行凶、行凶后满足了吸食毒品的欲望后能投案自首的三个前提，最多只应判个无期。可他们的上诉却被终审驳回了，作为辩护律师的他觉得脸上无光，他就出来旅游，没想到在地龙乡相遇了翁史美。他说他是为她的生机而感动的。翁史美那天离开他的房间，他一直站在窗口望她。

他看见她踉跄着走向河边，猜测到了她情感上所承受的痛苦。当时他就想，要马上离开地龙乡，如果他回到城里后忘不掉这个女人，他就回来找她；如果他一回去就被世俗生活冲淡了对这个女人的热情，就让一切随风而逝。翁史美问他，为什么喜欢要能看得见河流的房间？纪行舟说，虽然冰雪覆盖了河流，但在冰层下面仍然有水流涌动，有鱼在游弋，这样有丰富内涵的风景令他兴奋。

翁史美公然在度假村和纪行舟同居的事情很快传了出去。翁乡长对妹妹给他带来的耻辱是不能容忍的。他那时在仕途上正踌躇满志，已经成为后备干部的候选人。他的个人威信在地龙乡与日俱增。他对妹妹说："你要是想搞破鞋，就到其他地方去，别在我的眼皮子底下和别的男人鬼混！你当我的脸是什么？你以为它是痰盂呀，谁都可以吐一口？你给我滚远点！"与此同时，翁乡长指使了几个农民壮汉，把纪行舟赶出了度假村。并且警告他说，如果他再来找翁史美，就把他的脑袋卸下来当皮球来踢着玩。纪行舟离开了翁史美。王四会不能容忍妻子明目张胆地在众目睽睽之下给他戴顶绿帽子，他使出砸铁的力气，把翁史美暴打了一顿后，就断然和她离了婚。儿子王社判给了王四会。翁史美只能灰溜溜地离开故乡，辗转着坐了两天一夜的火车，到了纪行舟所在的有两百万人口的城市，希望能和他永远生活在一起。

翁史美的到来并没有出乎纪行舟的意料。他为她在城北租了套一室一厅的单元房，让她安顿下来。翁史美带来了自己一万多元的积蓄和全部衣裳。纪行舟开始时每周都要来翁史美这里三四次，通常是傍晚时来，翁史美已做好了晚饭，他们吃过饭后就上床做爱，然后他在晚上八时左右再准时赶回家中。他从来不在翁史美这里过夜。两三个月之后，他来翁史美这里的次数变成了每周一次。而半年之后，他则很少露面了。翁史美给他打电话，他总是推托有棘手的案子缠身，没有时间。这使翁史美想起了纪行舟到她这里来，只要手机上显示的是他妻子打来的电话，他总要把手指放在唇边"嘘——"上一声,示意翁史美不要出声,然后他温柔地对妻子说,他正在某件案子的当事人家里做调查,晚饭就不陪她吃了。末了他总要低低地说一句"和孩子不要对付,做一点好吃的,不要乱给人开门"。每当他放下电话时,翁史美的内心都有一种被撕裂的痛苦。他不可能为了她而牺牲自己的家庭,他不真正爱她,只不过在寻求刺激而已!后来,纪行舟几乎不到她这里来了,房东也来催缴房租,纪行舟只付了半年房租,看来他对自己热情所能保持的时间长度掌握得毫厘不差。日常开销和房租,使翁史美陷入了经济上的窘况,她迫不得已到一家餐馆打工。这样吃的问题解决了,每个月还有五百元左右的收入。她的自尊心使她再也不想主动给纪行舟打电话,她想除非他觉得翁史美是他生命中不可或缺的女人而再来找她。然而纪行舟没有再出现过。有一天,翁史美在餐馆打扫客人留在桌子上的残羹剩饭时,发现了遗弃在上面的一份报纸,是本市"十大杰出人物"的事迹介绍,其中一人就是纪行舟。他微翘嘴角的照片使她看上去不寒而栗,翁史美觉得他仿佛正在嘲笑自己的天真和痴情。她把客人剩下的半盘麻婆豆腐泼在这份报纸上,然后将报纸四角对折,扔在垃圾桶里。她在那一瞬间想起了王四会拿到离婚证书时对她所骂的那句粗鲁的话:"乡下人的鸡巴直,不会曲里拐弯地说话;城里人的鸡巴会唱歌,可他们跟谁都能唱歌,你早晚还不得让人给甩了!"翁史美觉得头脑简单的王四会所说的这番话是真理。她没有脸面再回故乡,只能寄人篱下地做个苟且偷生的城里人。她对城里人的憎恨也就越来越强烈。

　　翁史美在餐馆做了一年工,然后就辞了,帮一个在餐馆结识的朋友搞一种按摩器的传销,两年下来,发了笔财,有了七万元的积蓄。而这时候政府打击非法传销,她就偃旗息鼓了。尝到了做非法生意的甜头,翁史美就不愿意去餐馆之类的地方出苦力了。她先是游手好闲地晃荡了半年,然后看上了生猪非法屠宰这块市场,买下了零作坊和一辆卡车,轻而易举就开始了新生活。李公言被她招来,也是她在餐馆认识的。他是二十一路电车的司机,两班倒,他一下了白班,晚上就来餐馆喝上一壶酒。他看上了翁史美的姿色,不止一次约她去剧院看电影。翁史美觉得无聊,就拒绝他。但有一次,她由于太寂寞而跟他去了一次。电影一开映,剧场灯光一旦黯淡下来,李公言就趁着酒意对她动手动脚。翁史美起身离座,离开了剧场。这之后,李公言就很少来餐馆了。翁史美买下零作坊后,由于不认识其他司机,又一想李公言除了好色之外,是个油嘴滑舌、左右逢源的人,这正是她所需要的。她把他约来一说,李公言果然同意了。因为翁史美给他的工资比他在单位要高出一倍。李公言很精明,他不到退休年龄,但花钱托人弄了一份假的工伤证明,提前病退,在单位每月还能固定领到七百元的收入。在零作坊运转起来后,他拉拢关系的能力也助了翁史美一臂之力。比如贿赂市场管理人员和知道内情的加油站的吴方,都是由李公言出面。这样,几年下来,翁史美已有了可观的积蓄,零作坊也安然无恙。她想哥哥以前对她说的话的确很对,钱在如今这个物欲横流的社会中是最有用的,它能让执法者见到犯法的人而退避三舍,能让一个平庸无才的人成为权力的拥有者。她哥哥曾经牢骚满腹地对她说过,市委书记的儿子高中一毕业就到美国自费留学去了,还有一个副市长的女儿在英国留学,他们哪里挣得来这么多钱?翁乡长当时赌咒发誓地对妹妹说:"我要是当了副县长,就把我儿子和你家王社也送出国去。咱去不了美国英国法国这些牛×的国，去个坦桑尼亚和菲律宾也行！"翁史美看过很多香港电视连续剧，她就说："咱们要像香港就好了，你一旦超出正常收入支出了，廉政公署就来调查你了。"翁乡长一撇嘴说："咱就是有了廉政公署也是白扯，照样有人能用钱把它拿下！"翁史美当时还用一些贪官污吏受到惩处的例子来与哥哥进行辩论，现在她觉得自己很幼稚。她离开地龙乡后，没有勇气再回去。她也常常思念王社，儿子应该十岁了，他一定长得很高了。她从已经当了副县长的哥哥那里得知，王四会讨了新老婆，新媳妇给王四会又添了一个儿子，看来王四会得加倍凿铁了。翁史美怕王四会的女人对自己的儿子不好，所以想等儿子初中毕业，就把所有积蓄用在他身上，送他出国留学去。每年到了腊月二十一儿子生日的那一天，她都要失魂落魄地枯坐窗前，望着远方一派萧瑟的风景。

翁史美打量廊柱上那些奇妙的花纹时，陷入了对往事的怀想之中。她先前对纪行舟还有仇恨。记得刚到零作坊时，她站在屠宰台旁看屠夫们宰猪，当鲜血和猪的嚎叫声一并呈现在眼前和耳畔时，她想放在屠宰台上的应该是纪行舟。如果她是屠夫，就先割掉他惯于说谎话的舌头，然后再剜掉他温柔陷阱似的眼睛。最后，她要割掉的是被王四会称作"会唱歌"的那个玩意儿。然而几年之后，她对纪行舟已没有了这种仇恨。她觉得他就是自己生命烈火中的一截败草，早已被烧成灰烬了。现在，她的世界只有一个孟十一，只要他镇静而温存的声音传来，她就觉得生活里一片阳光灿烂。她不知道迷恋一种声音的她，是不是在逃避以往现实的婚姻和爱情对她的打击。翁史美不愿意过多地纠缠这个问题。她只是感觉到，那些幽雅的破碎的陶片、这两根她永远也看不厌的廊柱,唤醒了她生命中沉睡着的对纯真情感的憧憬和热望。

王爷进屠宰间来送几把他刚磨好的屠刀,见翁史美又在对着廊柱发呆,就说:"你要是不喜欢那上面刻的花纹,我就用刨子把它推平了。"

"千万不要。"翁史美有些脸红地说,"我太喜欢它们了。"

王爷又说:"那匹黑马不爱吃草,我看它像是病了,我下午牵它到前进村看看兽医行不行?"

"去吧。"翁史美说,"它有个铁掌碎了,刚好再给它挂个新的。"

## 四 陶片

麦子抽穗了。天也热了起来。夏天一到,各类鸟就像赶赴歌会的少男少女一样,络绎不绝地飞在天空下。一到这个时节,屠夫们就一律穿上了短裤,赤裸着上身在零作坊干活。翁史美注意到,猪在夏季挨宰时,没有冬天绝命时叫得那么凶。也许是夏天的热折磨得它们已没有嚎叫的力气,也许是这一派幽雅的田园风光使它们觉得死得其所,实不足惜。王爷在屠宰间的窗前种了一片向日葵,它们一天天地长高,那心形的毛茸茸的叶片像手掌一样一片一片地张开,仿佛正等着接着点什么。是接那缠绵的小雨还是爽朗的阳光?想必这两样能使它们生长的东西它们都要。向日葵虽然还没有绽开金黄色的像火炬一样的花朵,但它们已有了一颗颗微垂着的青绿色骨朵,一些花心的蝴蝶已经过早地在它们身上流连了。

在夏季，黄昏比冬季要推迟两三个小时左右。所以屠宰开始的时候，屠宰间里还凭借着夕阳的笼罩而充满光明，翁史美就不用及早把马灯挂在廊柱上。这时的翁史美通常是在户外的庄稼地里劳作，锄锄田间的草，给将要爬蔓的豆角和豌豆竖上枝条，或者是给出得过于浓密的萝卜间间苗，以免耽误其生长。零作坊的屋檐下多了口圆肚形的酱缸，于是每晚的餐桌上便少不了一碗酱。而蘸酱菜就从田地里随时摘来，萝卜缨呀、小白菜呀、青葱和菠菜、生菜呀等等，吃得人满嘴清香，实在比吃油腻的猪肉要清爽得多。虽然如此，餐桌上总是有荤有素。鲁大鹏和杨水离不开肉，而杨生情和李公言一不吃素菜就要生口疮。翁史美乐得这时节和屠夫们坐在一起吃晚饭，有时她也在他们的怂恿下喝上几盅酒，喝得两腮绯红。贪杯的王军就会和老板娘开玩笑，要去摘她脸上的两朵桃花。翁史美就骂："你摘了我的桃花，我就再把你送回监狱去！"秃头王军就说："法律可没给摘桃花的事定罪！"于是大家就笑。笑得最响亮的是王军，笑得最粗俗的是鲁大鹏，他一笑，往往鼻涕就流下来了。笑得最淫邪的是李公言，他一笑，双胯就一颤一耸的，看上去很下流。笑得最矜持的是刘铁飞，他身板端端正正的，笑容浅浅地浮现在嘴角，似乎他笑得大发了是对妻子的不忠。杨生情呢，他笑出了少年气，脸上起了红晕，并且顺下眼睛只敢看桌上的菜。杨水的笑是叽叽嘎嘎的，像鸭子在叫。因为他一笑就露出一口污垢的黄牙，让人觉得他的笑最肮脏。只有王爷，他的笑是漫不经心的，只是微微泛起，然后他就势抿一口酒，就连那微微的笑也融入酒中而落肚了。翁史美在这形形色色的笑声中有一种贴心贴肺的温暖感。这些男人虽然都是生活在最底层的人，但他们身上的种种劣迹在她看来都因为不加掩饰而变得可爱起来。这种时刻,大家的话就多了,话一多就容易不着边际,有的讲城里刚发生的离奇碎尸案,有的讲什么样的小姐最迷人。而他们谈论最多的话题,就是如何能扩大零作坊的生意。他们已经不仅仅满足于宰猪了,他们还想做其他的买卖。他们觉得离前进村近,秋季可以大量收购土豆,磨成淀粉来做粉丝。听说在粉丝里添加"吊白块"后,那粉丝色泽鲜亮、银白而富有弹性,大受消费者青睐。他们可以在冬季时做粉丝。此外,他们还说腐竹加上"吊白块"也好卖,不然就收购黄豆做腐竹。有关食品造假的学问,李公言知道得最多。他说现在给西红柿打避孕针、给香蕉和西瓜注射催熟剂已不算新鲜事了。现在市场上卖的黑木耳是用墨汁染的,而且用的还是"一得阁"的墨;副食店卖的鱿鱼、海参、虾仁等水发品,基本都含有甲醛。加入了甲醛的水发品,不仅保质期延长了,而且分量也增加了。那些色泽金黄的鲜姜,基本上是用硫黄熏制的。紫皮大蒜的紫色是染上的,而看着很大、一捏只有鸡蛋大小的白面馒头,是用洗衣粉发酵的。葡萄酒里滴入牛血,会使其呈现金红色。皮冻里满是食用胶,韭菜中残留的农药能使人中毒,纯净水是从老鼠四窜的地下室用自来水灌制的。你看那些表情活跃、探头探脑的蚕蛹,是被喷了敌敌畏。蚕蛹受了毒性刺激,自然要痛苦地抽搐了。而黄鳝添饲避孕药后会速肥。更有甚者,现在医院开展了实施处女膜修复的手术,女人的贞洁也能造假了。还有,李公言说有一个村子的养牛户,他到山西以每头三千五百元的价钱买了十二头花奶牛,一年之后,这牛不产奶,几场大雨过后,发现牛身上的花在脱落,原来那花是染上去的,他买的不过是些青牛!这农民哭得呼天抢地,说是要领着老婆孩子自杀。李公言绘声绘色地讲这一切时，大家就感慨着议论说，以后要吃自己种的菜，喝自己酿的酒。他们也明白，这些给食品"美容"的人，对这样的东西是不闻不碰的。只要不伤害自己的利益，只要有钱可赚，别人的死活似乎都与己无关。他们毫无同情心地议论这些话题时，翁史美竟然有一种快感，她认为这些具有优越感的城里人食用非天然的造假食品是活该。只是她不想再扩大经营项目，屠宰生猪的收入一直十分稳定，而且他们从未出现过纰漏和麻烦，翁史美可不想因为新的投资而给自己带来风险。再说了，现在他们人手刚好够，若是再做其他的，就得再物色人，用不好人，这个已经凝聚的小集体一旦人心涣散，零作坊的末日也许就到了。

  猪的此起彼伏的嚎叫声有时会吸引成群的乌鸦飞来。它们也许知道有丰美的猪杂碎等待它们食用。翁史美在菜地里发现了乌鸦，就捡起一些石子撒向空中驱赶它们。想必乌鸦也有脸皮薄的，石子一飞起，有的就离开了零作坊，但更多的还是呱呱呱地叫着不走，看上去就像讨债来似的，不得到实惠绝不罢休。于是，王爷只得拿出一些劣质的肉，引领着乌鸦到麦田一侧去。这些乌鸦闻到了王爷手上肉的气味，就离开零作坊，绕着王爷飞。有胆子大的，就俯冲下来，就势啄一口王爷手上的肉。王爷活了这么大年纪了，什么磨难事没有经过，又怎会在意几只乌鸦呢！他依然攥着那肉，一直把它们引到很远的地方，这时太阳已落到地下了，有一些橙黄的流光一条一条地横在西边天上。王爷撒下那肉，乌鸦就一哄而上，很快就把它分食尽了。吃毕，它们意犹未尽地绕着王爷盘桓不已，似乎在乞求他再施舍点。可王爷却毫不理会地点起一支烟，吧嗒吧嗒地抽起来。乌鸦只能悻悻飞走。

天色逐渐昏暗下来之后，翁史美就走出菜地。这时把乌鸦送走了的王爷也从麦田向回走了。翁史美回到屋子洗过沾满了泥土和植物汁液的手，就点燃两盏马灯，提着它们去屠宰间。那马灯被她左右手各提着一只，看上去就像两只熟透的南瓜，呈琥珀色。翁史美每隔两三天就要用棉球擦一次灯罩，不然那上面弥漫着的煤油燃烧后的黑灰和附着的蝇屎就会使它显得昏昧、肮脏。她一进屠宰间，那里立刻就亮了起来。屠夫们汗流浃背地忙着，他们见了翁史美，总要抬头望她一眼。翁史美不说什么，只是一直走向屠宰台，踮起脚来，把马灯分别挂在廊柱上。那马灯开始时总要摇晃一番，翁史美就在这摇曳的光线中走出门。有时她在门外碰到游手好闲的杨水，她就会说："你来了这么长时间了，就是学不会宰猪，给他们打打下手也行吧？"杨水总要很无辜地叫道："我的老板娘，我一直在干活，只不过没有在你的眼皮底下干活。你要是大地主，还不得把我们这些长工都逼死啊！"杨水与翁史美熟了，与她讲话也就没那么多的顾忌了。翁史美对杨水也没有那么多的顾虑了，她想他也许是出来躲债的，大不了是犯了什么罪来避风头的。而且，杨水和王爷一样，不离开零作坊一步，他俩就像最怕感染病毒而离不开无菌室的生物一样依恋着零作坊。杨水不与外界接触，使翁史美更加安心。至于他喜欢到野地和坟场转悠，她并不介意。野地的虫子和坟地的鬼是不会对零作坊构成威胁的。

一个周末的早晨，天落着丝丝小雨，李公言进城送猪肉时，王军也搭车去了。王军进城后，通常是先回家看望儿子，然后就到大巴黎歌舞厅找小姐鬼混去了。一般的情况下，李公言出城时，屠夫们会把该办的事做完了，跟着一同回来。只有一个人例外，那就是王军。他有的时候会在里面玩上几个小时,然后出来乘433路公交车到汇成站下车,徒步走上三里后到加油站,由吴方帮他拦一辆汽车,再把他带到零作坊。反正零作坊离公路还有很远的一段距离,不会引起过路司机的注意。王军虽然贪玩,但他从来没有误过工作,他肯定会在黄昏前如期归来。他常常说,他的生活被两样东西给搞得昏天黑地的,一个是猪,一个是女人。他从猪身上赚来的钱,最后又都用在女人身上了。他用哲学家的口吻总结说:"看来人活着的目的就是为了一个'肉'字。"大家就笑,说他如果不想被肉折磨,就唤一群乌鸦来把他吃掉。他就说:"你们看,连乌鸦活着也是为了一个'肉'字。"然后他又开玩笑说,乌鸦吃了他的肉,怕是以后就不会回零作坊徘徊了,它们会飞到城里歌舞厅的屋檐下了。

王军在这个微雨的黄昏没有回来。屠宰开始的时候,刘铁飞因为找不到同伴而急得到路边张望了许久。翁史美倒是比较镇静,因为她记得有一回王军也是这样让大家等得分外焦灼,当第一头猪被捆绑起来而发出凄厉的嚎叫声时,王军打着口哨回来了。有的时候他回来得早,就睡在麦田中了。不过雨天他是不会睡在麦田中的。鲁大鹏见王军连个人影都没有,就说:"没准他这回是让儿子的事情给耽搁了。他儿子现在三天两头就逃学,整天去游戏厅和录像厅玩,考试时没有一门是及格的。"刘铁飞插言说:"我看这是上梁不正下梁歪。他这个样子,他儿子不学他学谁?他进城就和儿子待那么几分钟,又不教育他儿子,那不等于把儿子往邪路上领?"刘铁飞是有权利批评王军的,因为他的儿子很争气,初中升高中时,他的儿子以全市第二名的好成绩进了重点中学十六中。刘铁飞的儿子很俭朴，很少添置新衣裳。据他讲，儿子的一支钢笔都用破了，他自己用胶布缠上后照样使。总之，零作坊的人都认为，刘铁飞的晚年有指望了。他儿子考个清华之类的大学看来不成问题，没准将来还会出国留学，挣点洋钱给他花呢。

王军没有回来，翁史美就唤杨水给刘铁飞当个帮手。杨水苦着脸说："让我给猪煺毛和注水都行，可别让我接猪血！我一见猪脖子里流出红鲜鲜的血来就想吐！"

"把这血灌成血肠你就不吐了！"翁史美说他，"我看你吃血肠比谁吃得都香！"

雨天的时候，天比往日黑得要早，翁史美提前把马灯挂在廊柱上。当屠夫们宰了十几头猪，王军仍然没有踪影的时候，翁史美感觉情况不妙，她连忙打开了手机。她嘱咐过屠夫，若是在城里遇见突发事件不能回来，一定要给她打个电话。翁史美这一段很少开手机，她是怕自己失望加重。自从上次与孟十一不甚愉快的通话后，她就再没有听到他的声音。不开手机，她还存有幻想：孟十一给自己打过电话了，可她关机了。而一旦她打开手机，期待孟十一送来那温存的声音时，她得到的往往是失望。其实她没有一天不在期待他的声音，尤其是黄昏降临之后，在昏暗的氛围中，她有一种无比的凄凉感和孤独感。她往往因为思念这个没有真实形象的人而泪流满面，她不知道这是不是一种病。通过对他声音的回忆，她似乎能捕捉到他的脉搏，感觉到他的心跳。她不止一次幻想着孟十一把她拥在怀中，用湿润的唇轻轻吻她，用他纤长的手指抚弄她又黑又亮的长发。她这样想的时候，心就会怦怦乱跳，脸就像靠近了炉火似的，变得热辣辣的。她认为孟十一的手指不是普通男人所具有的那种又宽又厚、骨节突出而粗糙的手,他的手指应该修长而有韧性,它灵巧、柔软而细腻,就像他所制作的陶的质地一样。他的脚,也不会是那种像渔民似的异常宽大、松散的脚,而应是五趾围聚在一起的瘦长的脚。

翁史美正失魂落魄地想着孟十一,她的手机唱歌了。以前她一直用的是响铃,自从孟十一认定她是个搞音乐的人之后,她就把它设置为音乐铃声。那是《西班牙斗牛士》的曲子。

"姐呀——"果然是王军打来的,他的声音蔫软极了,"我让派出所抓起来了,你快带两千块钱来交罚款,交了罚款我就不用被拘留了。"

"你现在在哪里?"翁史美问。

"就在长青派出所里。"王军可怜巴巴地说,"我给你打了十几个电话,你都没有开机。姐,你就给弟弟一次机会吧。"

不用说,王军是嫖娼时被派出所的人给抓住了。翁史美骂了他一句"笨蛋",然后就打开密码箱取出两千块钱。王军找小姐时遇险,已不是第一次了。不过前两次他自己都顺利地把事情摆平了,没用翁史美出面。这次看来是把麻烦惹大了,不好收场了。

翁史美把钱装进兜里后兀自骂了一句:"狗改不了吃屎!"然后她换上一条灰色连衣裙,把头发盘上,到门房去叫李公言。

李公言已经鼾声大作了。可窗前的油灯还醒着,它依然亮着。

"起来!"翁史美搡了李公言一把,"再出趟车,跟我进城去!"

李公言嘟囔着坐了起来,说:"我累了一天了,踩油门都没力气了。"

"没力气了你也得给我踩!"翁史美说。

"进城干什么去呀?"李公言打了个呵欠说,"天都黑了,又下着雨。"

"赎王军去!"翁史美没有好气地说。

"他让人绑票了?"李公言大声地问。

"是被野鸡给绑票了!我们去派出所给他交罚款领人!"翁史美咬牙切齿地说,"你们这些男人,我看改天请个兽医来,把你们全都骟了,你们也就老实了!"

李公言嘿嘿笑了,他说:"美姐要是亲自操刀骟我们,我们谁也不会吭声。要是兽医来骟我们,我们就先把他骟了再说。"

翁史美跟王爷交代了一下,说是王军惹了点麻烦,她和李公言进城去一趟。王爷点了点头。屠夫们宰猪宰得热火朝天的,不知谁又讲了什么笑话,笑声像出笼的鸟一样欢快地飞了出来。

李公言和翁史美上路了。卡车很快驶出乡间小路,上了公路。公路上往来的车辆极少。雨刷器像钟摆一样有节奏地运动着,车窗外的树木和庄稼已是一片模糊。李公言点了一支烟,一边开车一边吸。吸完,他摇下车窗,把烟蒂吐到路上,然后对一直沉默着的翁史美说:"我看你也不能一辈子领着我们在零作坊宰猪。天下没有不散的筵席。你还是留意着找个男人,将来过安稳日子去吧。"

翁史美有些伤感地说:"我都三十来岁的人了,离过婚,有过孩子。好男人谁蹚这道浑水,找我这样的女人?"

"崔炎和老婆闹离婚呢,他向我打听你好几次了。"李公言说,"他在市场管理所有实权,虽然胖了点,头秃了点,嘴唇厚了点,岁数也大了点,可他喜欢你。他的'外快'很多,我看你可以考虑考虑。要是你乐意,下个周末就跟他吃顿饭,看场电影。"

翁史美想起崔炎就没有好声气，她说："我就是找缺鼻子少眼睛的，也不能找崔炎这个肉葫芦吧！"在翁史美眼里，崔炎属于那种胖得无边无际、胖得没心没肺、胖得傻里傻气的人。如果你不知道肉是什么，看一眼崔炎就一目了然了。他满身的肉都像灯笼似的一盏一盏地坠着，两个腮帮子的肉鼓鼓囊囊地下垂着，下颌的肉层层叠叠地延伸着，脖子上的肉像挂满了果实的枝条似的一嘟噜一嘟噜的，手上的肉则如新出锅的馒头一样，无比的暄腾。他若是不运动还好，一旦走起路来，这团团簇簇的肉就在身体的各个部位探出头来，乱颤着，活像一群疯子在吼。翁史美暗地里给他取了个绰号，叫他"肉葫芦"。

卡车很快进了城。越往深处走，车辆越多、楼群越密、霓虹灯越斑斓。翁史美想，城市与乡村的区别，就在于城市是一个又大又隐秘的垃圾场，而乡村则是一块奶油似的净土。尽管城市的道路有洒水车日日冲刷，而乡村的土路上经常遗落着牲畜的粪便。她之所以得到这种印象，是从这些年的生活经历所感悟出来的。她与纪行舟最初在地龙乡同居的时候，可以说是闹得沸沸扬扬、尽人皆知。这原因皆在于那是个小山村，人们互为相熟，所以谁家的一根针坠地大家都会知道。而翁史美追逐着纪行舟来到城市，公然与他租房同居时，却没有一个人对他们的生活有所察觉。纪行舟的老婆对丈夫的私生活浑然不觉，他的单位对他的行为更是一无所知。邻居们没人关心一对住在一起的男女是不是夫妻。翁史美明白了，人们之所以愿意往城市里挤，是由于它可以天衣无缝地遮蔽被别人嗤之以鼻却令自己感到愉悦的私生活啊。城市是纵容犯罪和图慕虚荣的庇护所，是可以从容进行肮脏买卖的交易所。那林荫道上的树、层层的高楼、形形色色的店铺甚至是闪烁变幻的霓虹灯,在她眼中都是为恶生活放哨的眼睛。一进入这样的地方,她就觉得血流加快,似乎不做点什么坏事就辜负了这座城市似的。

翁史美顺利地交了罚款,把面红耳赤的王军领了出来。派出所的一位斜眼民警在点那两千块钱的时候,对翁史美说:"以后管好你弟弟,少往那种地方跑。要是弄个性病也没什么,再整个艾滋病什么的回去,你们全家人还不得跟着遭殃。"

翁史美不卑不亢地抢白民警:"他要是不去那地方,你们上哪里开这么多的奖金?"

"这话怎么能这么说?"民警的脸拉长了,他恼怒地说,"我这是可怜他,才让他交罚款走人的。我要是坑害他,就拘留他半个月,再叫上几个记者来给他曝曝光、上上镜,我看他的脸往哪里放?"

"唉,姐,你就别说了。这位民警大哥对我是高抬贵手了。"王军怕翁史美把事情搞糟,吓得声音都变了。

"都怪我这弟弟不争气。"翁史美叹了一口气,不再跟民警斗嘴。

斜眼民警把钱数完后扔进抽屉,连罚款收据也没给翁史美开一张,就摆了摆手,示意翁史美赶快把王军领走。王军怕民警再变卦,先自溜了出去。

王军一坐上卡车就长嘘一口气,他先朝李公言要了一支烟,吸完后他才骂了一句:"×,谁知道小姐也有他妈的卧底的!有的小姐现在跟民警勾结,你×了她,她打电话叫民警来抓你,我怀疑这罚款他们是对半分成! ×!我这'买'的成了犯法的,那'卖'的倒成了受欺负的了,这帮臭婊子!"王军骂不绝声。

李公言阴阳怪气地说:"两千块钱睡个女人,起码要睡个假处女才算对得起自己呀。"

"×,我都窝火死了,你就别火上浇油了!"王军啐了一口李公言,"你他妈的奸,跟乡下女人搞,她们味道纯、价钱低,又没有那么多的花心眼。"

"就是。"李公言得意扬扬地说,"城里的小姐最能蒙人!"

"×,以后我去睡猪得了!"王军打了自己一嘴巴。

翁史美本来还生王军的气,但他这一句话把她给逗笑了。李公言和王军自己也笑了。他们就在笑声中出了城,飞快地驶回零作坊。屠夫们一见王军蔫头蔫脑地回来了,就知道他惹了什么样的祸。鲁大鹏打趣他说:"是不是裤衩都给人扒去了?"王军一梗脖子说:"谁敢?"刘铁飞嘿嘿地笑了两声,说:"下雨天不吉利,以后这样的天气就不要出去。"王军抚摸了一下自己的光头,说:"我×他妈的雨!"王军换上了油渍渍的背心短裤,站在了屠宰台前。他宰起猪来十分奋勇,边宰边骂着什么。翁史美对他说,这两千块钱从他以后的工钱里扣除,他别想着下个月别人领钱时,自己手上也会有一份。王军点了点头,使劲往死猪身上啐了一口痰。

翁史美长嘘一口气回到自己的屋子。她关上门,打开窗户,听窗外沙沙的雨声。夜深了,可她毫无睡意。她觉得雨夜不错,那些平素笼罩着大地的月光和星光消失了,黑夜是真正的黑夜了。她嗅着太阳花极淡的馨香,很想知道孟十一当年在零作坊制作陶器时,是否做过太阳花的图案。

翁史美忐忑不安地拨通了孟十一的电话。她的心狂跳不已,以至于说话的时候,声音有些颤抖。

"你在哪儿——"翁史美听见孟十一身处一个十分嘈杂的环境。

"车站。"孟十一说,"你好吗?"

"不好。"翁史美说完这句话,眼泪就像窗外的雨一样唰唰地流下来了。

"怎么了?嗯?"孟十一尽量大声地问,"你的创作遇到了难题?不要心急,我也有过这种时刻。只要你的心沉静下来,这种不好的感觉马上就会过去的。"

翁史美无言以对。如果她真的在搞创作,那么她的作品是什么?是这些屠夫,还是每天都在被屠宰着的猪?

"这么晚了,你这是去哪里?"翁史美柔情地问。

"噢,我正在江西南部的一个火车站,在中转换车。"孟十一说,"我看上了农村的一座陶坊,想每年来这里搞几个月的创作。"

翁史美还想说点什么,孟十一突然急急地对她说:"对不起,我马上要上火车了,改日再给你打电话。祝你好。"

"祝你好。"翁史美说。

听筒里的声音消失了。那种裹挟在杂音中的温暖之声消失了。声音跟脚是一样的,只要它行走过,就会留下痕迹。不同的是脚印看得见,而声音的足迹只有心能感觉到。孟十一的声音就像雨丝一样,总是给她带来灵魂的洗涤和净化。她为自己没有及时问他有关太阳花花纹的事情而感到懊悔。同时,也为孟十一始终把她当作一个音乐人而感到悲哀。难道零作坊就是一个天经地义该从事艺术创作的场所?难道一个从乡村走出来的女人拥有浪漫的情感就是离经叛道?翁史美把双手伸向窗外,她接了一捧冰凉的雨,洗掉了脸上的泪痕,然后关上窗户,躺在床上。此时此刻,她是多么渴望着孟十一拥抱着自己啊。自从与纪行舟分手后,她还未与任何男人同床共枕过。她的生理感觉总是随着心理的变化而变化。当她内心对情感无比灰心的时候,她的情欲就如冬眠的蛇一样沉睡着。而当她的爱情开始苏醒的时候,情欲又如已逐渐熄灭下去的炉火遇见了风一样,被鼓噪得熊熊燃烧起来。她不止一次在内心对孟十一说:"你是我生命中最重要的男人。"可是与他通话的时候,她从来没有表白过。孟十一似乎总是在旅行中,他这动荡的生活更加深了翁史美对他的向往和依恋。她摇晃着那些陶器的碎片,听它们沉郁而悠扬的响声。她觉得这声音如雨一样温存、湿润,她爱它们。她甚至渴望着哪一枚碎片会划破她的手指,让她的血能与孟十一烧制的陶相融。

## 五 挽歌

廊柱上出现了一张诗笺,这是翁史美在一个清晨给猪肉印紫色印鉴的时候发现的。它被贴在那里,又白又亮,看上去就仿佛给廊柱开的一扇窗。翁史美认出了那是杨生情的字迹。其实不用辨认字迹,她也知道这是他做的,零作坊的其他男人是没有写诗的能力和心情的。

猪在叫,
它把太阳花叫开了。
夜在叫,

它把马灯叫亮了。

我的心在叫,

它把荒山叫绿了。

翁史美觉得杨生情可能在与城里的某个女孩谈恋爱,否则不会写出这等有韵味的诗来。她曾想过,能够主动离开零作坊的男人,只能是杨生情。他年轻而有教养。当沉重的现实生活打碎他种种的梦幻,使他的精神不再处于迷幻状态,他成长为一个真正的、正常的男人时,他会有对爱情的渴望,会有对新生活的憧憬。翁史美想没准哪一天早晨醒来,会发现杨生情悄没声地走了。对于这个,她早已有心理准备。她想零作坊如果是一条污水横流的臭水河的话,只有杨生情是一条洁净的鱼,他早晚有一天要游出这个水域。

翁史美读过诗后怅然伫立了良久。虽然它遮住了廊柱的花纹,使她有些怏怏不快,她还是没有勇气把这张纸揭下来。她不忍心阻拦一个少年抒发个人情怀。屠夫们对待这页纸的反应大体是一致的,他们叉着腰看了又看,说:"这是什么意思嘛?"

廊柱上的诗笺在几天之后又出现了第二张。不过上次杨生情用的是楷书,而这次用的是扁头扁脸的隶书。

我愿意变成一朵太阳花,

让我的气息与你的呼吸相接。

我愿意变成你手中的一片残破的陶片,

让你永久地触摸。

这页诗的出现，使翁史美有些心惊了。因为她感觉到这诗仿佛是为她而作的。而这页纸把翁史美最喜欢看的廊柱上的一片水草花纹给遮挡住了。她没有把这页纸取下来。但是在当夜屠宰开始的时候，她提着两盏马灯走向屠宰台，故意当着其他屠夫的面对杨生情说："这纸是你贴上去的吧？这么干净的纸贴在上面可惜了，几天还不得让猪血和苍蝇屎给弄脏了。"鲁大鹏对翁史美说："老板娘你可仔细看看，那可不是普通的白纸，那上面写的是诗！"翁史美说："咱这零作坊的人个个都是没文化的，能把自己的名字写全了就不错了，谁能懂得诗呢！我看你贴了也是白贴。"

翁史美以为她这番话会使杨生情停止往廊柱上贴诗的行为。然而她想错了。那些诗接二连三地出现，起先只是在一根廊柱上张贴，后来发展到两根廊柱。翁史美几乎看不见廊柱上的花纹了。她明白，她经常站在廊柱前的举动引起了杨生情的注意和猜测，他嫉妒这廊柱上的花纹。他的诗写得越来越直白，如——

让我的眼睛做你衣裳上的纽扣吧，
当你松开扣子时，
只有我能看见你挺拔的双乳。
当你系起扣子时，
只有我能听见你的心跳。

再比如——

如果世上有一条绳索能缚住我的双足，

那就是你漆黑的长发；
如果世上有一个樊笼能把我困住，
那就是你的目光。
我愿意你是我的镣铐，
我是你永远的囚徒。

　　杨生情的大胆真的令翁史美震惊。在写诗的这一段日子里，他很少去拍屠宰场景的照片了。翁史美想在迫不得已的时候，她要把杨生情赶出零作坊，她可不想和一个比自己小很多的男人发生感情上的纠葛。更何况，她的心灵深处沉潜着一个令她想起来就会心痛的孟十一。这是一种因为爱得沉迷而不能自拔的幸福的心痛。
　　晚夏时节，有一天鲁大鹏进城归来，忽然变了个人似的，看上去满面悲哀。他宰猪，才把屠刀握在手上，腿就打起了哆嗦。他吃饭的时候，也不似以往那样有说有笑的，而且爱独自喝闷酒。王爷要给每个人洗衣裳，让鲁大鹏脱下背心时，他一反常态地吼道："我还没到动弹不了的地步，用不着你个糟老头子伺候我！"抢白得王爷几乎落下泪来。他与杨生情本来合作得极其愉快，可他现在嫌他毛手毛脚，说他接猪血接得不利索，说他煺猪毛煺得不干净，说他卸猪肉的方式不对了，总之，杨生情在鲁大鹏眼里突然成了一无是处的人。就连对翁史美，鲁大鹏也是看一眼就现出心烦的样子，好像翁史美是块发了霉的蛋糕，败坏了他的胃口似的。王军以为他是因上次回城没有机会和卖菜女人在一起而心烦意乱，就与他开玩笑说："大鹏，哪天再跟卡车进城泄泄火去。睡觉这种事嘛，不是你能百想百中的！"不料鲁大鹏大发雷霆地揪住王军的衣领说："我进城睡你妈去！"气得王军给了他一拳，骂他不识抬举。鲁大鹏不仅对零作坊的人表示反感，对这里所有的陈设和器具也都鄙视至极。他说那两根雕花的廊柱看上去就像两个满脸疮疤的麻风病人，说屠宰台的木杆像是坟坑里刨出来的白骨，说屠刀就是王八的脚，说马灯是女鬼的眼睛。还有，他说杨生情贴的那一页页诗就是招魂牌。他骂苍蝇是"狗日的"，骂已经开花的向日葵是"小妈养的"，骂越窗而入的阳光是"婊子"，骂那一头头被抬进来的猪是"讨债鬼"。谁也不知道他为什么这么大的火气，仿佛天地万物都把他得罪了似的。人们见他反常，知道他遭遇了难以承受的不幸，也就不计较他言辞上的尖刻。他也不像以往那样发了工钱后就喜滋滋地张罗着进城，他也不托李公言买什么有价值的物件了。他宰了一夜猪后，不像别的屠夫回屋睡觉，他常常呆呆地坐在零作坊的门前，看着远方的麦田。有时他看见乌鸦会说："你们自由啊，让我也变成只老鸹子吧。"有时他看见闲走的马会说："唉，我要是你就好了，只管埋头吃草就是了。"他有时想着什么会笑出声来，有时则会痛哭失声。

翁史美想，能让鲁大鹏如此反常的事情，一定与卖菜女人有关。她就暗地让李公言代为打听，看看那女人究竟出了什么事。结果李公言很快就在菜市场打听到了，那女人有一天卖着卖着菜，忽然觉得心口疼，跟她一同卖菜的人说她这是站摊儿累的，她就垫着一张纸壳坐了下来。才坐下来，她就脸色发青，出气也不均匀了，只一忽儿工夫，人就没了气了。她就死在一堆萝卜白菜中间。

卖菜女人的死深深刺激了鲁大鹏。他想起这女人与自己在一起时，也曾嚷过心口疼，他并没在意。如果当时他关心她，陪她到医院去看看病，也许她就不会猝死了。鲁大鹏对他们未来婚姻的设想，就像燕子衔泥一点一点地筑巢一样，如今这巢已筑完，可燕子却飞走了。他守着一个空巢，觉得生活一下子变得黯淡无光。有一天傍晚，屠夫们围坐在桌前吃饭，鲁大鹏嫌青椒炒咸了，赌气地撇下筷子不吃了。翁史美觉得这是和鲁大鹏把事情说开的最好时机。她说："大鹏，卖菜女人的事情我们都听说了。人生就是这样，生死不由己。你心里难受，就别憋着，找个地方哭一场就好了。你怕我们听见的话，可以去菜地哭，虫子听见了不会笑话你；你也可以去麦田哭，鸟儿听见了也不会笑话你。要是你不愿意走太远，就去屠宰间哭，杨生情写的那些诗听见了也不会笑话你。"鲁大鹏的脸抽搐着，他嗫嚅了许久，才说出一句话："她死时我在这儿宰猪，还喝酒，我混蛋！"说完，他打了自己一巴掌，离开饭桌，去了屠宰间。未到屠宰时分，可里面却传来了号叫声。鲁大鹏的哭声使屠夫们再没有心思吃饭，大家落寞地放下筷子，纷纷离开饭桌。刘铁飞走到菜地去吸烟，王爷拾掇饭桌，王军到门房朝李公言去借指甲刀，他的指甲长了。只有杨生情，他回屋点起了油灯，唰唰地写下了一首诗。当鲁大鹏释放完悲哀，王军和刘铁飞抬着一头猪走进屠宰间的时候，杨生情已经把那诗贴在了廊柱上。翁史美挂马灯的时候看见了这首新的诗：

  你的泪淋湿了我的心

  生活中隐藏着一把把屠刀

  当我们为着幸福而憧憬的时候

  这屠刀就飞了出来

  把幸福扎得鲜血淋漓

于是

我听见你在屠宰间号叫

我看见你的泪溅在廊柱的诗上

让那抒发着爱意的字迹变得模糊

温暖已遥不可及

往事已不堪回首

翁史美读完诗后走出屠宰间,这时已经平静下来的鲁大鹏和杨生情也抬着一头猪进来了。翁史美往猪身上使劲吐了一口痰,说:"叫吧,再不叫就没日子叫了!"

风凉了,麦子也黄了。麦子一黄,天就显得高了。鲁大鹏虽然不像以前那样情绪低沉、牢骚满腹了,但他的精神却大不如从前,干活不如以往利索,而且喜欢偷懒了。他现在满脑子想的一件事情就是,他要在往生园给卖菜女人买一块墓地,将她的骨灰盒从殡仪馆取出来。往生园是新开发的墓地,它被鲜花和绿树环绕着,是这个城市有钱人最终的归宿,每块墓地的价钱都在四万元左右。鲁大鹏目前还不能马上做这件事主要有两个原因:一个是钱还差一点,他以往把钱都换成实物了;二是他得有个合适的理由才能把那女人迁出殡仪馆。因为他们非亲非故,她的丈夫会怎样想这件事情?他盼望那个赌徒早点娶了新老婆,那样他就不会计较谁给他的原配夫人买墓地了。不过,鲁大鹏觉得他立刻再婚的可能性微乎其微,他贫穷、懒惰而又嗜赌,连他十岁的儿子也被他影响得只认麻将牌,学习一塌糊涂,哪个女人会跟他呢?不过不要紧,鲁大鹏想实在不行就用钱贿赂他,给他个两千、三千,他也就点头了。或者,干脆跟他撒个谎，说自己是那卖菜女人的远房亲戚，想为她买块墓地。鲁大鹏一想到自己心爱的女人待在拥挤而阴暗的殡仪馆里就睡不着觉。他原来心安体壮，可如今常心慌和头疼，有时疼得他把头往廊柱上撞，边撞边发狠地诅咒自己说："阎王爷，你一天派出那么多的小鬼来人间领人，你让小鬼把我给接走啊，我谢谢你了！"

鲁大鹏的诅咒在自己身上应验了。天越来越凉的时候，鲁大鹏想起城里的小屋还有一条那卖菜女人为他织的新毛裤，他一直没舍得穿，久不出门的他就跟着卡车进城了。李公言把他送到住处，唤他取了毛裤后在此等他，他把猪肉批发完毕就回来接他。一个小时后，当李公言驾驶着卡车在上早班的拥挤的车流中艰难地驶到鲁大鹏的住处时，意想不到的事情发生了。

鲁大鹏捧着毛衣钻进驾驶室后，李公言就绕到三环路上出城。在上下班的高峰期，卡车是不允许走主干马路的，他们必须绕行。三环路是这城市新修的一条通往郊区的环线路，很多运输车都在此进出。路两侧的店铺和行人相对稀少，李公言乐意走这样的路。当他上了三环路，经过一座桥后，前方的视野里出现了一辆蒙着绿帆布的加长货车。这货车不走直线，而是扭秧歌似的，左冲一下，右突一下。李公言想司机若不是连夜行驶疲劳了，就是个生手。李公言本想超车的，但他不想跟这个奇怪的车主冒险。万一他超车时，对方突然打一下轮，撞了他的卡车怎么办？他想不如就这么亦步亦趋地跟着。鲁大鹏坐在副驾驶的位子上，一直沉默不语。李公言正想找点话跟他说，突然，前方的车上颠落下几片土黄色的纸壳。它们一片一片地飘舞着，就像几只蝴蝶随着惯性而翩翩跳跃着。一看到那些纸壳，鲁大鹏的眼睛就亮了，他忽然亢奋地大叫了一声："能卖钱！"就打开车门，跳下去捡纸壳。三环路车流稀少，即便李公言放慢车速，也有七十迈左右。鲁大鹏这一跳没有站住，他打了几个滚，被迎面驶来的另一辆货车给撞个正着。鲁大鹏不唯截去了双腿，肋骨和胳膊多处骨折，而且自出事后，一直处于昏迷状态。他在一周内已经进行了两次大手术，他留在零作坊的那些钱已经被李公言拿到医院用光了。鲁大鹏的车祸，经交警进行事故调查后认定，肇事的司机不负任何责任。鲁大鹏在这个城市没有任何亲人，他唯一的朋友就是租住在他小屋的以捡垃圾为生的人。他每天晚上都到医院去护理鲁大鹏。翁史美没有到医院去过一次，她知道一个植物人对零作坊来讲意味着什么。那就是鲁大鹏那已毫无意义的喘息会令这个作坊失去美妙的廊柱，失去温柔的马灯，失去已散发出馨香气息的麦田，失去马匹。她不得不命令屠夫们不要再去看鲁大鹏，他们承受不了如此昂贵的医疗费。要知道，鲁大鹏的这具躯壳如今是要靠金钱支撑的。翁史美说，只要大家不去管他，医院对他这种没有经济来源的人是不会拒于门外、袖手旁观的。社会也不会对他见死不救，会有好心人对他发起捐助活动。屠夫们都为鲁大鹏的遭遇感到难过，王爷说鲁大鹏这辈子捡垃圾捡惯了，捡出了毛病，所以见着能卖钱的东西就动心。刘铁飞则说鲁大鹏是因卖菜女人的死而精神失常了，否则他怎么可能做出跳车这等愚蠢鲁莽的举动呢？王军认为，鲁大鹏活该有这等结局，谁让他对一个女人如此痴情呢？只有杨生情，他觉得鲁大鹏成为植物人是一种幸福，因为他不用在无边无际的思念中煎熬着过日子了。而且，他对翁史美处理此事的冷漠也表示了抗议，他在廊柱上张贴了一首诗：

如果车轮碾碎的是你的爱人

绝情者

你还有心情闻太阳花的香气吗

如果病榻上昏迷的是你魂牵梦萦的人

绝情者

你还有勇气听屠宰之声吗

  翁史美装作读不懂这首诗，故意在其上淋上一摊猪血，使它看上去像是点缀了一片梅花。杨水迫不得已顶替鲁大鹏的位置，和杨生情同用一个屠宰台。杨水声称自己不能白干了，希望翁史美发点工钱给他。翁史美说："我还没朝你要食宿费呢，你要是不想干，就给我滚蛋！"

  鲁大鹏的悲剧使零作坊原本活跃的空气变得一派死寂了。屠宰的时候，只有猪的嚎叫声，没有屠夫们的欢声笑语了。翁史美感到前所未有的压抑。她想屠夫们一定从鲁大鹏事件上看出了她的冷漠、自私和残忍。他们不像以往那样与她开玩笑了，就连李公言也不甜言蜜语地叫她为"美姐"了，他改叫她"翁姐"。她床头的太阳花谢了之后，再没有人主动帮着她去采一束。当她独自漫步在田野中，一枝一枝采着太阳花的时候，一股凄凉之情涌上心头。李公言当时把鲁大鹏送到医院的时候，为了确保零作坊的安全，他说与出事者并不认识，鲁大鹏只是一个搭车者。现在鲁大鹏像垃圾一样被他们干净利索地处理掉了，李公言却有一种无言的愧疚感。不过这种愧疚就像放屁一样，来得快，去得也快。当李公言有一天在《城市晚报》看到救助鲁大鹏的消息后，他很佩服翁史美料事准确。记者介绍这个已成植物人的鲁大鹏是个靠捡垃圾为生的鳏夫，没有亲人。记者呼吁社会上的好心人能够救助这个一贫如洗的人。据悉，他已经拖欠下医疗费三万多元。从这之后，李公言进城时总要买上几份晨报和晚报，零作坊的人得以陆续得知鲁大鹏的病情和救助活动的进展。据报道说，有一个下岗工人，把他一个月的最低生活保障金一百七十元全都捐给了鲁大鹏；一家纯净水公司的送水员，一次捐出了五百元；一家私营企业的不愿透露姓名的老板，一次就捐助了一万元；一位居委会的老大妈，从自己的养老金里拿出三百元。更有一些人到医院给鲁大鹏送来了鲜花、衣服等物品。鲁大鹏躺在病榻上面无表情、浑身插满管子的照片，也频频出现在报纸上。有鲁大鹏消息的报纸，被屠夫们传来传去，被翻得污渍斑斑的。大家在看的时候都默不作声，就像看至爱亲人的讣告一样。最后一个看这报纸的总是杨生情，他把有关鲁大鹏的消息剪下来，贴在廊柱上。被剪下来的报纸有的呈方形，有的呈马蹄形，还有的是波浪形的。它们使廊柱显得更为丰富多彩。翁史美挂马灯的时候，就当没看见它们。这一段，杨生情蓄起了胡子，很少写诗了。以往他望翁史美的时候会脸红，现在他望她的时候面无表情。翁史美预感到，杨生情就要离开零作坊了。如果她还想使零作坊的生意正常维持下去，必须要物色新的人选了。

　　孟十一已经很久未给她打电话了，她这一段也没有与他说话的心情。有一天早晨，她如以往一样往猪肉上印紫色印鉴的时候，蓦然想起，自己所设想的孟十一的形象，怎么有着纪行舟的影子？这一发现使她的心不由抽搐了一下，浑身冰凉。她是不是还没有摆脱那段情感生活的阴影，或者说是她正在不知不觉中进入旧生活的樊笼、重蹈覆辙？是不是人的所有情感生活都是重复的？她这样问自己的时候便不寒而栗。她想，如果孟十一不是远远地躲在声音背后，而是像纪行舟一样突如其来地出现在她眼前，他们彼此热烈地燃烧，孟十一是不是早已在她的心灵中化为一堆灰烬了？

这天的黄昏同以往一样，太阳落下去后，先是有一带粉红的晚霞像狗舌头一样伸出来，后来这晚霞就浅淡了，天色也由蓝转灰了。翁史美在菜地给白菜打了一些农药，就回到零作坊点燃两盏马灯，提着它们去屠宰间。

当她挂完一盏马灯，欲挂第二盏的时候，翁史美忽然听得"咔嚓"一响，一道锐利的光在她眼前一闪。她望见杨生情正举着照相机对准自己。翁史美不知所措，她后退了一步，这时又是"咔嚓"一声响，闪光在她身上一滑而过。这光使她有遭了狗咬的感觉，分外疼痛。她匆忙地躲在廊柱背后，马灯被她背在身后，那光多半被遮挡住了。杨生情不动声色地追逐着她，继续按动快门。"咔嚓——咔嚓——"的响声在她听来就像屠刀切割猪肉的声音。翁史美没有作声，其他的屠夫都停下手中的活儿，无言地望着她。翁史美从未有过地慌张，她从廊柱又走向屠宰台，从屠宰台又走到窗前。无论她走到哪里，闪光灯都追向哪里。最后，翁史美才反应过来，把马灯挂在廊柱上一走了之就能彻底解除尴尬。当她挂马灯的时候，闪光灯闪现的频率就更高了。她想如果自己是朵乌云，就会被这些闪电似的光给击下倾盆大雨。她挂完马灯仓皇地逃出屠宰间，听见背后传来一个男人的哭声，更确切地说是一个少年的哭声，那声音哀怨凄切、令人揪心。翁史美明白，这是她最后一次见杨生情了，他永远不会出现在零作坊了。翁史美为那哭声而格外地伤感。

杨生情走了。他带走了他的照相机和随身听，带走了他拍的那一摞摞照片，带走了他平素爱用的一把屠刀。王军说，他是黎明走的，他宰了一夜的猪。他走出零作坊前，独自坐在屠宰台上看那两根廊柱。他抽了三支烟。屠夫们要他跟着李公言的卡车一同走，他执意不肯。他一个人徒步向公路走去了。那时天已微微亮了，田野里一派露水的清新气息。走前他从窗前折下一朵葵花，搓掉了圆盘中央附着的那层黄色颗粒，抠出一粒一粒还未成熟的瓜子往嘴里扔。他就一边吃着葵花子一边走了。

杨生情留给翁史美的，是贴满了两根廊柱的诗歌。那一行行的诗带着飞翔的姿态，就像一群一群的飞鸟一样。翁史美站在诗歌的天空下，不由得头晕目眩。她有一种仿佛失去了爱子的伤痛之情。杨生情留下的最后一首诗是《挽歌》：

> 我是这窗前的一朵葵花
> 把你当作了我生命中的太阳
> 每天只朝着你开
> 你笑
> 我也笑
> 你躲在云层背后
> 我的心便风雨如晦
> 有一天
> 我看见一只天狗靠近你
> 它吃了你的心

从此你就变得冷漠

你的脸不再纯洁

你的笑容不再天真

曾经美丽而满怀爱意的你啊

让我在屠宰声中听见了夜莺的歌唱

我曾想

如果你是屠刀

将我砍得遍体鳞伤

我也在所不惜

如今光明已消去

面对依然美丽却是残忍的你啊

我的花瓣已经枯萎

我只能远走他乡

如果有一天你去了

请记住在你的祭坛前

会有一个手持太阳花的少年跪在那里

哀悼他的爱情

## 六 坟墓

附近村屯的农民开始秋收了。秋收在翁史美看来就是剥去大地最后一层鲜润的皮。麦子黄熟了,它就要被收割了;大白菜卷起鼓鼓囊囊的心了,它就要被砍下头了;黄豆秧变得枯黄了,就得收它毛茸茸的豆荚了。至于那些埋在土里的果实，它们虽然有的还将其浓绿的尾巴翘在外面，也一律逃避不了被收获的命运。粉红和嫩绿的萝卜从土里被刨出来了，微黄的土豆被一簇簇地从土里拎出来了。当农民把这些红的、黄的、绿的、白的果实一一收回家中后，大地看上去就光秃秃的了。它蜕去了最后一层有着浓重植物汁液的皮，显得干瘪、灰暗、陈旧和单调，宛若一个行将就木的老人，透露出沉郁而苍凉的气息。

翁史美为了物色新的屠夫，已经去城里好几次了。她按以往的经验到那些贫穷人口的聚集地和犯罪率较高的场所三番五次地打探，总是失望而归。那些人看上去要么因贫穷而变得麻木，要么就是一谈到钱两眼就放出贪婪之色。她怀念鲁大鹏和杨生情，觉得他们就是零作坊上空的两朵云，美丽、轻盈，散发着浪漫的气息。如今这两朵云都飘离了零作坊。鲁大鹏依然空洞地躺在病床上，毫无知觉地接受着好心人的救助，他再也不用为卖菜女人的墓地而操心了。杨生情这朵最妖娆的云亦不知飘向了哪里。翁史美觉得她曾努力营造的一个世界就要坍塌了。

有一天在地下通道的入口处，她几乎看上了一个人。他把双腿缠住，跪在地上乞讨，尘垢满面。翁史美一眼看出他是一个假残疾，又看出他年轻力壮。翁史美朝他面前用来装施舍者钱币的铁盒投了十元钱，这人就抬起头来望了她一眼。翁史美说："愿意去我那里干活吗？"

乞讨者做出可怜状说："我一个残疾，能做什么活儿？"

翁史美用脚将那个装钱的盒子一点点地挪开，说："如果我现在拿着你的钱盒走了，我相信你会很快跑过来攥上我。"

那人狡黠地笑了，说："你也是干这个的？"

翁史美说："差不多吧。"

"说得具体一点呢？"那人很老练地问。

"宰猪。"翁史美从容不迫地说，"愿意到我那里去吗？"

那人笑了，说："我可不想干那种肮脏的活儿。宰猪的那股臭味谁受得了啊，再说那是个力气活儿。我在这里不用出力，还可以看街景。"

"那你就在这里跪上一辈子吧！"翁史美踢翻了那个钱盒，扬长而去。她想零作坊是绝对不会要一个没有尊严的男人的。

由于屠夫少了，屠宰量较以往锐减，零作坊的生意陷入窘境。杨水原本还帮忙宰猪的，然而秋天一到，一直安分守己的他变得活跃起来了。他每隔几天就进一次城，每次都是李公言把他带去的。他从不在当天回到零作坊，而是隔几天回来。他一回来，总是眉飞色舞的样子，打着口哨，吸着高级香烟，还给其他人带上一些小礼物。他给王军买了一条领带，给王爷买了一个烟斗，给刘铁飞买了个水杯，给翁史美买了副太阳镜。大家就问他是不是发财了。杨水嘻嘻笑着说："是发财了。"如果你再追问他发的是什么财，他就讳莫如深地说："发的是鬼财呀！"人们就笑几声，权当他是胡说八道。李公言这一段跟杨水一样情绪高涨，他似乎已经把鲁大鹏的悲剧在他心中造成的阴影一扫而光了，无比的兴奋和自满。他特意张罗大家喝过两回酒。人们在酒桌旁有说有笑的，零作坊以往活跃的生活气氛似乎正像已经落潮的海水一样逐渐地涨上来。

翁史美每隔一两个月会跟哥哥通一次电话。她会询问一些儿子王社的情况。哥哥问她在城里靠什么生活，如果支撑不下去的话，让她就回家，说是在一个小地方好混日子。以哥哥现在的能力，给她在县城安排一个好工作易如反掌。可翁史美不想回去。她告诉哥哥，她在一家酒店上班，每月有一千元左右的收入。有一次哥哥在电话中听到了猪的嚎叫声，就问："你们是什么酒店，还得自己宰猪啊？"翁史美笑了，说："那是录音机放的曲子。"哥哥说："我只知道音乐里有鸟叫的，没听说有猪叫的！"翁史美打趣哥哥说："你不在大城市生活，不知道的东西多了去了！"最近，哥哥说王社惹了桩麻烦，他用弹弓把度假村新安的十几盏路灯全都给打碎了，乡政府让王四会赔三千块钱。王四会打电话求他说情，他找到乡长，这才把事情给压下来了。哥哥说："你们家王社，我看将来不是盏省油的灯！"翁史美说，将来她会把儿子送到国外去，不用王四会操心他的前途。哥哥不以为然地笑着说她："就你挣那俩钱，能够自己吃就不错了。王社也不是块学习的料，我看将来跟他爹学砸铁还差不多！"

  一个秋风瑟瑟的夜晚，屠夫们正在热火朝天地宰猪，忽然有警车的尖叫声传来。李公言首先跑出作坊，他对着同样跑出来的翁史美说："美姐，是杨水惹了祸了，我对不起你！"

  果然，警车停在了零作坊前。从车上跳下两个穿蓝警服的人，他们一高一矮，押着杨水走了下来。警车的车灯开着，翁史美看见了杨水那张惨白的脸。

  翁史美迎上前去，她故作镇静地问警察："有什么要我们效劳的吗？"

  矮个警察说："把你的户口簿拿出来！"

  翁史美说："我没有户口。"

"城市暂住证,有没有?"高个警察梗了梗细长的脖子说。

"也没有。"翁史美嘴上这样说,心里却在想:我是一条鱼,游到了城市这条臭水河来,我才不让这条河把我永久留住呢!

他们说话的时候,又有一名警察从车上下来了。他首先进了屠宰间,此时屠夫们正在给猪注水。他们见来了警察,都大惊失色,王军本能地做出逃跑的举动。他欲跳窗而走,警察呵斥道:"哪儿跑?哪儿跑?!"王军这才在窗前站住。刘铁飞没见过这世面,他吓得面如土色,钻到了屠宰台下。当警察把他拽出来的时候,他竟然哭了。他说:"我不想犯法,我是家里太穷,迫不得已啊!"与警察打过无数次交道的王军很快镇静下来,他明白他们来可能并不是为了非法屠宰的事,有可能是这里的人惹了其他的麻烦。

警察跟着杨水来到了门房,打开了那个平素总是上着锁的木箱。翁史美看见里面有三个陶罐。杨水把它们一一捧出来,有气无力地说:"就剩这仨了。"

"坟里还有没有没取出来的?"矮个警察问。

"没有。"杨水说。

翁史美打了一个寒战。她想杨水一定是在倒卖文物,把零作坊当作了藏文物的窝点。可是这附近并没有什么古墓啊,这些东西是从哪里偷挖出来的?

"你是这儿的主人吗?!"高个警察问翁史美。

"是。"翁史美说。

"你和他是什么关系?"警察指着杨水问。

"没什么关系。"翁史美说,"是我这里的卡车司机把他带来的。他们是亲戚。"

"司机呢？"警察追问。

李公言苦着脸说："是我。"

"请你跟我们走一趟吧。"警察说。

原来，杨水并不是李公言的什么亲戚。李公言是在乡下收猪时认识他的。杨水租了间民房，自称是来东北收大豆的。有一天，李公言看见一群村民围着这个瘦猴似的外乡人打，就路见不平地前去拉架。原来，杨水掘了一座新坟，被这坟主的后代给抓个正着。他们恨不能把杨水给一家伙打死。据坟主的后代讲，他们与杨水非亲非故、无仇无怨，他凭什么要掘他们老子的坟？李公言知道其中必有奥妙，就把杨水拉到一家小酒馆。老谋深算的李公言开门见山地说："你做的是什么生意呀？能不能合伙发财呀？"杨水就说："你能给我找一个在坟场旁边住的地方吗？"李公言说："那太简单了，我们零作坊旁边就有一片坟场。"

杨水从陕西渭南来，他有一个绝活儿，那就是做仿古陶器。这陶器要是放在一堆出土文物中，能以假乱真。从这陶器上，你能看到斑斑驳驳的彩釉和裂纹。这种假文物深受外国人喜欢。他们不识货，肯出钱。杨水靠卖假文物在家乡盖起了两间房。他掌握了外国人鉴赏文物的习惯，那就是闻它身上有没有一股曾经深埋地下的尸骨味。为此他想了一个办法，把这些陶器放到墓穴当中，尤其是放置到那些新坟当中，这样，尸体腐烂的气味会点点滴滴地渗入到陶器之中。在这个过程中，他要隔三岔五地打开墓穴，将一些他特意放置到尸体上的泥土再一次次地涂到陶器上，使它的气息和形态与文物更接近。几个月后，把这些陶器从坟里取出来，就可以卖个好价钱。杨水在陕西卖假文物时曾经被公安机关抓过，所以他后来就打游击战，去一些相对边远的省份做他的生意。他每到一处，都与当地大旅行社的导游拉好关系，因为他要依赖他们才能把它们卖出去。导游会从中获得丰厚的回报。杨水做的最大一笔买卖，是两年前把一只陶罐卖给了一个丹麦人。那人对着陶罐赞叹不已，给了杨水三千美元。杨水说他造假的本领都能骗过文物鉴赏专家的法眼。他一般春天出来，带上精心炮制的一堆陶罐，找一座新坟，掘开后将其一件一件地送进去，到了秋天再把它们一一取出脱手。在零作坊，杨水已经卖掉了五个陶罐，除却他分给李公言的三千、给大天旅行社的导游的四千元之外，他还净赚两万元。他本想把最后三只陶罐卖出后就离开零作坊，不料有位买了他陶罐的法国人发现自己花了冤枉钱，就通知了饭店的保安，保安报了警，警察通过提审导游找到了住在一家小旅馆地下室的杨水。

　　警察在查封零作坊的同时，李公言已经把杨水所做的事对翁史美和盘托出。翁史美怎么也不会想到，其貌不扬的杨水竟然在自己的眼皮子底下干这种听起来非常戏剧化的造假文物的交易。虽然油灯的光线黯淡，她还是看出了那三只未出手的陶罐的美。那是一种若隐若现、时有时无的美！它确实像极了博物馆里所陈列的那些出土文物。当警察要把这陶罐拿到警车上的时候，翁史美提出要闻一闻这陶罐身上的气味。矮个警察没有好气地说："闻吧，一股死人的味儿！"翁史美俯下身，对着陶罐深深地吸了一口气，她立刻被那股湿润、陈腐、老旧的气味所征服了。她以前是看不上杨水的，现在却对他刮目相看。她甚至产生了一个联想，杨水是不是孟十一？在她眼里，能把泥土和色彩完美地融合在一起的人是不寻常的。她觉得杨水过的生活是冒险而艺术的，谁能有把造假文物放置到墓穴中去"复古"这样离奇、大胆的设想?

作为私屠滥宰场所的零作坊被取缔了。翁史美被罚了三万四千元,作坊的人也都陆续离开了。最早走的是王军,他说如今开网吧赚钱,他要和过去的狱友一同开一个。刘铁飞又回到蒙顺桥头的老地方,与那些等待雇主挑选的民工站在一起。李公言还想干他的老本行,他想买辆二手面包车,做被日渐看好的小公共汽车运营的生意。王爷呢,他说什么也不肯回敬老院。他说要守着零作坊,不让宰猪了,他可以养鸡养牛。他劝翁史美从此后要做正当生意,省得一天到晚提心吊胆的。

零作坊成了这一段新闻媒体竞相报道的热点。《城市晚报》在头版作了一篇题为《昔日艺术陶坊,今日私屠滥宰场所》的报道,文章渲染了零作坊的肮脏和血腥之气。零作坊在记者笔下被描述成了一个大垃圾场。晨报的记者侧重描写的是零作坊的人,称这里聚集着社会的渣滓,是一群乌合之众。翁史美把这些报纸都贴在廊柱上,这样廊柱上又有孟十一留下的花纹,又有杨生情的诗歌和关于鲁大鹏的报道,看上去异常热闹。

秋风把绿色植物吹黄了脸,枯萎了。收获后的大地看上去千疮百孔、异常荒凉。零作坊只剩下了王爷和翁史美。王爷跟翁史美说,他有两次发现杨水夜晚时怀里揣着什么东西往外走,他并不知道他这是在往坟墓里送陶罐。不过秋天一到,他就闻到了门房里有一股尸臭味,他嘟囔过两次,李公言和杨水都说他年龄大了,嗅觉不灵敏了。王爷叹息着说,如果他那时提醒一下翁史美就好了。翁史美说:"这都是命中注定的。"

太阳花谢了,在它枯黄的叶片上,有僵死的虫子和蝴蝶蜕下的羽翼。翁史美有时在起了风的旷野上走，回头望着孤零零的零作坊，她会有一种回到地龙乡的感觉。每天清晨，她走出户外，都能看见一层银白色的霜像张巨大的锡箔纸一样贴在大地上。她不知道这个冬天她该怎么熬下去。她不能就此罢手，她要挣钱，钱在她眼里就像大地上的霜一样亮堂。没有钱，在这次事故的处理中她也不会只赔了三万多元。她与屠夫们都众口一词地说他们屠宰生猪只有半年左右的时间，同时，翁史美给神通广大的加油站的吴方送去一万元，让他帮忙把大事化小。所以尽管零作坊的注水生肉现象闹得满城风雨、妇孺皆知，但包括市场管理部门的人在内，至多不过受个小处分，没谁伤筋动骨的。以翁史美现在的积蓄，东山再起不成问题。她曾担心零作坊会被推土机给推掉，现在看来她太多虑了，它只不过是被查封了。如果一座房子也会说话的话，那么零作坊的嘴如今是被封条给封住了。但她想这房子总有一天还会叽叽喳喳说话的。

翁史美托人打听了，说杨水已经被移送至陕西公安机关了。有人说他犯的是倒卖文物罪，还有的说他犯的是诈骗罪。翁史美觉得除非专家认定那些陶罐确实是文物，否则怎么可以以倒卖文物罪论处呢？至于诈骗罪，在她看来也是不成立的，因为物品成交时，买卖双方都无疑义，又何骗之有呢？她觉得零作坊栽在杨水手里是死得其所，因为杨水比她高明。他的陶罐不动声色躺在墓穴中悄悄增值时，她的屠夫只能挥汗如雨地屠宰生猪赚辛苦钱。坟墓在杨水那里成了可人的孕妇，能给他分娩出活泼的婴儿。她一直觉得杨水制作的陶罐还有剩在墓穴中的，所以她时常到坟场流连。那些土黄的坟一座连着一座，它们有高有矮。高坟多是新坟，而已经塌陷的则是老坟。翁史美留意那些新坟,看它们有没有被人挖掘过的痕迹,结果她总是失望。她还注意看那些竖着墓碑的坟,看名字猜测这死者是男是女。在她的想象中,杨水应该把陶罐放在女人的墓中。"张翠花""李雪梅""王爱菊"应该是女性的名字,可"郑爱秀""薛银光""胡光雪"这样的名字则让她很难判断性别。

自从看见了油灯下杨水制作的三只陶罐的那种无言之美后,翁史美就再也没看过孟十一留下的陶器碎片。她的床头也没有太阳花可看了。天气越来越寒冷,王爷开始生火炉了。翁史美想这个冬天她不能白白闲着,听说有一种珍珠鸡很好饲养,售价又高,她打算到畜牧部门咨询一下,也许冬天她可以和王爷养珍珠鸡。

翁史美卖掉了卡车。她再进城时就得徒步走到加油站,由吴方帮她搭上一辆进城的车。她想没车确实不方便,她应该买辆轻型轿车自己来开。

翁史美穿一条雪青色的长裤、一件乳白色棒线毛衣,扎一条咖啡色长丝巾。这身装束本来就使人显得高,再加上她把长发绾起来了,看上去就高得飘飘忽忽的,像一棵挺拔的白杨树了。

吴方见了翁史美,很殷勤地给她让座端茶。吴方说:"前几天我在电视上看见孟十一了,他现在可比在零作坊时风光多了。他在深圳有一个陶艺公司。我见他家里摆设得又讲究又不俗气,看来他新娶的老婆爱收拾家。"吴方用一种十分羡慕的口气说。

翁史美知道孟十一是个离婚之人。至于他什么时候再婚的,她一无所知。她在电话中从来没有问过他的私生活。

翁史美有些失落地问:"他什么时候结婚的?"

"今年春天吧。"吴方说,"他原来还打来电话,说是旅行结婚时要回零作坊看看，后来不知怎么又没来。"吴方不以为然地说："这些搞艺术的人和咱们不一样，今天一个主意，明天又一个主意。"

"他娶了个什么样的女人？"翁史美装作漫不经心地问，可她感觉自己的心在发抖。

"听说是个服装设计师。"吴方说，"对了，他上次还在电话里跟我打听你，问你是不是搞音乐的。我说你是宰猪的，他还不信。"

一辆白色的富康车从郊外驶到加油站，吴方对翁史美说："这肯定是进城的车，你搭它走吧。"

吴方走出屋去给车加油。翁史美则在回忆春天的日子，当孟十一结婚的时候，她在做什么？毫无疑问，她几乎每天都要去看廊柱上的花纹，每晚都要抚摸一下那些破碎的陶片。她和孟十一在春天时还通过几次电话，她感觉他对她是情深意切的。难道一个男人可以同时把温存的声音送给两个女人？如果是真的话，哪一种温存又是真正的温存呢？

翁史美走出小屋，她听见吴方正在跟车主央求："就让她搭你的车吧，我不收你的油票了。她进了城就下车。"

显然车主不大乐意有人搭他的车。

翁史美走过去，看着那辆车。从车窗里探出来的那张棱角分明的脸竟然是纪行舟！他显然也认出了翁史美，他的脸白了。

翁史美对吴方说："算了，我搭下一辆车吧。"

"主要我进了城后还要送家人去上班，怕是不太方便。"纪行舟不愧是见过世面的人，他很快镇定下来。他抽出一张油票，把它递给吴方，说："真是对不起了！"

翁史美看见纪行舟的旁边，坐着一个三十岁左右的女人。她皮肤白皙，脖颈很长，气质不错。她倒是很善解人意地对纪行舟说："反正后座空着，让她上来吧。"

"不必了。"翁史美说，"我不打扰你们了。"

"谢谢。"纪行舟急切地摇车窗，想尽快离开加油站。当那车窗被摇到只剩下拇指般宽的一道缝隙的时候，翁史美忽然把一根手指插了进去，她对纪行舟说："喜欢能看得见河流的房间吗？"

纪行舟老练地反问："我不知你在说什么。"

翁史美冲纪行舟意味深长地笑了笑，将手指抽回，放到嘴里吮着那根手指。纪行舟猛地一踩油门，飞快地离开了加油站。

吴方拍了拍手对翁史美说："这肯定是一对野鸳鸯周末去乡下鬼混了，今天周一赶回来上班，当然就不方便让人搭车了。"

翁史美"哦"了一声。

吴方又说："那个女的我看着挺眼熟的，好像是市电视台《家庭漫谈》的女主持人梁丽丽。"

翁史美知道，纪行舟的老婆是一家移动通信公司的副经理，她在他的钱夹中看到过那女人的照片：很瘦，戴副眼镜，有几分冷漠。她显然不是纪行舟车上载着的女人。看来他的事业如日中天，连车都开上了。他带这女人出去，也许是跟老婆撒谎，说他到外地办案去了。但也存在着另一种可能，他已离了婚，娶了这位容颜俏丽的女人。他们毕竟已经有几年未联系了。翁史美在零作坊看不到电视，对吴方所说的女主持人一无所知。

"刚才你为什么跟他说那话？"吴方问翁史美。

"什么话？"翁史美明知故问。

"能看得见河流的房间？"吴方说。

"哦。"翁史美笑了，"我看他紧张，就说句怪话逗他玩。"

翁史美从城里考察完珍珠鸡回到零作坊的那个夜晚，喝得酩酊大醉。王爷见她失魂落魄、泪水涟涟，就说："钱这东西有多就多花，有少就少花。"他不明白能让翁史美难过和感慨的只能是情感，而不是钱。王爷催促她早睡，并且帮她把一盏马灯送到她的小屋，放到以往摆太阳花的那个地方。而那马灯，以往是挂在廊柱上的。

王爷说："你睡你的，这灯要是熬干了油，它自己就会灭的，你不用管它。"王爷之所以放一盏灯，是觉得小孩子一哭，往往是由于惧怕黑暗，而一旦有了亮儿，他们就不哭了。在王爷眼里，翁史美就是个小孩子。

翁史美睡了。当她睡到夜半时，忽然被一阵熟悉的音乐铃声给扰醒了。她望见那盏马灯还在燃烧着，满屋洋溢着柔软的光辉。她恢恢无力地打开了手机。

"喂——"翁史美声音沙哑地问，"哪位？"

"你怎么了，生病了吗？"是孟十一！他的声音还是那样充满关怀和柔情，听了令人心碎。

"我多喝了几杯。"翁史美的眼泪流了下来。她不知自己这是怎么了。因为她已经跟自己坚定地说过，不要再和孟十一交往了，不要再被他声音的柔情所迷惑了，可是当她听见他的声音时，她还是那么的欣喜和激动！

"你是不是在创作一出悲剧，感情陷在其中难以自拔？"孟十一轻声地问。

"不，我早已跟你说了，我不是搞艺术的人。我在你的零作坊领着几名屠夫宰猪,现在不让宰猪了,我就想着饲养珍珠鸡!你知道吗,珍珠鸡的颜色和天鹅一样,雪白雪白的!"

"你又在开玩笑了。"孟十一说,"一个靠宰猪为生的女人,怎么会喜欢我刻在廊柱上的花纹,怎么会喜欢那些破碎的陶片呢?"翁史美觉得这话很耳熟,因为纪行舟曾经这样对她说:"你太不像个乡下女人了,我在地龙乡第一眼看见你,还以为你是个去那儿旅游的画家呢!一个乡下女人怎么还一身的浪漫气息?"翁史美把这两段话联系在一起,仿佛是发现了悲剧的源头,觉得无比的委屈,她大哭了起来。

孟十一说:"我给你放一段音乐,你就不会哭了。"

很快,翁史美听到了一段如泣如诉的优美旋律。她对音乐一无所知,不知这是哪位大师的作品。不过她想这是她和孟十一最后一次通话了,所以她满含热泪地把它听完。她为一种最亲切的声音的消失而感到悲凉。

"好些了吗?"乐曲刚一结束,孟十一的声音就袅袅地飘了过来。他的声音就像这乐曲的延续一样,听上去美妙动人。

"我不会哭了。"翁史美轻声地说。

"你知道,我多想看看你的容颜,我无数次地在梦中幻想你。"孟十一伤感地说。

"谢谢——"翁史美哽咽地说,"亲爱的,太晚了,让我们说再见吧。"翁史美说完,毅然决然地挂断了电话。她是第一次、也是最后一次叫孟十一"亲爱的",尽管以往她在心中曾经说过千万遍。她把手机关上,放到枕头底下,感觉就像枕着一个梦在睡觉似的。马灯依然颤颤地燃烧着,看上去就像开在黑夜的一朵花。

第二天早晨翁史美刚刚起床，王爷就捧着一个包裹进来了。他说他开门时发现了它，不知是谁送来的。那包裹是用天蓝色的布缝制的，看上去鼓鼓囊囊的。零作坊不通邮，显然这包裹是由知道这地方的熟人悄悄送来的。

翁史美打开包裹，她吃惊地发现里面竟然装着形形色色的种子！每一种都分装在一个小塑料袋里，总共有二十种之多！包裹里还有三本有关花卉种植的书。一看到书，翁史美才明白那些种子全都是花籽儿！在花籽儿的每一个袋上，都有圆珠笔留下的字迹，标明着花籽儿的名称。这字翁史美一眼就认了出来，是杨生情的！她想他一定是听说了零作坊的事，他想让翁史美把屠宰场改造成一个花房。翁史美觉得心剧烈地跳动起来，同她以往接到孟十一的电话时的感觉一样。她想杨生情也许会给自己留下一张字条的，她就仔细翻查书的每一页，又把所有的花籽儿逐一清点一遍，然而她什么也没发现，没有她想象的信或者诗，有的只是那些繁杂多样的花籽儿——它们看上去就像暴雨前聚集在一起的一团蚂蚁。

# 洋铁铺叮当响

一

赵孝仁领着大小装完一车生锈的废铁，他的二闺女丽晶已经备好了晚饭。丽晶手里拿着个刚出蒸笼的热包子，笑眯眯地走了出来："大小，这么大的包子，你能吃几个？"

大小瞄了一眼包子，褪下脏得不成样子的白线手套，说："六个。"

"这么大的包子还吃六个呀！"丽晶嘟囔道，"这一个包子里打的馅足有一小碗米饭那么多了。你太能塞了。"

赵孝仁用袄袖抹了一把额上的汗说："能吃还不好？你做饭还做出怨言来了？"

丽晶一撇嘴说："我哪有怨言。我又没本事，只配给你们做饭。"说着，就去给鹅喂食。六只大白鹅见了她便从鹅圈里"嘎嘎嘎"地叫着聚过来，鹅的脖颈一律高耸着，像是一棵棵挺拔的笋。丽晶将鹅食盆放进去，六只鹅就绕着盆垂下脖颈吃起来。它们丰腴白皙的身体对称相挨着，看上去像是一朵芍药花的六个大花瓣，而那些嫩黄的鹅嘴碰到一处，就是最最好看的花蕊了。丽晶用手拍了一下那只最贪吃的鹅，它惊惶地一耸身子离开鹅食盆，丽晶就有打落了一片花瓣的怜惜之情，但那只鹅很快又奋勇地跻身同类当中，一朵娇艳异常的白芍药花就美不胜收地活泼地跃入她的视野。这花微微拂动着，犹如受到了微风的怂恿。如果此时晚霞再浓烈一些、红艳一些，那么鹅身上将被镀上一层粉红色的微光，花色会更扣人心弦的。

这是个晴朗如洗的礼拜天的傍晚。园子中的各种青菜被七月的阳光照耀得更加油绿。蜻蜓和蚂蚱在菜园中或飞或蹦，而蜜蜂则看中了刚刚绽放的豆角花，将豆角花挑逗得终日魂不守舍，姿容憔悴。

正午时的酷热消尽了。丽晶回到屋子里支起饭桌，将热包子、大米绿豆粥、葱和酱摆上去。她想着妈妈也该回来了。赵孝仁的妻子余美珍，今年五十三岁了，她在前年信奉了基督教。每逢礼拜天便去参加唱诗和祈祷的活动。她们的活动场所是流动式的，没有教堂，她们便把每一个教徒的家当作诵经的场所。丽晶有一次回家正撞见满屋子的教徒在唱歌，那歌声听起来十分悠扬，而这些教徒的脸上却泪水纵横。她的妈妈也落着泪，这使她很害怕。她们唱歌时为什么要哭呢？而且自从余美珍信教以来，家里的禁忌也多了，过年时不许给冥国的人烧纸钱，不许将大红的对联和五颜六色的挂钱儿贴在门楣上，更不许燃放烟花爆竹，把一个喜庆热闹的春节弄得有几分凄凉和寒酸。她自己烟酒不沾，一看到丈夫喝酒，她就端起饭碗到别处去吃,仿佛酒气也亵渎了她的信仰。家里人一问她信那基督教有什么用,她就虎着脸说:"你们死后成了野狗,我就会升入天堂。"

赵孝仁可不关心死后的事情。他关心的是他这四个孩子的前途,关心费尽心力捡了整整一个冬天和春天的废铁在什么时候出手才能卖出个好价钱,关心他的银行户头下的存款数额如何能再多一点。当然,天气、庄稼、饭后的一支好烟也是他关心的内容。

余美珍终于红光满面地踏进家门。她身材矮胖,穿一件豆绿色柔姿纱上衣,汗水使那衣服紧紧地贴在身上,看上去就像一截四处流烛油的软蜡烛似的,臃肿而败落。丽晶发现妈妈的眼泡红肿着,便明白她唱诗时又哭了,那种害怕的感觉便又一次产生了。

余美珍一坐到饭桌前就问:"二小呢?"

大小喝了一口粥说:"上河套去了。"

"上河套干啥?"余美珍气咻咻地说,"他又不会打鱼!"

"人家是去野游。"大小羡慕地说,"买了面包、香肠和啤酒,跟班上好几个同学,还有女的呢。"

"又是你给他的钱!"余美珍恨恨地瞪了丈夫一眼,"你教育不出个好孩子。唉,二小也没考上中学,心倒比菩萨还宽,明天还不是得跟你们出去捡铁?没一个争气的。"说毕,又意味深长地看了丽晶一眼,丽晶就放下了筷子。丽晶的姐姐丽娟,现在在一家个体饭店帮工,本已经领了结婚证,可没举行典礼就解除了婚约,算是个离了婚的人。丽娟、丽晶和大小在学校时成绩都不好,都没升上中学。一家人把希望寄托在颇有几分灵气的二小身上,没料到也是一场空想。这下子四个孩子全成了待业青年,赵孝仁感觉到生活的沉重了。他做梦都想着能让孩子们有出息，哪怕出息一个也好。可几个孩子却又都那么不堪造就。赵孝仁就感觉像是让所有的孩子们都爬一座雪山，别人家的孩子全上去了，独有他的却一个个垂头丧气地滑落下来，如一次次没有日出的日子，让他心情郁闷。

院子里响起了陌生人的脚步声，鹅在圈里急声地叫唤起来。狗死后，鹅就成了狗的继承者，它们能准确通报客人到来的消息。它们的叫声听起来那么欢欣鼓舞，仿佛是为赵家迎来了财神爷似的。

赵孝仁见进来的人是老丁头。老丁头有六十八了，在机修厂看大门。每月赵孝仁去领退休金，都要在门房和老丁唠上一会儿。老丁披着件蓝色夹袄，表情很严肃，手里捏着封电报。

老丁说："电报刚到，我就给送来了。"

"啥事？"赵孝仁接过电报，只见电报发自余美珍的家乡，电文是：母病危速归。

赵孝仁把电报递给余美珍，"孩子她姥姥不行了。"

余美珍一看电文，眼泪不由分说就下来了，"我说觉得心里难受嘛，这几天都慌慌的……"

老丁劝着："人活一世，草木一秋。早早晚晚都是这个下场。"又说："早点动身，还能赶上老人活着。"

"妈，你可得等着我，留口气等着我！"余美珍哭得脸红一阵白一阵的。

老丁一走，赵家就乱了起来。丽晶帮助母亲打点行装，每往旅行袋里装一样东西，就动了要和妈妈同去的决心。将此话说与父母，他们却同声反对："一个人的路费就够受的了，走两个人，太破费了。"

丽晶没出过门,她的眼泪吧嗒吧嗒地往下落。

向南去的火车是晚上八点发车。赵孝仁连忙用自行车带着余美珍去车站。丽晶泪涟涟地出来与母亲道别。余美珍一边嘱咐她做好饭、喂好鹅、种好园子,一边说:"等你将来找个好主,让对象带你逛世界去!"

丽晶点点头,回到屋里收拾碗筷。天色非常昏暗了,邻居在院子里生着柴草炒豆子,一股豆香味和着豆子熟极了的炸裂声飘散过来。

## 二

余美珍走了两天了,赵孝仁领着孩子们过得很愉快。大小如同一匹永不疲倦的马,不停蹄地干活。院子中的几千斤废铁,都是他和父亲捡来的。城里的废铁已经被捡空了,他们就开着手扶拖拉机到山场去。他们低价收购废铁,再把它们拉回来平价卖出。大小由此认识了育林山场一个姓孙的女孩,她看上去十五六岁的样子,在家和母亲养了几百只鸡,非常爱笑。每次大小去,她都要跑出来送给大小一些废铁。有一次她把一个半新的轴承扔到大小的铁车里,大小敏感地问这是从哪来的。小姑娘说:"偷的。那个养着辆汽车的人家真小抠,买鸡蛋从来不给钱。"

"你怎么偷出来的?"大小将那轴承用块破布裹起来。

"那你怎么能知道呢!"小姑娘好不得意地跑着去了。她跑的时候还回头看一眼大小,那笑靥就经常出现在大小的梦里。

"爸，等活儿干完了我要去趟育林。"大小说。

"去育林干啥？"赵孝仁说，"现在又不是收铁的时候。"

大小便不吭声了。他只觉得一个美丽的梦破灭了。他更加默不作声地干活。赵孝仁知道已经十七岁的儿子的心思，就打趣道："你要想吃鸡蛋，让你姐称几斤去。"

大小的脸红了。他支吾道："谁说是、想、鸡蛋、吃……"

"你这个傻瓜。"赵孝仁点拨儿子，"你得使劲干活，攒足了钱，才能娶媳妇。"

"谁说娶媳妇了。"大小的脸更红了。

"大小你要想结婚，就把鹅圈收拾出来当新房！"丽晶出来倒脏水时插了一句话。

"你咋不住鹅圈呢！"大小一梗脖子，有些恼了。

赵孝仁忍不住笑了。二小又不知到哪里去了，丽娟每天很晚才能从饭店回来。丽娟慈眉大眼的，生得白净，在饭店帮工了一个月，面上就更光洁了，只可惜未过门就离了婚。赵孝仁至今弄不明白丽娟为什么就不同意出嫁了。那男孩子看上去很文静，有一份正式工作，家境也殷实，虽然说人瘦了些，但却是个很懂礼貌的。丽娟真是走火入魔了，两口子至今仍为这桩失败的婚事而懊悔不已。可现在婚姻自由了，他们又不能逼她。只是再给丽娟介绍对象时，媒人总要敲打他们："人家担心丽娟是失了身子的。"

余美珍那时就气得骂："又没过婆家门，失什么身子！"

丽娟看上去很开心，并不为那纸离婚书感到痛惜。她挣钱买了化妆盒、小镜子、香脂、眉笔、口红，这些东西统统放在一个银光闪闪的蛇皮坤包里，令丽晶眼红。

赵家的铁铺子传来了砸铁的叮当声。邻居的孩子一听到砸铁的声音就跑来看。丽晶很喜欢孩子,她常常放下手中的活儿去抱孩子,给他们摘园子里的花,还给他们编儿歌。赵孝仁常常说:"丽晶干脆在家办个幼儿园得了。"余美珍总是坚决反对:"不能让她现在就哄孩子,越哄越没出息!"所以他们宁愿她待在家里做饭。春天时丽晶本来找了份临时工,给板厂刨板花,可那活儿不经干,两个月就完事了。丽晶怀揣着挣来的三百多元钱回到家,她有种失业的感觉。如今父亲正在和大小合力打一副铁桶,铁皮在阳光下熠熠生辉。这是赵铁匠的拿手活儿。无论是壶、桶、洗衣盆、炉圈还是喷水器,他们都会打得精细优良,比土产商店卖的还要好。所以这城里的人缺壶少桶的,就拿了整张的铁皮来赵家打。当然赵孝仁不白干,他们也收手工钱。现在他们正给一把水壶打壶嘴。

丽晶抱着的那个孩子叫"丫丫",丫丫四岁半了。她的父母开着一家个体商店,整日忙于上货卖货,顾不上她。丫丫和丽晶很熟,她勾着丽晶的脖子问:"你家的洋铁铺子挣钱吗?"

丽晶扑哧一声笑了,"谁说俺家是洋铁铺子?"

丫丫说:"那个打壶的人早晨问我,小丫头,你知道赵家的洋铁铺子在哪儿?"

丽晶便对父亲说:"爸,你没听见丫丫说,人家管咱叫'洋铁铺'。"

"那还不好哇。"赵孝仁抹了一把汗说,"现在带'洋'字的可都发了!"

丽晶将丫丫放在地上,去看面团发好了没有。她要蒸馒头了。一家人都很能吃,每天都要发一个面团。那发好的面团往往有一股曲酒味。丽晶在使碱前深深地吸着发好的面团的那股醉人的气味。

丫丫见丽晶闻便也跟着去闻。一高一矮一青一少的两个女孩对待面团的那种情景，就像靠近月亮的两只黄鹂鸟。

鹅又嘎嘎嘎地叫了起来。丫丫首先跑出去看来了什么人。丽晶把碱用温水溶化，均匀地洒在面团上。丫丫领进来的人是丽晶的小学同学王红英。王红英在造纸厂当检验员，已经是一个孩子的妈妈了。王红英坐在太阳底下奶孩子的情景使丽晶觉得王红英是世上最幸福的女人。

"怎么不把你家石伟给我抱来？"丽晶埋怨王红英。

"石伟睡觉了。"王红英说，"他又长了两颗牙，会挠了。"

"睡醒了觉还是哭？"丽晶边揉面团边问。

"嗯，还是哭。就怕他睡觉，一醒了就哭。"王红英相貌平平，但人极温和。她问丽晶："你妈呢？"

"回老家了。俺姥姥要不行了。"丽晶说。

"丽晶，你猜今天我来干啥？"王红英说，"给你介绍对象！"

丽晶停下揉面的手，有些不信地说："胡扯！"

"你都二十二了，看我儿子都抱上了，你不着急？"王红英打趣道。

"这又不是眼红的事情。"丽晶说，"等着我生一对双胞胎，超过你。"

"说真的，"王红英靠近丽晶说，"我大姨家来了个修自行车的，是个复员兵，在部队开过汽车，人长得矮了些，但是五官挺受看的。"

"他家在哪儿？"丽晶认真地问。

"嫩江。听说在个县城里，那里是大平原。"

"嫩江？"丽晶说，"没听说过这地方。他在嫩江有正式工作吗？"

"刚复员，还没分配工作呢。"王红英说，"他家的一个老乡介绍他到我大姨家帮工来的。他想在这儿找一个对象，带回嫩江去。"

"他怎么不在嫩江找呢？"丽晶问。

"他说嫩江的姑娘没有咱这儿的能吃苦。"

"让我去吃苦呀？"丽晶将嘴一撇，"我才不干呢。"

丽晶又说："他又不能把我的户口办过去。"

"人家说了，只要结了婚，就能把户口办过去。"王红英补充说，"这复员兵的叔叔在人事局工作。等你去了，还能帮你找个好工作呢。人家那儿的气候又比咱这儿好，十月份才下霜呢。"

丽晶将揉好的面团放在案板上，点起灶坑热蒸笼。柴火噼噼啪啪地响着，丽晶黑红的脸被火光映得更加黑红了。

"俺妈不在家，找谁商量去？"

"找你爸呀！"王红英说，"我出去跟他说。"

丽晶有些羞涩地说："俺爸要是同意，俺就见见他。"

王红英一到院子里，砸铁的声音就止息了，而鹅的叫唤声又响了起来。鹅大约持续叫了两三分钟，王红英和赵孝仁一同回到屋里。赵孝仁对女儿说："丽晶，你见见他，要是他真能把你带走，又能安排个好工作，就烧了高香了！"

丽晶的脸就更红了。王红英约好了，当晚八点钟带那复员兵过来，让她精心打扮打扮。

## 三

丽晶吃过晚饭就把自己和姐姐合住的屋子收拾了一遍,然后将姐姐蛇皮包里的香水偷出来,将角角落落尽喷了一遍。大小在旁边伺机报复:"二姐,这回你和复员兵得住鹅圈了吧?"

气得丽晶抓起鸡毛掸子撵得大小满屋跑。

丽晶打开箱子翻找衣服,她悲哀地发现自己的衣服少得可怜,而且没一件时兴的,难过了一番,就挑了一件粉格子的确良上衣。裤子和鞋也就不管它了,丽晶认为换了上衣就算打扮了。她再次打开姐姐的蛇皮坤包,想动用一下化妆品,但对上妆又不得要领,便很丧气地关了包。最后只是抹了些香脂。

快七点钟的时候,二小风急风火地边嚷着要去大连边进了屋。一进来他就打开电视机让赵孝仁快看。县电视台那个笑眯眯的播音员果然在说,只要出资一万五千元,就可以报名去大连开发区。工作和户口一并解决。首批名额为六十人,要三十岁以下的男性,额满为止。

"大连开发区才有发展呢。"二小说,"那里靠海,天天吃活虾和带鱼,将来我成了大连人,把爹妈都接去。"

"想得倒美。"赵孝仁说,"让你爹妈砸骨头卖钱哪?"

"反正人家报名的可多呢。"二小说起来有点眼泪汪汪,"我也不能像哥哥似的,天天待在家里弄铁,弄一辈子铁可怎么办?"

大小抢白道:"弄铁怎么了?你上学的学费还不是我捡废铁换

来的？"

二小嘟了下嘴，再不言语了。大小一气之下关了电视机，到院子里用铁锤砸一块本不该砸的废铁，砸得黄昏都要碎裂了。

"唉，你妈又不在家。这一个要去嫩江，那一个又要去大连，我怎么做主？"赵孝仁一筹莫展。

"爸，谁要去嫩江？"二小给父亲递上一支烟，并且乖巧地划着了火柴。

"你二姐一会儿要相一个复员兵。"赵孝仁嘴上说的是这件事，心里想的却是二小的事。上大连的确是好事情，他这几年卖铁和打铁器的确也攒了一万多元钱，那可是全家的所有积蓄。若都给了二小，大小会乐意吗？其中有一半的钱是大小挣来的。何况，这事情保险吗？要是一万五打了水漂怎么办？赵孝仁有点打退堂鼓了，可巴望着儿子远走高飞的欲望又支配着他不得不思考这件事。二小又在一边煽风点火："要是不抓紧报名，名额一满，想走都来不及了。"

"那我找人商量去。"赵孝仁说，"要是事情没假的，明天就给你上银行取钱。不过，上了大连要把钱挣回来。"

"爸爸你太好了！"二小一蹦三尺。

赵孝仁就顾不得丽晶相女婿的事了，径直出了家找人打听实信去。大小见父亲出了院子，将铁砸得更加响亮了。废铁火星四溅，大小流了泪。

丽娟九点钟下班回家的时候，天已经很黑了。她发现大小坐在院子的废铁堆上吸烟。

"你怎么学抽烟呢！"丽娟斥责道。

大小不吱声，将烟吸得吱啦啦响，仿佛在用沸油炸麻雀。

丽娟走到大屋，见爸爸和二弟都不在，就推自己的屋门。她先被香水呛着了一下，接着发现一个烫着头发的男人拉着自己妹妹的手并排坐在炕沿上。丽娟大吃一惊，心想这男人是从哪里冒出来的？

"这是俺姐。"丽晶笑着站了起来。

"我叫王有杰，复员兵，从嫩江来的。"那男人从炕沿下来站在地上，和丽娟握了握手。丽娟发现他比妹妹还要矮半头，心下不悦，只淡淡说了声"坐吧"，就反身到院子去问大小："你二姐跟那个男的坐在一起，是谁给介绍的？咱爸知道吗？"

"爸知道。"大小扔了烟头，"王红英给领来的。"

"爸上哪儿去了？"丽娟问。

"二小要去大连开发区，爸可能找人商量去了。"大小说，"你们都走吧，就留我一个人在家，我就不信捡一辈子铁就不能发家。"大小又说："银行里都存了不少钱了。"

丽娟也听说了大连开发区招工的事，许多待业青年都报了名。她料想不到父亲也动了心思让二小去。他们的家境并不很优裕呀。正想着，赵孝仁领着二小回来了。赵孝仁问大小："你二姐的对象来了吗？"

"屋里说着话呢。"丽娟说。

"我去看看。"赵孝仁说着就往屋里走。

"爸你敲敲门再进。"丽娟提醒道。

"自己家的门，还要敲？"赵孝仁的高嗓门早就像出工的钟声一样引起了丽晶的注意，他们松开手，打开门迎父亲进来。赵孝仁一见那男人烫着头，而且是个矮个子，就有些泄气，语气也就淡如流水,随便问了几句家境方面的话,就推托时候不早了,下了个不折不扣的逐客令。

那男人一出门,赵孝仁就满面不悦地对丽晶说:"我没相中他。男人烫个头干什么?不像个正经人。个子又那么矮,贫嘴,不诚实。"

"人家烫头是为了显高。"丽晶嘟着红艳艳的嘴唇说,"他说能把我的户口办到嫩江。他说他叔叔当着官,给我安排个工作不成问题。"

"你好像很乐意?"赵孝仁叹口气说,"你妈又不在家,你要好好考虑。留点心眼,别让他给骗了。"末了又叮嘱道:"要和他保持距离。"

说得丽娟、丽晶和二小不约而同地乐起来。

赵孝仁无可奈何地叹口气,到院子里去找大小。大小正借着月光把废铁丝拢在一起打捆。赵孝仁说:"大小,爸和你商量个事——"

大小抬起头说:"让二小去大连吧。他是弟弟,我还能把钱挣回来。"嘴上高风亮节,心里还是有点委屈,话语里有股哭音。

"别干了,天晚了,回去睡吧。"赵孝仁有些可怜大小了。

月光朦胧地照着赵家的屋顶和院落,大地静悄悄的。赵孝仁辗转反侧,夜不能寐。大小和二小也没睡,一个因为伤心,一个则因为高兴。而丽娟和丽晶则讲了半宿的悄悄话。丽娟说:"我真羡慕你,第一次见面就互相拉了手。我那时都领了结婚证,对象都没拉一下我的手。"

"真的?"丽晶大吃一惊,"你们老是待在一个屋子里的,光说话呀?"

"那还能干什么？"丽娟哭了，"我都不好意思告诉爸妈，他连嘴都没亲我一下，我怎么能嫁他呢？我可不想跟块石头过日子。"

"真怪。"丽晶羞涩地说，"他今天还亲了我呢。"

"第一次见面就——"丽娟说，"那可得小心点。"

"我知道。"丽晶有些困倦了。她因为这突如其来的幸福而困倦了。

## 四

赵孝仁只在凌晨合了会儿眼皮。迷糊中，见岳母穿扮一新红光满面地走进屋来，见了赵孝仁就说："我要回老家了，你不让我带个孩子去吃核桃和柿饼？"

赵孝仁答："大小在家收拾废铁，二小要去大连了，丽晶刚谈上对象，丽娟在饭店帮工，哪个孩子都走不开。"

"这么说我一个也带不走了？"岳母的脸青了。

"美珍不是回去看你了吗？"赵孝仁说，"你的病就全好了？"

"不好我怎么能回老家？"岳母说着，推开门轻飘飘地出去了。赵孝仁追到院子，只见满地是银色的月光，灶房里传来蛐蛐的叫声。

赵孝仁醒来后急出了一身冷汗，他知道岳母在这个时辰没了。他走向院子，哪里有什么月光，天已经亮了，只不过太阳被遮在浓云后，是个阴雨的日子。空气中那股露水的气息倒是十分清爽。赵孝仁趁孩子们还没起来，到仓房去找存折。他挪开咸菜坛子，用手抠了抠坛底下那松软的泥土，很快就把一个药盒抠了出来。存折藏在里面完好无损。其实为了防备不测，两口子早已分头记住了两张存折长长的账号。赵孝仁记那张一万元的，余美珍记那张六千元的。那一段夫妻二人早晨起来在菜园里一边劳作一边低声互相考着对方的账号记得牢不牢，好像地下党对接头暗号似的。

赵孝仁把存折放到上衣口袋里，用别针别上，放好咸菜坛子，进屋去针线盒里拿户口簿和身份证。那笔一万元存的是三年期，只差半年就到期了。未到期取出来，只能领到活期储蓄的利息，这一下损失也不小。赵孝仁一边跟自己说着"舍不得孩子打不得狼"的道理，一边把户口簿和身份证也揣到衣袋里，统统用别针别好，打算银行一开门，就领二小取出钱，去电视台报名。

丽娟丽晶也已经起来了，丽娟洗了脸就去了饭店，她一天三顿常在饭店吃。丽晶照例生火做饭。她一边烧火一边想着昨晚发生的事，有种醉醺醺的感觉。那人的手有硬茧，嘴唇很薄，但够烫人的了。他的嘴里好像有股烟味，难道他吸烟吗？他亲她时还把舌头也伸进她的嘴里，那舌头柔软极了。她也要伸出舌头才对吗？

赵家的早饭才是名副其实的。饭后，不过是七点钟的时光。赵孝仁领着二小进城取钱，大小继续收拾废铁，丽晶则去喂鹅。六只鹅见了她很欢畅地叫起来，丽晶一一抚弄它们洁白的羽毛，使每一片花瓣都受到了爱抚。天越来越阴，西边天上几乎是浓墨一片了，闪电开始闪烁了。丽晶用洗衣盆将酱缸罩上，又将晾着的西葫芦丝收进仓房。她对大小说："要下雨了，别干了，进屋吧。"

大小早饭时只吃了一个馒头。他看上去无精打采的。大小和二小一样浓眉大眼，只不过二小的眼珠转个不休，而大小的眼睛却有几分沉重。

丽晶刚回到屋子，一个炸雷当空响起，雨珠争先恐后地落了下来，院子的沙地上立刻就弹起了一串泥点。大小却依然没有回屋的意思，丽晶知道大小心里难过。雨越下越大，天地间已是白茫茫的一片了。大小仍在雨中收拾废铁。那些生锈的铁经雨一洗，成为猩红色，像一团火焰，而大小就被裹在这火焰中。

丽晶站在屋子的窗前为大小流泪。若此刻她拿块雨布迎他进屋，他也不会进来的，除非他想回屋了。她喜欢大弟弟的朴实和倔强的性格。她只能祈求上苍快快息了雨吧，这么急的雨庄稼也承受不起了。更何况，她的大弟弟还被暴雨拍打着、撕咬着。

雨大张旗鼓地下了半小时，雨丝就渐渐细了，雨声也贫弱了。乌云被暴雨给分蚀得七零八落，复出的蓝天透出晴朗的信息。窗前的那行扫帚梅花被打弯了腰，花才开了几朵。院子里的积水咕嘟嘟地顺着排水沟流出大门，那水是浑浊的。丽晶拿着一条干毛巾走到院子："大小，快擦擦脸，进屋把湿衣服换下来。"

大小听话地回屋了。不一会儿他换了一身干爽衣服出来了。雨后的阳光分外亮丽，天空的云彩纤弱洁白，浮悬在透彻的蓝天下，一副小鸟依人的模样。有一个人来赵家的洋铁铺子打澡盆，大小用米尺量着来人带的那张铁皮，说了打澡盆的手工费和取货时间，那人一一应允了，他这才接下了活儿。

整整一个上午大小都在打澡盆。那种打铁的叮当声在雨后的空气中显得格外清脆。

午饭将近的时候，赵孝仁提着二斤新割的猪肉进来了。他把肉甩在菜墩上，对丽晶说："剁馅包饺子吧，二小后天就去大连了。"

"这么快？"丽晶说，"俺妈还没回来呢。"

"二小算是命好，他报名时已经是第五十九个了。"赵孝仁掩饰不住内心的喜悦，"后天他们就要走了，行李都不用带，那里都给预备了。一个月工资四百多块，就看二小能不能干好了。"

"二小咋没跟着回来？"丽晶问。

"我让他上商店买毛巾、肥皂、牙具去了。"赵孝仁说，"上你姐姐饭店让她领着二小去，你猜你姐怎么着？她说她忙，不能陪二小。嗨，饭店里有猪蹄和肉排骨，怪不得你姐越来越胖。"

丽晶没再说什么，她开始剔肉剁馅。

赵孝仁嘱咐道："肉皮别扔了，我要熬皮冻吃。"

赵孝仁到院子里帮大小打澡盆。大小埋头干活，并不和父亲搭话。赵孝仁讨好地说："大小，过两天你上育林去一趟，一个人去。"

"我去那儿干啥？"大小瓮声瓮气地顶了一句。

"你不是说要去育林吗？"赵孝仁讪讪的。

大小朝手心吐了口唾沫，将铁钎子放在灶坑的柴火中烧热，预备给洋铁打眼。

赵孝仁跟在大小身后说："钱是人挣的。等我们卖了这些铁，就办个洋铁铺子执照，你当老板。"

大小气恼地笑了。他知道父亲这是在安慰他。他一笑就露出了好看整齐的白牙，丽晶也觉得心里踏实了。

"那等二小走了，我去趟育林。"大小狡黠地说，"我把那个轴承给人送回去，汽车少不了它。"

赵孝仁想起了那个半新的轴承，当时他就批评大小不该收它，那是个有用的东西，当废品卖了可惜。可他不知道是养鸡的小姑娘偷出来送给大小的。

"大小心眼好使。"赵孝仁鼓励道,"将来准能娶个好媳妇,又俊又贤惠。"

大小嘿嘿乐着,蹲在灶坑前转动着那把铁钎子,钎子已经被烧红了,丽晶剁馅的声音铿锵有力。赵孝仁想着孩子们,心中不那么茫然了。他打算午间喝盅酒。哦,雨后的阳光和空气真是美死了。

## 五

丽晶吃过晚饭就有些魂不守舍。她洗罢脸,换上了那件粉格子的确良上衣。她把两根辫子合在一起,梳成一根又粗又亮的黑辫子。王有杰说了,她梳一根辫子会更好看。丽晶一照镜子,果然发现自己娟秀了许多。怪不得王红英说,只有男人才会打扮女人。

丫丫拿着一只金黄色的蝴蝶发卡跑了进来,她嚷着要丽晶给她梳新疆辫子。新疆辫子要梳二十几根,丽晶闲来无事时才给丫丫梳。

"二姨今天有事。"丽晶说,"天都快黑了,梳了新疆辫子就该睡觉了。睡乱了还不是白梳?等明天上午我给你梳。"

"我晚上睡觉时不乱转脑袋还不行吗?"丫丫说,"我不会弄乱了辫子。"

"那也不行。"丽晶说。

丫丫捏着那只金黄色的发卡委屈地说:"我妈还让我把它送给你呢。你不给我梳,我就不给你。"

"那我就不要了。"丽晶笑着说,"我用长发卡又不好看。"

丫丫嘟着嘴出去了，边走边回头威胁丽晶说："我再也不来了，我找别人梳新疆辫子去。"

丽晶笑了。她知道明天一大早丫丫又会散着那片柔软的黄头发来让她梳辫子的。

鹅到干草地上安详地休息了。晚霞横贯天际，看来明天必是大晴天。有一个算命先生敲着梆子走过胡同，接着卖芝麻糖的小贩子也吆喝着过去了。丽晶坐在院子的木墩上，听着门外的每一处响动。王四爷牵着他的牛从草甸子回来了，牛和王四爷的脚步声都是沉重的。天色愈来愈晚，丽晶有些心慌意乱了。他会不会再来呢？她的牙齿太黄了，用碱面擦了好久还是黄，她的手也太粗糙，而且他伸舌头时自己没有递舌头，丽晶想着想着就忧伤了。王有杰也许不会再来了。

丽晶空等了一个夜晚。后来月亮出来了，丽娟下班回来，二小也从同学家归来了，丽晶才彻底失望了。她关上大门，帮父亲打好洗脚水。

赵孝仁边洗脚边说："别信那小子的，他家在嫩江，他说他家都是骑马坐轿的咱也不知道。又不知根知底，我看算了吧。"

丽晶委屈地说："他说今晚八点钟来的。"

"你自己看看钟，"赵孝仁指着墙上嘀嗒作响的钟说，"都九点半了，牲畜都睡了，不会来了。"

他们说话的时候，已经熟睡的大小翻了个身，忽然间说出一串胡话："两筐铁换个猪耳朵，我不干，我要换壶水，水……"

大小红头涨脸的，呼吸也急促。赵孝仁一试儿子的额头，不由大惊道："大小发烧了！"

"今天下雨他不进屋,在雨中还弄铁。"丽晶说。

"那你怎么不把他拉进来?"赵孝仁教训丽晶,"刚谈上对象就不管弟弟了?!"

丽晶白了父亲一眼,连忙到灶房给大小倒了一碗水,又找了两片退烧药,唤大小起来吃下。大小像被热气熏炙着的狗一样呼哧呼哧喘着爬起来,连药带水一并喝下,复又满嘴胡话睡去。丽晶又将一条湿毛巾搭在他额头上。

丽晶一回到自己的屋子就倒在被子上呜呜哭了。丽娟安慰她说:"你先别胡思乱想,说不定他遇着什么急事没来。有的男人看上了女人,故意错过一次两次约会,好让女的惦记他,这是他们的手段。"

"能吗?"丽晶将信将疑地擦干眼泪,将电灯灭掉,她在黑暗中还不断数落着自己的短处。最后她恢复了平静,平静得如一块丝帛。

"嫁那么远会想家的。"丽晶安慰自己,"我可离不开这个院子、这些鹅,还有丫丫。"

丽晶早晨起来照例生火做饭。大小已经彻底退了热,说起昨夜他讲胡话的事,他只是说一点也不记得了。饭后赵孝仁打听到废铁价升了五分,就发动手扶拖拉机和大小去废品收购站卖铁。二小没买到合适的牙具,便又逛商场去了。丽晶在家喂过鹅,就给柿子秧打杈。垄沟里湿漉漉的,她不得不穿上水靴。

阳光把泥土照得又黑又暖和,丽晶闻到了那股泥土的香味。她不再想那个烫了头发的矮个子复员兵,她的手上满是柿子秧绿色的浆汁。有只鹅微妙地叫唤了一声,大门被推开了,丫丫嘟着小嘴跑了进来，鹅就不叫了。丫丫是常客嘛。丽晶冲着鹅圈说："哪个笨蛋又叫错了？中午停它的伙食！"

鹅圈是静寂了，但丽晶能听见它们的脚掌在草上走过的轻柔的声音。它们有着跟橘子皮一样好看的金色脚掌。

"你又找我来给你梳新疆辫子了？"丽晶说。

"嗯。"丫丫不好意思地乐了。

丽晶做完园子的活儿，就洗了手坐在太阳底下给丫丫梳辫子。一会儿的工夫，一根根油光可鉴的小辫子就很帅气地垂吊下来。那些小辫子看上去就跟丰收了的麦穗一样。丽晶触着丫丫那柔软的头发心里漫出一股柔情，自己要是有一个小孩子该多好。

鹅又一次叫了起来。这次可是集体上阵，很有点起义的架势。院门打开了，丽晶分明看见王有杰走了进来。他推着辆自行车，车把上拴着束野花，有紫马莲、红百合，还有她最喜欢的芍药花。

王有杰说："我起大早上草甸子给你采的。"

丽晶故意绷着脸不吱声，其实她心中欢喜极了，她的欢喜可以从她微微起伏的胸脯上看出来。

"昨晚修完车已经十点多了，怕你家闩门睡觉了，就没过来。"

丽晶让满头飞舞着小辫子的丫丫去屋里给她取剪子，自己则从窗台拿一只空罐头瓶，灌满清水，用剪子将花茎剪齐，插到瓶子中。一股馥郁的花香气像雏鸟一样张开翅膀飞翔在院子里。

"今天你不修车了？"丽晶终于开口说话了。

"今天没事了。"王有杰说，"我来帮你干点活儿，有活儿就吱声。"

"活儿多着呢。"丽晶嘀咕道，"俺家在东山岗还有一大片土豆地呢，该铲耥了。"

"那我们就带着锄头走吧。"

赵孝仁一家原来住在东山岗，那里有十几户人家，都是菜农。他们家住过的草房还留在那里，农忙时赵家就有人住在那里。东山岗土质好，周围风景也很迷人，丽晶在春天时常常去菜园里采马林果吃。

丽晶很欢快地答应了王有杰的请求。她从仓房里找出两把锄头，拴在自行车上，吩咐丫丫帮她看家。

"鹅不是能看家吗？"丫丫说，"我也要去东山岗。"

"丫丫听话。"丽晶说，"现在小偷多，他们专门偷大鹅杀了吃肉。你帮二姨看好家，二姨下次还给你梳新疆辫子。等你姥爷和舅舅卖铁回来，就告诉他们我铲地去了。"

丫丫很不情愿地答应留下来，她可不忍心那些可爱的大白鹅被小偷给掠走。

丽晶推着自行车刚出院门，就听见丫丫伶牙俐齿地站在鹅圈前数落鹅："刚才我进来时谁叫了？谁叫了就站到右边去！"

丽晶不由得笑了。几只乌鸦在菜园后的垃圾堆上觅食，两条闲散的狗在嬉戏一只掉了底的鞋，鸡在障子边兢兢业业地刨食，小桥下的臭水沟里有几个孩子在捉蝌蚪。她和王有杰骑着自行车穿过一条条泥泞的胡同，然后上了一条沙土铺就的公路。养路段的工人戴着黄色工作帽在维修路面，河边的红柳美艳至极，他们闻到了植物特有的气息，听见了鸟的歌唱。各类虫子在田间不绝如缕地爬过，黄花菜满坡地盛开着。丽晶觉得心情格外舒坦。王有杰边骑车子边打着口哨，《挑担茶叶上北京》《四季歌》《船工号子》等。口哨声悠扬起伏，丽晶觉得幸福正在包围她。

他们骑了大约半小时，来到了东山岗。远远可望见赵家的茅草房立在岗上，大片大片的土豆秧已经开花了。白的和紫的花朵呈穗状在风中摇晃，像一群盛装的姑娘在舞蹈。丽晶把自行车停在屋门前，召唤王有杰坐在院子里喘口气。

王有杰说："这房子多日不住了，先打开门窗透透潮气。"

丽晶说："也是，我该看看屋里还有没有米，中午我们吃啥呀？"

丽晶用钥匙打开门，一股尘土倾斜着从门楣上抖落下来，丽晶"哎哟"叫了一声，迅急地钻进门里。屋子里的确有一股潮气，她先把东南两扇窗子打开，然后又从机井里压了桶水，把老式柜子和箱子上的灰尘抹了一遍。最后将抹灰的水均匀地洒在地上，拿来笤帚扫地。刚扫了几下，王有杰就上来抱住她的腰，然后那么有力地把她拉入怀里，抱她到炕上去。丽晶揪着他的一只耳朵说："你可不能越格呀！"

## 六

赵孝仁和大小垂头丧气地拉着废铁回来时，发现丫丫睡在窗前的草席上。马达声使丫丫醒了过来。她红袄绿裤，腰和脖子都挂着闪光的珠串，满头又飞舞着小辫子，活活像个小萨满。丫丫揉了揉眼睛说："姥爷，铁咋又拉回来了？"

"不卖了。"赵孝仁赌气地说，"留着给俺丫丫盖座铁房子。"

"我才不住铁房子呢。"丫丫说，"夏天烫死人，冬天冻死个人。"

"你还挺懂的呀？"大小戏谑道。

赵孝仁爷儿俩本来早早就赶到了废品收购站，可到了开门时间也不见收购员的影儿，听说在后勤的屋子里与人搓麻将。他们就在太阳底下足足等了两个小时，收购员才满脸不悦地来了。要过秤的时候，赵孝仁问一公斤废铁究竟卖多少钱。一听价格他就火冒三丈了，废铁不但没涨价，反而比上次还落了三分，他怎么能在这种时候出手呢？于是就和收购员吵了起来，批评他早应该把价钱写在纸上贴在门口，收购员一梗脖子啐了他一口："我是你孙子呀？专门为你服务？"

"这是共产党的天下！"赵孝仁没忘记自己的老党员身份，"你这是为人民服务。"

"你一个捡破烂的口气也这么大？"

"你不也是个收破烂的吗？"

两个人唇枪舌剑，互不相让，最后还是大小劝住了父亲。爷儿俩不得不很败兴地又将废铁拉回来。车哒哒哒地行驶在尘土飞扬的小路上时，赵孝仁悻悻地说："我就不相信它不涨价！宁可让它烂在家里，我也不卖了，龟孙子！"

本来赵孝仁心里就不痛快，一见丽晶不在家里，午饭没个谱，冷锅冷灶的，火气又一次上来了。

"丫丫，你二姨哪儿去了？"

"她上东山岗铲地了。"丫丫说。

"上那儿铲地早先跟我说声啊，"赵孝仁说，"她一个人哪能铲完那么大一片地？"

"二姨和一个舅舅一起走的。"丫丫指着窗台上的野花说，"这还是他给二姨采的花呢。"

"天哪！"赵孝仁叫苦不迭，"一定是和那个复员兵去了。你说这车铁卖得多窝囊！"

顾不得再歇一会儿，赵孝仁推起自行车就朝外走。

"爸，人俩铲地去了，你跟去干啥？"大小说。

"铲地？"赵孝仁只觉得心里忐忑不安，"铲地就好了。"又补充说："你妈又不在家，养个闺女难死我了！"说着，一骗腿上了自行车，骑得十万火急的快，像是去送鸡毛信。六十岁的人了，身子又胖，只穿一件磨出好几个洞的白背心，自行车破烂不堪，太阳在正午时对人的烤炙又格外强烈，沿途有老熟人和他打招呼："赵铁旺，这么急着是去哪儿呀？"他只是"唔"一声，既不下车，也不多啰唆。他心里想的只是东山岗那间无人居住的草房。那草房对他的折磨是太深重了。

赵孝仁气喘吁吁上了东山岗的时候终于松了口气。那个复员兵正铲着土豆间的草，复员兵并没有察觉到他的到来。赵孝仁将自行车弃在垄沟里，疾步走进草房。丽晶背对着门站在灶间淘米。灶坑里的柴火正被一团橘黄的火焰笼罩着。丽晶听见了背后的脚步声，来人遮住了顺门而入的阳光，屋子黯淡了一下。她回过头，见父亲正满头大汗地关切地注视着她。

"爸，你卖完了铁？"

"铁没卖出去。"赵孝仁一五一十地跟女儿讲卖铁的经过，暗暗地却对女儿察言观色。丽晶的眼睛有些红肿，像是哭过的样子，而且她的上衣看上去皱巴巴的。

丽晶边听边轻轻地"哦"着，然后说缸里的大米生了米虫，该拿到太阳底下暴晒一番了。说着，就端着米盆出去倒淘米水。赵孝仁发现她的步子不似往日流畅,腿有些拐,而她平时走路是那么有力。他在心里骂了一句:"这个该杀千刀的复员兵!"

丽晶将淘好的米下到锅里,然后就去墙角搬米缸。赵孝仁过来说:"这小子哪像个庄稼人?直着腰铲地。丽晶,你们才认识两天,你要把握好自己。"

丽晶低声说:"我知道。"

"你不要把心交给他。"赵孝仁咬重了这个"心"字。

"我知道。"丽晶仍然低眉顺眼地说。

"以后你不能和他单独来这儿。"赵孝仁说,"地也荒不了,过两天我和大小来铲。"

"我知道。"丽晶一点一点地挪着米缸。

"你就会说'我知道',你要是啥都知道就好了。你妈也不快回来,唉,你姥姥已经死了两三天了。"

"爸,你咋知道俺姥姥已经死了?"丽晶吃惊地问。

"那天早晨我看见你姥姥穿着崭新的衣裳来咱家,说是回老家,要带个孩子跟她去吃核桃和柿饼。"

"你让她带谁了?"丽晶拣出一个胖乎乎的米虫。

"我谁也没让她带,她好像不大乐意,就走了。"赵孝仁突然指着那团旺盛的柴火说,"这么大的火,非把饭焖糊了不可。"

丽晶就慌忙前去撤火。赵孝仁把米缸搬到屋外,到地里拔了几棵白菜,走到王有杰面前说:"你烫着个头,夏天不热吗?"

王有杰被吓了一跳,他连忙停住手中的活儿,诚惶诚恐地说:"不热。"

"你在部队开了几年汽车?"

"两年。"王有杰有点吞吞吐吐。

"会修汽车吗？"赵孝仁眯着眼望着不远处一只盘旋的鹰。

"会修一点。"王有杰的额上出汗了。

"我问你，汽车要是下大坡时突然刹车失灵，怎么办？"

"我再使劲踩踩，它不可能不好使。"

"就是不好使了。"赵孝仁仍然盯着那只舒展自如的鹰，"你咋办？"

"我没遇见过。"王有杰张口结舌，"这不可能。"

"你应该镇静下来，握紧方向盘，眼睛一直盯着路向前跑，别离开路。路是司机的命根子，只要不脱离路，就会得到停车的机会。"

"为什么？"王有杰看着自己的鞋。

"因为路不可能总是下坡。到了上坡路的时候，车就有救了。"赵孝仁眼见那只鹰朝他们的草房飞来。鹰在天空中的形象似一盏七月十五放的河灯，那么飘摇不定，又那么充满灵气。

"小子！"赵孝仁拍拍王有杰瘦削的肩膀，"俺这一家人可都是打铁的。"

王有杰的身子抖了一下，仿佛他自己是一块铁，而且正被赵家的人用铁锤敲打着似的。

赵孝仁又说："我年轻的时候，有一回在林子里碰到几个打家劫舍的胡子，他们上来要掏我的腰包，你猜怎么着？三个胡子全被我给打趴下了。一个鼻子开花了，一个碎了七八颗牙，另一个骂'我日你娘'的人的裤裆让我给打拉了，我让他骂我，我让他日，他这辈子是没法娶老婆了。"赵孝仁轻蔑却是笑眯眯地说："那还是胡子呢,三个胡子呢!"

这时丽晶站在屋檐下喊:"爸,拔棵葱回来,米饭串烟了,我要往米上插棵葱!"

## 七

二小背着一个黑色旅行包将出家门的时候,大小正在院子里打澡盆。夕阳摇摇欲坠,晚炊的烟平直地升上天空,没有一丝风。

"哥,我走了。"二小依依不舍地站在大小身边,"我到了大连使劲挣钱,把花家里的钱都还上。"

大小停下手中的活儿。他的虎口皲裂着,他的脸被阳光晒得黑红黑红的,他的唇边已经长出了毛茸茸的胡须。大小拍了拍弟弟的肩膀,"爸送你上车站,哥就不去了。明天人家就该来取澡盆了,趁天没黑,把活儿干完。你到了大连,就给家来信,别累着自己。出门靠朋友,和人处好关系。听说海上常起浪,下海游泳要小心,别让螃蟹给夹了脚。"

二小哽咽着说:"都是我不好,没考上中学,花了家里这么多钱。"二小说:"等我落下了脚,挣了钱,接哥哥上大连玩一趟,看看海。"

"海不就是比河大点嘛,咱又不是没见过河。"大小说,"你挣了钱要吃好,你正是长身体的时候。"

赵孝仁喝完最后一盅酒,用毛巾擦了擦汗,穿上件灰衬衫送二小上车站。大小和丽晶一直送到门口。丽晶想到年幼的弟弟将要独身在外,眼圈就红了。赵孝仁嗔怪她说:"这又不是去逃荒,这是去大连,哭啥?"

丽晶说:"谁给他做饭吃?"

赵孝仁拉长声调说:"食——堂——"末了又说:"天天跟下馆子没啥区别。"

丽晶眼见着弟弟跟父亲拐过了那条满是车辙的泥泞小巷,走上了去往车站的大路。她抹干了泪水回来喂鹅。

赵孝仁叼着香烟领着儿子往车站走的时候心情是愉快的。许多商贩推着架子车到街角卖瓜果菜蔬,小本生意的辛苦他是饱尝过了。他仿佛看见十几年后的二小,是个响当当的男子汉,他在大连安了家,住在楼房里,娶一个大城市的姑娘为妻。他和余美珍年纪大了就可以到大连看看儿子,也看看海。他美滋滋地想象着这一幅幅锦绣画面,然后充满慈爱地看着小马驹一样有生气的二小。

"二小,你可要争气啊。全家人就依靠你了。"赵孝仁将烟头扔在路边,说,"你要会来事,机灵点,现在死心眼的人不吃香了。"

"我知道。"二小说。

"唉,你们这些兔崽子就会说'我知道',你们要是真的什么都知道,还要爷娘老子干什么?"

"爸,看你说的。"二小笑了。他一笑就露出颗小虎牙,满面稚气。

涂着黄粉的车站门前停着许多车,吉普车、三轮车、卡车、自行车、驴车马车都有。送站的人毕竟生活在不同阶层。

"爸,你回吧。别跟着进车站了,我一到了大连就来信。"

"晚上睡觉要机灵点,别让人把包给偷了。"赵孝仁说,"火车里乱得很,别跟陌生人搭话。"

"我还有两个同学呢,又不是没有伴儿。"二小说。

赵孝仁摆摆手,看着儿子灵巧地一口气走上三十几级的台阶,推过车站那扇破旧不堪的铁门,他有种空空落落的感觉。他并没有马上离开,而是蹲在车站对面一家卖馒头的商亭前,一支接一支地吸烟。直到火车轰隆隆地进了站,停了十五分钟后又轰隆隆地离开站台,他蹲得腿都酸了,明白二小是真的走了。车站广场上的各色车辆开始或急或慢地离开,不久那广场就静寂了。太阳完全不见了,天色灰暗了。一个卖彩色风车的老汉挑着担子拐进一条幽僻的胡同。赵孝仁直起身来慢吞吞回家。

赵孝仁到家时月亮已经升起来了。虽然不是几天前的圆月,但它们仍然是明亮可人的。大小已经打好了澡盆。大小坐在木墩上看着那个澡盆。白铁皮的澡盆经月光一照,反射出蓝幽幽的微光。

"爸,二小走了?"大小惆怅地问,"送站的人多不?"

"我没跟着进站,"赵孝仁说,"我就送到了站前广场。"

"大城市有这么好的天吗?"大小抬头望着天空,"咱这儿的天空到了晚上都是透亮的。"

"傻小子,那是月亮照的。"赵孝仁脱下灰布褂,"人往高处走,水往低处流。等有了钱,爸让你们都走。"

"我喜欢打铁。"大小痴痴地说,"当一辈子铁匠也不错,能给人做不少事呢。开药铺的那家要打两扇大铁门,还要在门上给弄出两只凤凰,这活儿咱应吗?"

"应。只要能挣钱。"赵孝仁说。

"可我不会打凤凰。"大小说,"你的手艺又不教我。"

"别说打凤凰,就是打个孙悟空,爸都能打出来。"赵孝仁在月光下伸出一双手说,"这手抡了一辈子铁锤,看看掌心的茧子,只有铁匠才有这样的茧子。爸是不想让你再吃苦了,不是吝啬传手艺。"

"我喜欢掌心有茧子,"大小说,"握东西有劲。"

"丽晶没在家?"赵孝仁叹口气问。

"和那个修车的在屋里说话呢。"大小嘿嘿一笑。

"这小子又来了?来得太勤了!"赵孝仁甩开步子进了屋就大叫,"丽晶,快出屋把大小的线手套补一补,破得不能戴了。"

丽晶迟迟疑疑地打开了门。丽晶梳着一条油黑粗实的辫子,辫梢系着红头绳。丽晶的单眼皮像蜻蜓的翅膀一样讨人喜欢。她饱满的天庭使所有相面的人都说她会有个好家庭。如今丽晶的嘴角下垂着,目光透出忧郁。

"赵伯伯,明天我就回嫩江了,"王有杰迎出来说,"回去跟家里人商量和丽晶结婚的事。"

"结婚?"赵孝仁冷笑道,"才这么两天,就要订终身?"他转向女儿:"丽晶,你妈还没回来,你总要听听她的意见吧?"

"我又没说现在结婚。"丽晶哀怨地说,"他是回家帮我联系工作。"

"那我走了。"王有杰说。

"过几天我可能去嫩江给拖拉机买配件,你给留个地址,到时我去看看你父母。"赵孝仁老谋深算地说。

"地址给丽晶了。"王有杰说。

"我送送他,"丽晶说,"一会儿就回来。"

赵孝仁在心里恨恨地骂着："跑了和尚跑不了庙，想捡了便宜就溜之大吉，没门儿！"

丽晶大约走了一个多小时才回来。赵孝仁已经等得心急火燎了。一块云彩遮住了月亮，院子看上去黑暗极了，邻家的狗冲过路人吠叫着。

"丽晶——"赵孝仁压住火气问，"怎么送了这么长时间？"

"我们上河边走了一会儿。"丽晶的声音有股河水的清凉味。

"这么晚上河边干啥？"赵孝仁说，"我说让你留个心眼，你就是不听说！"

"上河边咋了？"丽晶申辩说，"就是在河边走一会儿，那里肃静，有湿气，我还看见了好几只水鸭子呢。"

"你这个同学王红英，她对这当兵的究竟了解多少，就把他介绍给你？"

"爸，有话咱进屋说，别在院子里。"

"在院子里怎么了？有啥怕听的？"

丽晶知道父亲火气旺，就先自回屋了。赵孝仁觉得头疼，二小乘坐的火车不知该到哪一站了。种不完的庄稼，操不完的心，想想这几十年的生活，他竟有了几分伤感。大小已经回屋睡觉了，丽娟还没回来。赵孝仁点起一支烟，满腹心事地吸着。月亮钻出了云层，马上又被另一片云彩给截住了，院子忽明忽暗。鹅在圈里悄无声息，他能想象它们卧在干草上的情景。鹅是多么幸福啊，他在心里慨叹。赵孝仁听见一阵自行车的声音朝家门袭来，好像不止一辆，还有一辆车子支在他家门口，他听见了车辐条空转时发出的哗哗的声音。

"你快回去吧,明天还要早起呢。"这是丽娟的声音。

"留五斤腰盘,还要肝吗?"是一个男人的声音。

"不要肝,店里的客人都不喜欢肝。对了,留一扇排骨,我八点钟去取。"

"我直接给你送到饭店不就得了?"

"不行,别人该知道了。你快走吧,俺家还没关灯,一会儿家里再出来个人。"

"丽娟,这事你早晚还不得跟家里说?不如早说了。"

"俺妈一回来我就说。"

"那好,亲我一口。"

赵孝仁气得头发立了起来,仿佛一只刺猬钻进了脑袋。他腾地从木墩上站了起来,重重地咳嗽了一声,门外就响起了一辆自行车匆忙离去的声音,丽娟则用她自行车的前轱辘撞开了大门。

"爸,你还没睡?二小走了吧?"丽娟将车子靠在障子边。

"别跟我拐弯抹角,"赵孝仁厉声说,"刚才和你说话的那个男人是谁?"

"一个饭店上班的。人家怕我下班晚了碰到坏人,就送我回来了。"丽娟故意打了一个长长的呵欠,想借故回屋。

"你骗不了我。"赵孝仁说,"你们饭店的人的声音我能听出来。什么腰盘呀排骨呀的,痛快说,是不是肉食商店砍肉的伙计?"

"说就说,反正你们早晚也得知道。"丽娟说,"是自由市场卖肉的,个体户。"

"哈,真是有口福。找了个卖肉的!"赵孝仁自嘲道,"他老丈人今后要天天喝肉汤了?"他摇着头问:"他多大年纪了?"

"三十八。"丽娟镇定地说。

"多年轻呀,比你爸年轻不少啊!"赵孝仁冷嘲热讽着,"我说听他的声音咋那么粗,就知道是个大老爷们儿!说吧,他叫什么,三十八岁还没结婚?"

"他原来在县医院看太平间,结过婚,又离了,有一个十一岁的儿子,上小学呢。"

"一个看过死人的人,现在又去摆弄死猪,还有个十一岁的儿子,一个二婚头!丽娟,你是不想让你爸再活了?"赵孝仁跺着脚叫骂着。

"我不也是个离了婚的吗?!"丽娟的口气也强硬了。

"你又没过门,那怎么算是离婚!"赵孝仁说,"你真是烧包啊,原来的女婿多好,人老实,有文化,还孝顺老人。"

"嗯,他是不错。"丽娟冷冷地说,"一个太监。"

"你说人家啥?"赵孝仁追着丽娟问。

"太监,我说他是太监。"丽娟跨进门槛,泪流满面地回到自己的屋子,她打开灯,吃惊地发现丽晶也在流泪。

丽晶见了姐姐就哭着说:"王有杰回嫩江了,你说他还能回来吗?"


# 八

正当赵孝仁被孩子们弄得焦头烂额时,余美珍在一个湿漉漉的早晨回到了家。她进了院子先探望那几只心爱的大白鹅,又去仓房里看它们下了多少蛋。她对越来越丰腴的鹅和蛋的数量都表示满意。余美珍站在院子望着恬静的菜园，晨露浮在蔬菜的叶片上，如果晨光旺盛起来，露珠将会亮晶晶的。她发现几棵豌豆秧纠缠到一处了，就进了菜园把它们相互解开。正劳作着，屋门吱扭一声响了，赵孝仁迷迷糊糊地提着裤子走了出来。他垂着头，无精打采的样子，对着菜园边上的倭瓜秧一抖一抖地小便。赵孝仁提起裤子的时候发现了蹲在豌豆秧里的余美珍。未等他开口，余美珍哈哈笑着说话了："昨晚喝了几壶茶，要把这倭瓜秧都淹死！"

"你啥时候进门的？咋不进屋呢？"赵孝仁立刻觉得心里踏实了，仿佛牧人见到了一匹失散多年的心爱的母马一样，他甚至觉得眼睛发潮了。

"进来有一会儿了。"余美珍说，"我先看了看鹅。知道你也快起来了。铁咋还不卖出去？"

"落价了。"赵孝仁懊丧地说。

"到了秋天兴许价还能上来。"余美珍充满信心地说，"出去一打听，才知道建钢铁厂的特别多。现在人都在建房子，缺铁，咱不愁这堆铁，权当它们是金子！"

"孩子他姥姥……"赵孝仁小心地问。

"升天堂了。"余美珍忽然很神秘地伸出一只巴掌，样子像个说书人，"我赶到老家，俺妈已经咽气两天了。可她的身子还那么软，一点也不僵硬。她也信了基督教，给她送葬的都是教徒。不许哭，不许烧纸钱，也不挑灵幡，不摔丧盆子，没见过那么肃静的葬礼。大家往她的墓里扔了不少野花，真是好看。"

"人死了哪能不僵？真是浑说。"赵孝仁撇撇嘴。

"我骗你干啥?她入土前身子仍是软的,脸上还有粉颜色。这是上帝在关怀她,要带她入天堂。"余美珍动情地说。

"人死了就是有魂,也不能去天堂。人只会再回老家,因为人只认得老家。"赵孝仁想起了那天早晨梦见岳母的情景。

"你们就不信上帝吧!"余美珍教训道,"早晚有一天要成为荒郊野外的野狗,没吃没喝的!"

赵孝仁嘿嘿乐了。他很喜欢听女人这样肆无忌惮地数落他。女人那浑圆的胳膊和厚厚的嘴唇是那么吸引他。他痴痴地望着她说:"这么多天没见,也不说先进屋犒劳犒劳我。"

女人听懂了他话的意思。她的脸红了,"儿子都要娶媳妇了,你这个老天巴地的,还……"

话未说完,丽娟从屋里出来了。她发现母亲回来了,并没有表现出过分的惊喜。

"你这么早就去上班?"余美珍问。

"你闺女这是去取腰盘和排骨!"赵孝仁从鼻子里"哼"了一声。

"反正你会告诉我妈的,我就不说了。"丽娟推起自行车就朝外走。

"出了啥事?"余美珍望着女儿的背影胆战心惊地问。

丽娟出了门就骑上车飞快地走了。赵孝仁叹口气哀哀地说:"丽娟看上了一个卖肉的伙计,是个二婚头,还带着个孩子哩!"

"丽娟她傻了?"余美珍气咻咻地说,"男人离了一回婚,就会动离第二回的念头!"余美珍啐了口痰说:"那男人叫什么名字?一会儿我去找他,让他离丽娟远些!"

"我看是分不开了。人家都开始……"赵孝仁欲言又止。

余美珍也顾不得豌豆秧了，她从菜园走出来，在院子的沙地上跺着脚，企图把胶鞋沾上的泥巴弄掉，"他们开始什么了？"

"亲嘴了。"赵孝仁很沉痛地说。

余美珍的嘴唇就变紫了。她瞪了一眼赵孝仁，"我刚走这么短时间，你就让家里出乱子！"

"不只是丽娟，还有丽晶呢。"赵孝仁有气无力地惴惴地说，"丽晶看上了一个复员兵，是王红英给介绍的，那天我和大小去卖铁，他们两个单独上东山岗铲地去了。"

"复员兵？哪儿的？干什么工作？"

"嫩江的。他说他叔叔在嫩江做官，可以把丽晶的户口弄去，还能给她安排个好工作。他自己的工作还没安排呢。"

"他家要是真有能耐，没复员就能把工作安排好。再说了，嫩江比咱这地方大，人家上这来找对象干啥？丽晶又不是个俊姑娘！"

"他看上了咱这姑娘的朴实和能干。"赵孝仁的额上出汗了。

"这小子他人呢？"

"回嫩江了，说是跟父母商量婚事去了。"

"八字没一撇呢，想要结婚？"余美珍的嘴唇愈发紫了，她点着丈夫的鼻子说，"赵孝仁哪，你真是个猪脑袋，窝囊废，你就不动脑筋想一想，哪有从天上掉馅饼的美事？丽晶是个本分孩子，要是出了差错，我恨你一辈子！"

赵孝仁落寞地说："我这一辈子也快到头了，你愿意恨就恨吧。"

余美珍眼泪汪汪地进了屋。丽晶已经起来了，她正蹲在灶坑前烧火。温柔的炉火使她的脸庞看上去分外柔和，但余美珍对丽晶的变化还是一眼望穿了，她的眼神有些胆怯和犹疑。

"妈,你回来了?咋不拍个电报让俺们上车站接你?"

"自家人,接站干什么,又不是不认得回家的路。"余美珍端过一盆洗脸水,说,"鹅长得真不错。"

"嗯。"丽晶低声地答应着,直起身到菜墩上切咸菜。

"大小二小还没起来?"余美珍问。

未等丽晶作答,大小穿着背心裤衩蓬头垢面地从屋里开门出来了。他见了余美珍叫了一声:"妈——"再就没什么话了,只是憨憨地笑着。

"你这个笨嘴拙腮的,只会叫'妈',真是的。"余美珍数落着儿子。

"二小——"余美珍冲里屋吆喝,"妈回来了,你也不知出来看看,你这个小贫嘴子,就会哄人!"

丽晶和大小同时看了父亲一眼。赵孝仁觉得扬眉吐气的时候到了,他理直气壮地说:"我让二小上大连了。"

"上大连?"余美珍的手哆嗦了一下,"你又纵着他,给他钱上大连去玩?"

"人家哪里是去玩,这是去参加工作!"赵孝仁眉飞色舞地说,"大连开发区来这儿招工,只要六十个人,咱二小报名时是第五十九了!"赵孝仁比比画画着,试图在手指上变幻出"五十九"的字样,但由于激动有些手忙脚乱,"二小是大连人了,户口都迁过去了!"

"世上哪有这么便宜的事?"余美珍说。

"咱是交了钱才走人的。"

"多少钱?"余美珍紧张地问。

"一万五。"赵孝仁用亢奋的语气回答着。

"耶稣啊!"余美珍的眼泪唰地流出来了,"那是咱全部的家底呀,够一个人活一辈子的了!这么大的事你也不等我回来商量商量,真是胆儿肥啊!"

"等你回来黄花菜都凉了。女人就是头发长见识短。"赵孝仁轻声嘀咕着走向院子,那里大小已经开始干活了。

余美珍坐在炕头一把一把地抹眼泪。她怎么也想不到自己奔了次丧,家里就闹得沸反盈天。太阳出来了,它们一旦在大地歇了脚,大地上的一切景物都被照得冠冕堂皇的。就说院子中那堆废铁,真的发出金子般的光泽,而墙上挂着的各种农具,则散发着银子般的光芒,使赵家看上去仿佛金银世家,满堂富贵。

余美珍吃过早饭就去教徒家诉说家中发生的事。她着意渲染了母亲死亡后的情景,使许多教徒精神为之振奋。做完祈祷,余美珍就去机修厂的收发室看二小来信了没有。老丁头一见她就说:"孝仁已经连着来了三天了,天天来看信。这孩子走了也没几天,大连离咱又这么远,你们咋就这么急?"

"儿行千里母担忧,母行千里儿不愁。"余美珍自嘲道,"这当老的都是贱种!"

"快别这么说自己。"老丁头呵呵笑了,"二小一来信我就送过去。"

余美珍迎着热浪朝河边走去。堤坝下的水畔有些妇人领着小孩在洗衣裳,溜光水滑的狗在沙滩上跑来跑去。余美珍想起大小二小还小的时候,她也领他们来这里,有时放鹅,有时洗衣裳。那时河对岸的树木没有现在这么葱郁,河面也不像现在这么窄。几场洪水后，政府下令给河改了道，水陡然消瘦了。但河面上的天却仍然无与伦比的澄澈。余美珍就站在河边透彻地哭了一场，然后用河水洗了脸回家。

不仅仅赵孝仁和余美珍盼信，丽晶也盼信来。她每天吃过晚饭就去王红英家，看王有杰有没有信来。他答应一到嫩江就来信，信会寄到王红英处转她。王红英抱着孩子在晚霞中一看见丽晶，就很愧疚地说："还没信呢，一来信我就送过去。"

丽晶掩饰不住她的失望，但她每回都说："不急，我是来看石伟的。"说着，就去逗弄孩子，可那眼里往往含着泪花。每回丽晶走在归家的夜路上，看着天上的星月，听着自己迟缓的脚步声，都不由生出一阵阵感伤。

就在余美珍和自由市场那个卖肉的大吵一通的当天，二小来信了。他说大连开发区很美，所有的高楼大厦都临海，海比河要大几千倍几万倍，望不到边际。他说他们都在建筑工程队干活，已经吃过两回鲜虾了。他还说迁去的户口还没落下，领导说有一年的试用期，谁干好了就给谁落户。

"那干不好的呢？"余美珍惴惴地问。

"信上没说。"赵孝仁也有点忐忑不安了，"干不好的可能就给发配回来了吧？"

"那他们退不退钱呢？"余美珍问。

"交上的钱，那就是肉包子打狗——一去不回啊！"赵孝仁仿佛看见一个美丽的圈套正吊在头顶，预备擒住他。

"二小能干好的，他肯定能留在大连。"赵孝仁安慰家人，同时也在鼓励自己，"人事局局长的儿子也报名去了，这不可能有假的!"

"人家留下十个八个当官的孩子,别的给送回来,又不退钱,你又有啥招?"余美珍说。

"这不可能吧?"赵孝仁情急地说,"那边电视台做的广告还有诈呀?"

"现在的电视台,你给足了钱,就是卖假药和开大烟馆的广告都敢播!"余美珍的叹息像落日一样沉重。

## 九

朝霞出了,晚霞落了。月亮下去了,太阳升起来了。朝霞在叶脉间荧荧闪烁,晚雨使夜晚更加漫长。日子一天天地过去,平淡地过去。菜园中的豆角长得小刀一般长了,金黄色的倭瓜在攀缘的藤蔓中一天天变得沉甸甸起来。大白菜慢悠悠地卷心,而圆鼓鼓的大头菜正团团抱心。刚出土的土豆又白又胖,大蒜和毛葱的苗已经泛黄了。北方的秋天正有条不紊地朝大地走来。

丽晶没有盼到王有杰的任何一封信,她从王红英那里倒是收回了几封她寄出的信。王有杰留的那个嫩江地址无疑是虚假的,一张张贴在信封左侧的窄窄的白条子上总是写着"查无此人"。

王有杰失踪了,可他的骨血却在她的肚子里扎了根。她已经旷过两月的月事,而且呕吐,想吃酸东西。那个阳光明丽的夏日上午,东山岗那间有些潮湿的小草房,王有杰是那么温柔而有力地占有了她。丽晶常常在深夜时重温那幕情景。男人女人结婚就是如此过日子吧?

赵孝仁每每在饭桌上看到女儿蜡黄的脸和寡淡的食欲,便明白他那天去东山岗迟了一步。余美珍并不太在意丽晶的变化,只认为她心情不好,胃肠不适,而把更多的热情投注到宗教上。丽娟和卖肉的正一日好似一日,余美珍只能听之任之了。有几个早晨赵孝仁起床后,发现门口用塑料袋放着一块新鲜的猪肉或一副猪下水,头两回他很有骨气地把它们扔到垃圾堆,让野狗和乌鸦享用了。后来他耐不住那肉的香味,也就把它们收下,让丽晶做给一家人吃。既然吃了人家的猪肉,也就只好将错就错、顺水推舟了。

丽晶有天早起时又吐了。余美珍当时正喂鹅,她回过身对丽晶说:"胃不好就是心情不好,为了一个复员兵,值得吗?再说嫩江又不是天堂,比那儿好的地方有的是。"

"我知道。"丽晶苦着脸说。

"你知道就好。一会儿妈领你上医院看看去。"

"我不上医院,"丽晶说,"我只是胃不好。"

院子里回响着打铁的叮当声。丫丫穿着粉红色的塑料凉鞋站在旁边说:"你们家的洋铁铺子可真响,要把我的耳朵震聋了。你们得赔我耳朵。"

"赔你一对猪耳朵。"大小取笑她。

丫丫便"哎哟哎哟"怪叫着闯进里屋,嚷着让丽晶给她梳新疆辫子。丽晶坐在窗前一边木讷地一条条地梳着小辫,一边吧嗒吧嗒地落泪。

"丽晶,你怎么哭了?"余美珍突然撞见了垂泪的丽晶。

丫丫一回头,看到满面泪痕的丽晶,害怕地说:"你要是不愿意给我梳新疆辫子,我就不梳了,梳这么多累着你的手了。"

"妈——"丽晶忽然扑到母亲怀中,"我对不起你,我有孩子了!"

余美珍这才恍然大悟。"丽晶啊——"她大放悲声,"你怎么这么蠢啊……孩子几个月了?"

"顶多两三个月。"丽晶说。

"不能让这孩子毁了你,"余美珍说,"妈领你找地方做流产去。"

"我不做流产。"丽晶说,"我喜欢小孩子。"

"你还有脸说喜欢小孩子?"余美珍数落道,"孩子他爹都没影了!"

"我自己抚养孩子。"

"亏你说得出口!"余美珍气得浑身颤抖,"你一没工作,二没掌柜的,你让孩子跟羊似的天天上甸子吃草啊!"

"我可以种地、喂鹅。"丽晶仍然哭着。

"说得多好听!"余美珍终于按捺不住给了女儿一巴掌,"明天一大早就跟我走,咱不能上医院做流产,传出去,你就别想再嫁人了。咱找个老熟人用土法子流产。"

"我要是不去呢?"

"你敢!"余美珍揉了一把丽晶,"我撕烂你的皮!"

余美珍红头涨脸、衣衫不整地冲出屋子。大小和赵孝仁正在叮当叮当地砸铁,他们往铁门上镶着金凤凰。阳光使他们的脸和手臂油光可鉴。余美珍抄起一根铁棍,疾步走到赵孝仁背后,照着他的屁股就是一下,"赵孝仁,你这个王八犊子,我算是让你害苦了!

我奔了次丧,家里就不见日头了!"

赵孝仁明白自己为啥挨打。他抱住脑袋,蹲在地上呜呜地哭了起来,"打吧,是我没看好丽晶。那天我要是不去卖铁就好了。"赵孝仁气得一脚踹在废铁堆上,"狗日的铁!"

余美珍扔下铁棍拊掌大哭,"耶稣啊——撒旦来到赵家了——保佑保佑啊——"

丽晶继续为丫丫梳完满头的小辫,然后打发丫丫去她家的个体商店。丽晶坐在炕头给大小絮棉裤,雪白的棉花绒子轻薄地飞,丽晶的头发上落了一层。余美珍消过气后走进女儿的屋子。

"妈,你不用跟我商量了。"丽晶说,"我同意明早去做流产。"

"……耶稣会拯救你的,你果真想通了……"余美珍说。

整整一个下午丽晶都在给大小做棉裤。晚饭前她终于做好了,她把新棉裤提到院子里,让大小试试是否合身。然后又进屋打扫飞在各处的棉花绒子。做完活儿,丽晶抱柴烧火做晚饭,晚饭她还吃了不少。饭后,赵孝仁和大小继续为铁门镶凤凰,余美珍提着两盒点心为丽晶第二天流产求老熟人去。丽晶站在院子里看了会儿嫣红的晚霞,然后就去喂鹅。六只鹅围成一圈一拱一拱地吃食,丽晶又一次看到了那朵盛开不衰的大芍药花。

丽晶离开鹅圈,回屋洗脸,打香脂,梳了一根辫子,换上了第一次见王有杰时穿的格子衬衫。父亲和大小把铁砸得叮当叮当响,铁门上已经有两只金凤凰了。丽晶悄悄走进仓房,她关好门,搬来一把小板凳往房梁上拴一根绳子。这绳子她幼年时曾用它上山背过柴。她毫不费力地系好绳索,把头探进自己设计的圈套中,当她踢开板凳悬空的那一瞬间,她听见了院子中大小的一声致命的惊叫。

赵孝仁由于心慌意乱，不慎把铁锤砸到了大小的手上。大小的虎口霎时涌出红红的血，手背又青又红。大小惊叫着，疼得满地蹦。赵孝仁吓得脸都青了，"快上医院吧，可能把你的手指头弄折了！"

大小只是"嗷嗷"叫着摇头，那手抖个不休，极像是甩着水袖的京剧名角。大小想起仓房里还有一小瓶熊油，熊油治跌打损伤效果很好，便跑进仓房，他在昏暗的光线中看见了二姐悬空的身体。

"爸，快来呀！我二姐上吊了！"大小惊叫道。

赵孝仁已经看到了那副惨状，他一时手忙脚乱，脑子也木了。还是大小很麻利地站上板凳，将丽晶的身体尽量往高处抱，赵孝仁才醒过神来用镰刀割断了那条绳索。爷儿俩对着丽晶又拍又叫，终于，她吐出了一口温热的气息。

"她活了！"大小哭叫着。

"你咋这么傻呢？"赵孝仁痛哭失声。

余美珍因为没有找到人，正心烦意乱地提着两包点心回家。一进家门就听见了仓房的骚乱，她隐隐觉得不妙，扔下点心就进了仓房，一眼就看明白发生了什么事。她一把抱住丽晶哭叫道："是妈犯了错，耶稣是不让杀人的，小孩子也是不能杀的，你喜欢孩子，就把他生下来吧，妈帮你把孩子带大！"

丽晶只是抽抽噎噎地叫了一声"妈——"，然后就只是个哭了。赵家的院子这夜再也没有传出打铁的声音。月光挺冷清地照耀着菜园，蚂蚱蹦跳的动作显得格外迟钝了。

## 十

秋霜给屋顶镀上一层银光。菜园荒芜了,蚂蚱不蹦了,蜻蜓和蝴蝶正痛苦地失去翅膀。天空中的云彩少了,但天比夏日更蓝了。这是十月的时光了,赵家已经卖出了一些废铁,男人们继续在院子里叮当叮当地打铁,而女人们则忙着腌酸菜、封窗、收菜籽。屋檐上悬挂的东西真是五花八门:一串白色的大蒜垂下来了,一串鲜红的辣椒也垂下来了,一串湿漉漉的褐色的蘑菇又跟着垂下来了。那边像束干花一样在微风中摇曳的是香菜籽,而发紫的豆荚则是一种叫作"家雀蛋"的菜籽……砖墙上紫白红黄的,分外妖娆。

余美珍每逢做礼拜回来的时候仍然面颊赤红,双目肿胀。二小从大连又来了封信,说是人都是欺软怕硬的,既然家里没能耐,他又有被发配回来的可能,那么索性破釜沉舟。他炫耀地诉说有一个夜晚他身上缠着雷管找到招工的人,威胁他说,如果你不把我的户口落到大连,我就和你同归于尽。那人连连说一定留下他,现在户口正在落的过程中。二小在信中保证,就是不把他留在大连,他也定把一万五千元要回来。

"人都是怕不要命的。"二小写道。

余美珍为二小这种过激的举动恐惧不已,她无法想象机灵文静的二小会做出这种事来。而赵孝仁则长嘘一口气说:"真是有种!"

丽娟仍然早出晚归,赵家依然在早晨的大门口发现一块新鲜的猪肉。丽晶更加寡言少语,她除了干活就是给未出生的孩子做小衣裳，她几乎把家里的碎布都利用起来了。

一个刮着凄厉秋风的傍晚，丽晶听见大鹅在院子里"嘎嘎嘎"地叫了起来。她丢下手中的活儿，跑出去开大门。飞旋的沙粒眯了她的眼睛。她打开门，分明看见王有杰提着个旅行包站在那里。他剪短了头发，没那毛茸茸的卷发了，穿一身蓝布衣裤、圆口黑布鞋，见了丽晶眼泪就下来了，"丽晶，我刚见过王红英，我对不起你，让你受苦了。"

丽晶冷笑一声，"你还没死呀！"

赵孝仁和余美珍也跟着出来了。赵孝仁见是王有杰，怒火中烧，劈面就给了他一巴掌，"你这个狼心狗肺的当兵的！作了孽就逃了！"

余美珍心想，这就是丽晶所说的回了嫩江的人了。见他瑟瑟发抖流泪的样子，余美珍倒是起了一阵恻隐之心。何况，她原以为这小子远走高飞了。现在他出现了，丽晶和孩子也会有个着落了。

余美珍说："别打了，进屋说去吧。"

赵孝仁余气未消地回了屋。王有杰呆呆地坐在炕沿上，看着泪流不止的丽晶。

"你回了嫩江，连个信也不来，成心坑人呀？"赵孝仁拖长腔调问，"你说给丽晶安排工作去了，安排咋样了？"

"其实——"王有杰吞吞吐吐地说，"我是骗你们的。我家在嫩江里面的一个小村子，我也没当过兵，就是跟人学过汽车修理。家里都是种地的，实在太穷了，别人就介绍我来这儿找活儿干。我来了后发现这里好生活，想找个对象留下来。"

"那你实话实说不就得了！"赵孝仁啐了他一口。

"我怕丽晶看不上我，只能编瞎话，让她先喜欢我，然后……然后再把生米煮成熟饭……"王有杰战战兢兢地坦白。

"嗯，真是做成熟饭了，小兔崽子。"赵孝仁叉着腰问，"你打算把丽晶和孩子咋办？"

"我娶她，孩子是我的。"

"说得轻巧，你没个正式工作，你咋养活她？"赵孝仁气愤地说，"地没一亩，房无半间，身无分文，将来老婆孩子跟你喝西北风？"

"赵伯伯要是能答应，我和丽晶就去东山岗的草房结婚。在那儿种地，养猪和鸡。平时我去修理自行车，将来有了钱开个修车铺子。"王有杰的语气不那么低沉了。

"你小子，早就打好了东山岗的主意！"赵孝仁自嘲地说，"赵家可真是风光啊，有洋铁铺子、猪肉铺子，如今又多了个修车铺子！"

一直听着他们斗嘴的余美珍这时不卑不亢地插话了："我跟你说，我同意你和丽晶结婚，东山岗的草房也可以给你们住。不过有个条件，你得在三年内让草房变成砖房，不然我就让丽晶离开你！"

"我保证……让草房变砖房……"王有杰抹干了眼泪，痴痴地看着丽晶。丽晶一扭身呜呜哭着回自己的屋去了。

"我去看看丽晶行吗？"王有杰可怜巴巴地问。

"别装模作样地问了。"赵孝仁说，"你作的孽，你不哄她谁哄她？"

王有杰推开丽晶的屋门。昏暗的灯光下，丽晶正趴在炕沿上，哭得肩膀一耸一耸的。王有杰扳扳丽晶的肩膀小声说:"别哭了,看你再伤了身子……"

"你为什么说自己当过兵?"丽晶颤声问。

"我听人说女孩子喜欢当过兵的人。"

"其实我娘讨厌当过兵的人,兵都摸过枪。"丽晶的刘海被泪水弄湿了,她抬起头望着王有杰,突然给了他一巴掌,"我最恨别人骗我!"

王有杰"扑通"一声跪在地上,一把将丽晶抱在怀里,"丽晶,我喜欢你,我会让草房变成砖房的!"

"快别跪着了。"丽晶突然破涕为笑了,"你这不仅给我跪下了,"丽晶拍了拍肚子,"还给儿子也跪下了……"

赵家以最快的速度为王有杰和丽晶操办婚礼。他们将东山岗的房子粉刷了,抬了两把木椅和一个方桌,做了两床新被子,又在房外搭了猪圈,垒了鸡窝。丽晶说一开春就抓三头猪崽和两百只鸡雏。

西北风来了,天气转冷了。菜园的垄沟里全是枯枝败叶。大小在丽晶结婚的前一天去育林请那个卖鸡蛋的女孩子来参加二姐的婚礼。走前他没忘了带那个半新的轴承。

大小嘿嘿地笑着说:"她可爱笑呢,让她当女傧相吧。"

赵孝仁踢了他的屁股一脚,"还不快滚,天都快晚了。"

"大小,带上块饼子吧,人家要是不管你饭呢?"余美珍笑吟吟地打趣儿子。

"看你们说的。"大小兴冲冲地出了家门。他那有力的脚步跟铁锤一样敲击着路面,使路上的回声悠久而凝重。

丽晶就要上东山岗去了,她真是舍不得离开这里。晚饭后赵孝仁和余美珍兴致勃勃地为新揽到的活儿而劳作着。打铁的叮当声在晚秋的风中传得很远很远。丫丫又跑来让丽晶为她梳新疆辫子。

"二姨,我妈说你有了小孩子,是吗?"

"是。"丽晶低声回答。

"可你把小孩子藏在哪里了?"

"这里。"丽晶拍了拍自己的肚子。

"小孩子怎么喘气呀?"

"我喘气他就喘气。"

"他什么时候出来呀?"

"等冬天过去了,天暖和的时候。"丽晶动情地说,"那时草地上的花都开了,二姨在东山岗的家会有猪和鸡。"

"鹅呢?"丫丫说,"你不喜欢让大白鹅看家?"

"会有鹅的。"丽晶说。

丽晶端着鹅食盆来到鹅圈前,六只大白鹅"嘎嘎"叫着朝她走来。她把盆子放进去,它们就均匀地围成一圈,探头探脑地吃起来。六片洁白的大花瓣再次把一朵怒放着的芍药花呈现在她面前,那花蕊真是娇艳明丽极了。丽晶的眼泪一滴一滴地落在鹅身上,使这朵在冷风中不凋的花朵又沾染了一片晶莹的露珠。

## 图书在版编目（CIP）数据

福翩翩 / 迟子建著 .—北京：作家出版社，2021.9
（迟子建作品）
ISBN 978-7-5212-1168-9

Ⅰ.①福… Ⅱ.①迟… Ⅲ.①中篇小说—小说集—中国—当代 Ⅳ.①I247.5

中国版本图书馆 CIP 数据核字（2020）第 217486 号

## 福翩翩

| | |
|---|---|
| 作　　者 | 迟子建 |
| 策　　划 | 省登宇 |
| 责任编辑 | 周李立 |
| 装帧设计 | 好言好羽 |
| 出版发行 | 作家出版社有限公司 |
| 社　　址 | 北京农展馆南里 10 号　　邮　编：100125 |
| 电话传真 | 86-10-65067186（发行中心及邮购部） |
| | 86-10-65004079（总编室） |

**E-mail:zuojia @ zuojia.net.cn**
**http://www.zuojiachubanshe.com**

| | |
|---|---|
| 印　　刷 | 北京盛通印刷股份有限公司 |
| 成品尺寸 | 145×210 |
| 字　　数 | 210 千 |
| 印　　张 | 7.5 |
| 版　　次 | 2021 年 9 月第 1 版 |
| 印　　次 | 2021 年 9 月第 1 次印刷 |

ISBN 978-7-5212-1168-9
定　　价：49.80 元（精）

作家版图书，版权所有，侵权必究。
作家版图书，印装错误可随时退换。